浙江文化艺术发展基金资助项目

PROJECTS SUPPORTED BY ZHEJIANG CULTURE AND ARTS DEVELOPMENT FUND

水边的

修辞

陆春祥 ○ 著

浙江文艺出版社
Zhejiang Literature & Art Publishing House

图书在版编目(CIP)数据

水边的修辞 / 陆春祥著. —杭州：浙江文艺出版社，2023.5
ISBN 978-7-5339-7213-4

Ⅰ.①水… Ⅱ.①陆… Ⅲ.①散文集—中国—当代 Ⅳ.①I267

中国国家版本馆CIP数据核字(2023)第056981号

责任编辑 罗 艺 陈 园
责任校对 萧 燕
折页绘图 柳 叶
装帧设计 象上设计
责任印制 张丽敏
数字编辑 姜梦冉 诸婧琦
营销编辑 汪心怡

水边的修辞

陆春祥 著

出版发行 浙江文艺出版社
地　　址 杭州市体育场路347号
邮　　编 310006
电　　话 0571-85176953(总编办)
　　　　　　 0571-85152727(市场部)
制　　版 杭州天一图文制作有限公司
印　　刷 杭州富春印务有限公司
开　　本 880毫米×1230毫米　1/32
字　　数 234千字
印　　张 10.25
插　　页 15
印　　数 1—13000册
版　　次 2023年5月第1版
印　　次 2023年5月第1次印刷
书　　号 ISBN 978-7-5339-7213-4
定　　价 78.00元

序　言

水边散曲

故乡是一本大书，似乎永远也读不完，越读越深奥。

故乡也是长在你脑海里的那朵鲜艳的花，似乎随时可以采撷呈现美。

写作者最想做的事，便是让他的故乡显得与众不同，而且还要足够的与众不同。虽然，地域、经历、年龄、民族，或者性格，每个作者都不会完全相同，但许多作者笔下的故乡，几乎都有让人读了无奈的陈词。《水边的修辞》想尽力显现一些不同，就如法国诗人缪塞说的那样：我的杯虽小，但我用我的杯喝水。

春山如笑，一元又始。此刻，我伫立富春江边，看着缓缓而沉着流动的碧波，写下一些碎思。

马尔克斯说得太好了，生活不是我们活过的日子，而是我们记得住的日子。

2021年4月29日晚，我和张炜、洪治纲、蒋蓝、潘向黎、来其、白马等，在舟山定海的岛上书店，聊张炜先生的新作《文学：八个关键词》，童年、动物、荒野、海洋、流浪、地域、恐惧、困境。我说，除海洋与流浪外，其余六个记得住的词，都烙在我脑子里，都与我有关。

　　四十多年前，在分水中学读复习班时，同桌戴一块钟山牌手表，下课时，他左手往前一伸，瞟一眼腕中表，那不经意的样子，令我羡慕至极。我读大学，父亲将自己戴了数十年的上海牌表摘下给了我。父亲作为一个公社书记，手腕上竟然没有手表，不管是他，还是我，均五味杂陈。时间也不是金钱，为什么我（其实不仅仅是我）那么迫切需要掌握时间呢？自电子表出现以后，传统钟表不断贬值，时间开始变成真正的金钱。而现在，手机上时刻提醒人们的时间，似乎又让人焦虑、郁闷。

　　或曰，钟表又不是时间，时间也不是钟表，你这不是偷换概念吗？嗯，似乎是。看见蜉蝣没？夏日的傍晚，当它们一群群向你眼前闪亮的灯光发起冲锋时，你大可不必讨厌，它们朝生，暮即死，这是它们在完成最后的使命。

　　时间用狡黠的眼神告诉我：在这个世界上，活了千年的树，只活上一天的蜉蝣，它们都是伟大而深刻的哲学家。陆布衣，看见水边那些大肆生长的游草与假稻没？虽被人处处歧视，欲除之而后快，然而它们也是治病的良药！

　　嗯，让过去过去，给时间时间。

　　到现在我也这么认为，我们这一代人的童年是不完整的。

（你一定会说，你们的童年也是不完整的，我举双手赞成。）对一个写作者来说，童年缺少阅读，会影响一生的视角。我自认为少年时对阅读的饥渴程度，要远甚于同村少年。我最喜欢翻的书是字典与辞典，少时甚至背过好几页《新华字典》。

中国现在一年出版的书籍有四五十万种，五百万册藏书的图书馆遍地都是。2021年，中国成年国民平均纸质图书阅读量为4.76本。

我至少有一万册藏书，但估计有五分之一没有翻过。

贾岛苦啊：两句三年得，一吟双泪流。

卢延让更苦：吟安一个字，捻断数茎须。

马雅可夫斯基也感叹：你想把一个字安排妥当，就需要几千吨以上的语言矿藏。

忽然想起这些人将写作说成这样，一下子就愁眉苦脸起来了。

本书的写作，我起先有几个奇思妙想的角度：

先变成一只自由的飞鸟，大江、群山、动植物、生民，任意俯瞰，一目了然，想飞哪里就飞哪里。又想变成一棵长在富春山上的树，一棵桐树吧，饱经风雨，快沐时光，闲了就与桐君、严光聊聊天。还想变成富春江中陪伴严光的一条大鱼，自然得是鱼的精灵了，躲过《富春山居图》中那几竿浅浅的鱼钩，又躲过渔民细密而结实的渔网，再躲过日日甩向江中的张牙舞爪的长铁滚钩，避开所有的不怀好意，感知水的清冽江的凝重，自由闲适生活。

又一一自我否决。

奋飞在空中的鸟，每每看到富春山上那闲散的白云，常自愧不如，要是一朵白云就好了，不为生活奔忙，整天这么浮游。做一棵伫立不动的桐树，虽说有足够的时间思考，虽说可以随意铺展根系，但思而不能走有啥意思？它想行走啊，它一直想做一棵能行走的树，这一点，它远不如它的种子，种子可以到达世界上任何地方。看见两岸的人们在树底下洒扫出一袋袋的枯叶，鱼就知道，枯叶们又收走了树的青春，它在江中又生活了一年。它倒不怕人，它怕它的同类，不少同类都想尽办法要将对方吃掉。它也怕黑暗，幸好，这江中流动的，大部分都是亮晶晶的清波。

接下来，就是你们眼前看到的这本《水边的修辞》。

桐庐县地图的形状，有点像一片长条的树叶，母亲河富春江与她的支流分水江呈丁字形紧密相交，她们滋润着这片树叶上的每一位子民，从古到今。

水边人，水边事，《水边的修辞》分"你""我""他（她）"三卷。

"你"卷：《桐树下的茅屋》（桐君），《黄昏过钓台》（严子陵），《春山》（范仲淹），《公望富春》（黄公望）。水边古人，故事悠长。

"我"卷：《水边的修辞》（童年至读大学前），《在"美院"的日子》（高中教师七年），《圆通路5号》（在宣传部办报前期经历），《养小录》（我家的幼鸟与幼儿），《百江辞典》（我眼中的故乡）。水边的我，故乡回望。

"他（她）"卷：《欢喜树》（中通集团董事长赖梅松），《乃粒》（中国水稻研究所所长、中国工程院院士胡培松），《主角》（越剧梅花奖得主陈雪萍），《羽飞》（东京奥运会羽毛球冠军陈雨菲）。水边今人，传奇人生。

我一直想写一本意义广阔一点的书。

历代笔记新说系列，侧重内容上的挖掘探索，我读历代笔记，是想发现个中饱含着千年思想的灵光。《九万里风》，东西南北中的逍遥游历，侧重对深邃历史与广阔地理的一种零距离感知。

而《水边的修辞》，水边只是地理方位；修辞，我取《易经》中"修辞立其诚"之意，"修辞"仅仅是手段，"立诚"才是目的，寻找好的文辞，是为了表达美好的品德。故我的"修辞"有两义：一是良好的表达，叙述语言，尽力追求有文、有思、有趣；二为真实的表达，"你""我""他（她）"三卷均为诚实记叙。虽是眼前的波浪，但我知道，富春江与所有的水都有联系，它一定会流入钱塘江，再入东海，再汇入太平洋的。

有人做过这样一个关于水的试验：水也会因为人对它的态度而呈现美或丑的结构形态。这显然神奇，但我相信水的绝妙。

万物皆有灵，包括植物与水。

富春江的清流，与隐士桐君、严光、黄公望等的气质极为匹配，与诗人谢灵运、杜牧、范仲淹、苏轼、陆游等的审美也极为吻合，两千多年来，因江生发的七千多首诗词，都可以证明这种奇妙。现在桐庐段的富春江，皆为二类水质，有的地段，水质已经达到一类。在她的怀抱里，春水行舟，如坐天上，或者，从流飘荡，任意东西。古人体验过的，今天依然可以体验。

我深知，尽管也是陈词，散乱片段与宏大叙事相距极远，但好在故乡不会计较，我只是为了看清楚自己以及自己生活的地方，所有的迷茫与追问，都带着我少年时疼痛的体温与坦诚的思索。

大自然的苏醒，异常壮阔。暮春三月，春汛涌动，子在富春江上曰：逝者如斯夫，不舍昼夜！

壬寅桐月

于富春庄

目 录

甲卷——你

桐树下的茅屋

眼前甚好。异水奇山，独绝天下。在桐树下，结一座庐。

壹

《淮南子·修务训》中有一段著名描述，说的是神农尝百草的故事。

这自然是一个传说了，不过，合情合理：

> 古者民茹草饮水，采树木之实，食蠃蚌之肉，时多疾病毒伤之害。于是，神农乃始教民播种五谷，相土地宜，燥湿肥硗高下，尝百草之滋味、水泉之甘苦，令民知所辟就。当此之时，一日而遇七十毒。

这是作者刘安替我们设想的先人的生存环境。

在那种环境下，人类别无选择。吃嫩草，喝生水，吃果子，吃螺肉，吃蚌肉，吃咬得动吞得下的各种软体动物。如此不顾一切地吃，一日而遇七十毒就不奇怪了。其实，毒远远不止这些，七百种都有。果然，坏消息不断传来，这个部落的人中毒，那个部落的人生病，接二连三，有时竟然成片倒下。

神农挺身而出。

神农采取的方法，既治标，又治本。他尝过百草，试过水质，他吃各样食物，然后，将百姓召集起来，神情虽有些憔悴，但语态坚定而有力：这些，我已经尝过，大家可以放心吃。他又指着另外一堆东西，拱手作揖，大声告诫：这一些，我也已经尝过，你们不能吃，不要去碰，会中毒的！

接下来的日子，他在广阔的原野上奔波，寻找合适的土地，什么作物需要什么样的土壤，一点也马虎不得，干燥、湿润、肥沃、贫瘠，都要一一注意。做完必需的准备工作，神农开始教百姓种植可以吃的常见食物品种了：稻、粟、豆、麦、黍，当然，还有各种蔬菜。

神农救民于水火中，他就是百姓眼中的神。他早已具备各种生活常识，对病理学也有相当研究。尝百草，不仅是替人类找寻食物，也是在探索可以医治人类疾病的途径。

贰

神农尝百草，其实不是一个人，他有小团队，团队中有个背着药篓的小伙，父亲给他取名为迷榖。"迷榖"是传说中一种特别的树木，"其状如榖而黑理"，花朵鲜艳透亮，戴上这种花，脑子会异常清醒。

迷榖能吃苦，人又聪明，常常会为一味药的药理药性、一个病案的细微差异追根究底，神农像教儿子一样全方位教他。有一天，神农对迷榖说：小子呀，你的医术已经和我差不多了，急需我们救助的百姓到处都是，现在，我命令你到南方去，那里偏僻蛮荒，那里毒虫成群，那里的百姓缺医少药，你可以独立去闯荡了。

嗯，师父，我也正有心去南方，看一看那里五彩的世界。迷榖眼望神农，坚定地答道。

迷榖带着师父的嘱托，告别了神农，告别了父母，背着常用药包，往南方而来，开始了千山万水的艰难行程。

往南，再往南，行行复行行，迷榖一路行，一路医。荏苒的时光，将他的须发染白，数十年救人命无数，他也积累了更多的医案。不过，人终究不是铁打的，终要老去，当脚步日渐沉重之时，他觉得，应该找一个地方停下来。

就是这里了，迷榖满意地打量着眼前：一条清澈大江，绿波缓缓静流，另一条斜地里杀出的支流将一座山紧紧围绕。山不高，却葱郁，东边山坳有一大片平地，桐树茂盛，此山与一望无际的群山逶迤相连。这是一个秋日的午后，暖阳温顺。阳光洒在江面上浮起的金光，犹如夏日夜空灿烂的群星那般耀眼。迷穀转身往山坳走去，他朝那棵伞盖突出的桐树走去。他要在桐树下结一座庐，这是一个不可多得的好地方，他断定。

大江边，桐树下，一座茅庐，一位白发白须者，开始了他新的传奇。

茅屋不大，只有三间，左边卧室兼作书房，右边一间用来研药、制药，中间客堂诊病。门前院子空旷，篱笆内外均可栽药。日光朗照，江风轻拂，著名医生迷穀，迅速扎根于此，如一朵花一样灿烂地开在水边。

桐树下的茅屋，与桐树上的鸣鸟一样，很快就显出无限的生动，百姓扶老携病忧愁而来，千恩万谢开心离去。迷穀诊病，从不收钱，他的药，取之于山，用之于民，他脑中时刻显现神农救万民于困苦中之动人场景。当人们问他的姓名时，他总是笑笑，指着门前那棵桐树说：我姓桐，桐树的桐。白胡子老人于是不再说话，转身忙碌去了。解除了病痛的百姓一商量：我们就喊他桐君吧。对一个人称君，那是最敬重的了，桐君，我们尊贵的朋友。

春水汤汤，桐叶清香，以下两个场景，一定是桐树下那幢茅屋中的日常。

其一，授徒。桐君觉得，一人之力，终究有限，他要教授更多的学徒，使他们像桐树种子那样，长满此山彼山，福荫人们。于是，他在采药、治病、访问村民的过程中，不断物色机灵的小青年。于是，桐树下常常听到桐君授课、学徒们读书声琅琅。那种声音整齐、清脆，伴着桐树上的鸟声，汇奏成一首美妙的曲子，在山间悠悠飘荡。而每当一个特殊病案出现时，桐君也会有意识地给这些学徒讲重点，如何识药性，给病人更好地用药。许多时候，他会带着这些学徒，上山识药采药，并谆谆教导：此草有毒，彼草微毒，眼前这株，无毒却大补。

其二，写作。《桐君采药录》与《黄帝内经》《神农百草经》一样，皆为中国古代最早的医药学著作之一。桐君根据草木药性，将其分类为上中下三品：无毒且能多服久服，强身健体的为上品；无毒或有毒须酌量使用，能治病补虚的为中品；多毒、不能长期服用，但能除寒热邪气、破积聚的为下品。桐君还创造了"君臣佐使"的药物配伍格律，君即主药，臣即辅药，佐即佐药，使即引药。这种中药方剂的基本原则，至今一直沿用。

你或许会质疑：那时有文字吗？桐君虽生在文字尚未形成的远古时代，但我判断那个时代已有独特的结绳记事法，桐君的记录经人们口耳相传，在文字诞生后，由后人托名著录成《桐君采药录》而流传。

后世，更多永久的纪念都指向了这位医者：县以桐名，潇洒桐庐郡；山以人名，桐君山；塔以人名，桐君塔；江以桐名，桐庐段的富春江又叫桐江，江中有沙洲名桐洲，富春江支流分水江又叫桐溪；再后来，纪念桐君的名字则如桐树籽一样多，桐君街道、桐君广场、桐君路、桐君堂，重庆还出现了著名的桐君阁制药集团。

叁

　　1993年夏日的一个上午，我上桐君山右侧的山坳，桐君老人结庐隐居地的富春画苑，拜访著名画家叶浅予先生。

　　一幢仿宋庭式结构的两层楼房，粉墙青瓦，半藏在树林中。这样的房子，冬暖夏凉，适合老年人居住。房子两侧，各有一个龙虎门，左侧为"迎晖"，右侧为"揖萃"，均为叶老亲题。门口有空地，前方富春江，对岸洋洲，江岸边有数排白色的房子，我们就坐在空地上聊天。

　　八十六岁的老人，大背头上银丝坚硬向后，浓眉，白须，身材魁梧，状态极好。我们谈他的《王先生》，谈他的速写，谈他的人物舞蹈画，谈他的《富春山居新图》。面对富春江，谈山居新图，话题就特别多。访谈前，我做过一些功课，看过他的自传《细叙沧桑记流年》，还特地认真研究了《富春山居新图》，十五米的长卷，以春夏秋冬为序，从杭州六和塔一直画到建德梅城，富春山水，四季胜景，人间烟火，一一细描。如此长画，并不是整卷相连，而是层次递进突出，并巧用树山雨雪分隔画面。叶先生告诉我，他一直画人物，这次却花了大精力画山水，他知道有点吃力不讨好，但他顾不了这些，三年多时间，三易其稿，其间倾注的是对故乡深深的感情；还有，叶老笑笑，当然是平反后爆发出的工作激情，他补充道，画一二稿时，他还没平反，身份还是中央美院的杂工，只拿每月四十元的生活费。

　　说《富春山居新图》，自然会涉及黄公望的《富春山居图》，叶老大精力绘新图，也是向黄公望致敬的一种方式。可惜的是，我那时对黄公望知之甚少，接不上几句，心虚得很，草草转移到眼前这条江。叶老指着那大江，声音非常有力：富春江水白白流！我问：上游不是建了富春江水电站吗？他笑笑，显然是笑我的浅陋。事后想起来，他看似指江流的利用，实际上极有可能在感慨他的人生，光阴如水流，一去不复返，已经八十六了，十年动乱，荒废了许多宝贵的时间。

我正迟疑，富春江上有船突突往来，叶老又说：我年轻时，在上海的《时代画报》做主编，沿富春江拍过很多照片。

我知道，许多画家都喜欢摄影，这也是他们绘画起步的必需。真是可惜，我那时也不知道他年轻时的摄影，正是为《富春江游览志》配图，功课没做足，采访就不会深入，我很后悔。

2017年，周华新兄找到我，说要重新出版《富春江游览志》，还要我为重版写个序言，这时，才接上了二十多年前那场采访的话题。原来，《富春江游览志》1934年6月由上海时代图书公司出版，周天放编著，叶浅予摄影。周天放是周华新祖父的哥哥，大爷爷。我仔细阅读原版书，特别细研叶先生的配图，几乎每张都看多遍，随后，我写下了《春水行舟，如坐天上》的长序言。桐君山上的那次采访，只留下了一张合影，所以，我特意在这里多说几句：

叶浅予曾拜摄影前辈郎静山为师。专门为《富春江游览志》摄影配图，他约了画友黄苗子、同事陆志庠共游桐庐，拍摄了大量的图片，既有风情地理，也有人文古迹。我甚至揣测，这是他日后创作《富春山居新图》最早的一次完整采风，这一次，富春江两岸的景色，像烙印一样烙在他的心里。有周天放的文字，再加上叶浅予的四十五幅照片，整条富春江就生动无比了。

叶先生的照片，以鱼和江系列居多。是的，这条母亲河，满目所及，都是赖她生存的两岸子民的日常生活和劳作，叶先生只是撷取了一些瞬间的时光片断。看老翁垂钓图。它被选作书的封面，应该是叶比较得意的一张了。戴笠，穿蓑，长须，钓翁稳坐船头，远山绽放着深蓝的青色，阳光晴好，半避着光的脸，虽然沧桑，却仍然显出一脸的满足。身边还有一双布鞋，显然，他是赤脚盘腿而踞。老翁举着渔竿，目视前方，静心等候鱼的到来。这不就是严光吗？心目中的严光，就是这个模样，心无旁骛，世事俗事，要远离就索性彻底，眼前富春江，背后富春山，天上人间，唯我独处。完全没有摆拍的迹象，老翁对着叶的镜头，也只是露出了平常的微笑而已，虽然相机是个新鲜物，但他仍然只钓自己的鱼。

叶老生前曾说：桐庐是我生命的根，身心欢乐的根，艺术源泉的根。

1995年5月，叶老逝世，骨灰就安放在他原来的旧居富春画苑旁，富春山水永伴于他。

肆

相比现在的孩子上一年级就开始急急忙忙地写作文，陆地写作算是很迟的了。1996年10月，陆地刚上小学三年级不久，有一天放学回家，他很兴奋地问我：爸爸，老师说，我们要开始写作文了，作文是个什么东西啊？作文难写吗？我笑笑：作文不是个东西，作文不难写的，作文就像你平时说话，你怎么说话就怎么写，你平时说话难吗？他很认真地思考了一下，然后若有所思地"噢"了一声。

也是凑巧，那时，桐庐正举办新一届的"华夏中药节"。办节嘛，活动总是很多，其中有一项是灯会，灯会恰好放在桐君山上举行，五彩缤纷，我想一定可以让陆地作文的。于是，灯会开始的那天，我就对他说：今天晚上爸爸带你去写作文！他一听很激动：写什么作文啊？我说我们去看灯会，看完后回来写。我让他准备一个小本子，还准备了一把手电筒，上山用。

一切准备就绪，带着一个傻乎乎的、对作文充满向往的、不知天高地厚的小学三年级男生，向着我给他埋伏好的作文圈子出发了。

我一路交代着：看灯会都有些什么人？他们在什么景点前兴奋？为什么会兴奋？从山脚往上看是什么景色？从半山腰看下来是一种什么景色？在山顶朝下俯瞰又是一种什么景色？著名的桐君山处在两江交汇处，可以说处处时时景色都不一样的。还有，因为灯会的灯都是各式各样的动物造型，所以，我就问他：这个大象和恐龙有多大（他最喜欢这两种动物）？为什么会动呢？孔雀开屏和动物园里的真孔雀开屏有什么不一样？灯的颜色是怎样变幻的？我认为，人有了，事有了，景有了，这个作文应该不难写。

在桐君山顶，我领着陆地，先拜拜桐君，给他讲结庐桐树下的故事，然后到"四方药局"买三个香囊。那时，重庆的桐君阁已经寻到了桐君这位药祖，他们随后联合杭州的胡庆余堂、第二中药厂、民生药厂，创办了这个药局。香囊的香气在我们身上弥漫，站在四方亭中，观对岸及东门码头的灯火，我转身再看陆地，他的圆脑袋上淌着细汗，两眼充满好奇。我知道，今天的夜访，还是有效果的。

回到家，陆地很谦虚地问：爸爸，我怎么来写这个灯会呢？我答：你就按上山的顺序一件件地记下来，明天交给我。

第二天晚上，他交给我一篇题为《桐君山逛灯记》的大作，我一看，不得了，洋洋一千三百多字。我问：作文难写吗？他说：不难写，我就是按爸爸昨天晚上和我说的记下来的。细细一看，还真像回事，虽然很啰唆，连我没让他数的上山台阶他都留心数了，虽然很多错字别字，我还是表扬了他：不错不错，蛮好蛮好。当然，我要当着他的面改病句，改错别字，他很认真地"噢噢"。大概他认为这是件很新鲜的事吧。

还是凑巧，那时桐庐县里刚好举行中小学生写作大赛，于是我就让他将改好的文章寄给大赛组委会。结果是，他这篇处女作得了个优秀奖。那天，陆地放学回家后洋洋得意地说：今天老师表扬我了，说我的作文得了县里的优秀奖。我说：嗯，不错，但那是老师们鼓励你的，不要太当真。

伍

2020年5月27日下午，被"新冠"禁足数月后，我又到了桐君山，这回是在东麓临江的古桐江山石坊处，桐君老人隐居施药地的山脚，阳光明媚而热烈，我来参加王樟松主编的《桐庐古诗词大集》首发式。

煌煌三大册，从南北朝至明清，一千九百余位诗人为桐庐留下了七千四百余首诗词。可以毫不夸张地说，桐庐的古诗词，一定列全国诸县首位，李白、孟浩然、王维、孟郊、白居易、罗隐、贯休、范仲淹、苏轼、陆游、朱熹、杨万里等，仅唐宋就有五百二十多位著名诗人留下一千四百多首诗。诗人为什么来桐庐？壮游，隐逸，宦游，考察，神游，避乱，各色缘由皆有，他们奔着天下独绝的奇山异水而来，他们也奔着在此隐逸的东汉名士严光而来。王樟松告诉我，他仔细统计过，大集中写严光的诗，占三分之一以上，而写严光，许多都会写到桐君，诗人们清楚得很，严光选择在富春江边的富春山隐居，指引人就是桐君。

宋元丰二年（1079）八月，苏轼因"乌台诗案"被关入御史台监狱，他弟弟苏辙看不下去，为哥哥请罪：愿用自己的官职为哥哥赎罪。宋神宗生气了，苏辙本来就因反对新法被贬，神宗不仅不准，还贬苏辙为江西高安的盐酒税官，而且下了死命令，五年内不准升调。五年后，苏辙才被调为绩溪县令。次年四月一日，神宗去世，哲宗继位。八月，旧党执政，召苏辙为秘书省校书郎。苏辙要回京，他本来拟定好的路线是，从宣城沿着长江走，但苏轼给了他另外一个建议：弟弟不如过歙溪，泛富春江看风光，再到钱塘，看看哥哥我在杭州的朋友。苏辙想，这个建议太好了，于是一路行，一路看风景。沿新安江直下，这就到了睦州地面，用不了多时，船就会到严陵滩，他准备上去，拜谒一下严子陵。不想，这船速度还挺快，过严陵滩时正好半夜，船工不敢喊他。清晨醒来一看，呀，前面已经是桐庐县城了，云雾缥缈中，桐君山上桐君寺隐约可见，甚是可爱，苏辙对着船工大喊：慢一点，慢一点，我们往两江口靠，我要上桐君山——

其一

扁舟匆草出山来，惭愧严公旧钓台。

舟子未应知此恨，梦中飞楫定谁催。

其二

严公钓濑不容看，犹喜桐君有故山。

多病未须寻药录，从今学取衲僧闲。

（《舟过严陵滩将谒祠登台舟人夜解及明已远至桐庐望桐君山寺缥缈可爱遂以小舟游之二绝》，苏辙《栾城集》卷十四）

苏辙错过严子陵隐居的富春山，是憾事，但也不后悔，他知道，身系官场的人，是不能和严子陵相比的，多少人和严光见面，都感觉到深深的惭愧。幸好，前方还有名山，错过了钓台，再不能错过桐君山。苏辙游山，过程一定不复杂，看山进祠拜桐君，他想的是这位悬壶济世的老人，在此隐居，此地确实是个好地方。由桐君想到他自己，身历宦海多年，浮浮沉沉，还拖着一身病痛，眼前这位著名的医生，一定对自己有所帮助。看着桐君老人，想着自己以后的日子，唉，多留点时间给自己吧，你看看，那些僧人，居住在桐君老人隐居的地方，闲闲的神态，真是令人羡慕呀！

　　几乎每个上山的诗人，都会对桐君老人感叹一番。然而，他们终究离不了俗世，苏辙一到杭州，直奔上天竺，他要去见他哥哥的老朋友辩才和尚。不知是大师云游去了还是别的什么原因，总之，苏辙这一次没见着辩才，只得遗憾地留下《寄龙井辩才法师三绝》，然后，急匆匆赶往官府驿站，他要去陪高丽国来的一位僧人游钱塘，这是朝廷的命令，不敢怠慢。

　　古人像苏辙那样直接上山拜谒桐君而留下的诗词，我们至少能看到两百多篇。

　　宋末元初的方回，虽然人品为人所讥，但他在严州做了七年知州，后来又继续住了五年，与桐庐的关系紧密，他甚至将自己的诗文集命名为《桐江诗集》《桐江续集》。一个作家的写作时间，有几个十二年？方回以桐江来命名自己的作品集，可以想见他对桐庐的深厚感情。

　　方回也写了多首关于桐君的诗，看他的《寄题桐君祠》：

> 问姓云何但指桐，桐孙终古与无穷。
> 遥知学出神农氏，独欠书传太史公。
> 可用有名留世上，定应不死在山中。
> 休官老守惭高致，政恐犹难立下风。

　　在方回眼里，桐君是个神奇的传说。虽然不知桐君姓名，但他的朋友孙潼发写了《桐君山志》，虽不如司马迁写《史记》著名，但他和桐君一样会流芳百代。名师出高徒，方回断定，桐君一定是跟神农学的医术，他留下的药学原理造福于众人。桐君的精神不死。我现在老了，和桐君的功绩相比，没什么建树，真是有点愧对他。方回面对桐君，似乎有一种难言的羞愧，难怪他一直不肯拜一拜桐君，十二年来，"犹数往来桐君祠下。然未尝一登所谓小金山致瓣香焉"（诗题自注）。他晚年往来于家乡歙县与杭州之间，卖文为生。公元1292年，方回替好朋友作序，写下了上面这首诗。富春江水清澈，方回的心灵似乎得到了洗涤。

陆

1931年的暮春三月，我的近邻，富阳人郁达夫，去富春山拜谒严子陵。到桐庐时，已经是灯火微明的傍晚，他在桐君山对面的码头附近找了家小旅馆住下，次日再往严陵去，这天夜里，摸黑登了桐君山。

2021年5月27日傍晚，我从杭州回桐庐，也在富春江边的一家旅店住下，大江对面就是桐君山，我是特意找的，为的是随达夫先生夜登桐君山。

游宏和赵华丰兄陪我登山。

九十年前的码头，今日依旧，不过，码头与桐君山之间，早就修了一座悬索桥。微茫的夜幕中，渡口不见洗夜饭米的年轻少妇，而是停着两艘游轮。走上桥一看，桥两边插着不少渔竿，夜钓者或坐或站，边上放着桶，手上大多捏着烟，眼睛死死地盯着江面。这里是分水江与富春江的交汇处，应该有鱼。我们停下来看。一人捏灭烟头，将垂下的线慢慢收回，再高举钓竿，屏气凝神，朝高空外用力抛去。他是在钩鱼，这样的方式，我在运河边也常见到，但几乎没见到过有人钩上来。这里不一样，若干年前，我就经常在富春江一桥那边看到，有人从江里钩出大鱼，大的有十几斤重。钩鱼要碰运气，但也要看江中的鱼多不多，鱼正在行进中，钩砸下来，一砸一个准。

我们在桥上几乎是踱步，走几步，看看此钓者，再走几步，看看彼钓者，我主要想看看他们桶中的鱼。接近索桥的终点，我们朝桥的左下方看，有一排房子，依旧有人住着，边上有一条沟坎，通往江中。游宏说，这里原来是桐庐造船厂，那沟就是船下水时的通道，上世纪八十年代以前造船厂规模还挺大，他以前经常来。我问为什么，他答，琼莲的奶奶就住在这里。琼莲是他的夫人。难怪，他对这里这么熟悉。索桥的右下方，也有一幢房子，不过已经破旧，房子通往江面，有石级小道。游宏说，那里应该是郁达夫渡船到达上岸的地方。

仿佛看到一个瘦削的布衫身影，从小舟中跳上岸，往山上来。刚走几步，一个趔趄，黑影被一块石头绊倒了。此时，小舟中又跳出一个人，紧走几步，将一盒火柴递给了黑影。黑影没有说感谢的话，他想，或许是刚刚给的两角渡钱起的作用，因为平时渡船只要两三枚铜子而已。那黑影开始登山，走几步，划一根火柴，上得半山，新月挂在天上，夜空也开朗了许多，路也规整了，朦胧中如一痕银线一样。整座山，一个黑影，在微月下慢慢移动。

我们也开始登山，今晚路灯为什么不亮？我正在问，游宏已经打开了手机的电筒，我们跟在他后面，一步一步登山。桐君山

海拔只有八十七米，没登多少台阶，转过几个弯，就到达了"仙
庐古迹"的圆洞门，桐君祠就在前面的院子里。走进院子，左边
那排墙壁上，镶嵌着十块记有唐朝至清朝桐庐、分水有关历史的
老碑石。没有灯，借着手机光，摸一摸，就算看过了。桐君祠大
门紧闭，看不出什么，不过，我知道，里面有桐君老人的塑像，
还有中国美院师生雕塑的长二十五米、高四米多的历代名医群体
全身塑像。这些名医身处山崖溪壑间，身旁有羚羊、松鹤、仙
鹿、神猿陪伴，场景生动活泼。转到白塔处，忽然透亮，白塔上
有灯光设置，它的亮光，江对面也能远远看得见。

　　桐君塔南侧，是四方亭，我们坐在亭子里，看对岸五彩璀璨
的灯光，看山下码头辉煌闪耀的灯火，说达夫先生那夜登山的
事。江水泛着亮影，流光溢彩。

　　看，达夫先生上到山顶了。

　　黑影走到女墙外，轻轻推开虚掩着的门，进了栅门，再走到
道观外（桐君祠那时应该改成了道观）。两扇大门紧闭，里面的
老道士早已睡下，他站了一会，再坐到道观前的石凳上，默默地
看桐江和对岸的风景。看着闪烁的光，黑影的内心翻滚，坐在山
上看江景，这不是第一次了，可这一次有别样，他甚至生出了这
样的想法：在这个地方结屋读书吧，颐养天年，什么高官厚禄、
浮名虚誉，都让它们滚江里去吧！

　　说到达夫先生的这个想法，游宏和华丰兄也都开心，桐庐确
实是闲居的好地方，桐君、严子陵及数千年来追随他们而来的无
数隐逸者，都想在富春江的山水间安放自己的心灵，"望峰息
心"，息掉那颗名利之心，做一些让内心踏实的事，简单生活。

　　达夫先生下山走得很快，我们也很快，一会就到了山脚。再过索桥，夜钓者更多了，桥头停着两辆旅游大巴，正在等候夜游的旅人。桐庐，这座美丽桐树下的房子，现在来此慕桐君严子陵观山水的，每年已经超过两千万人次，其中有数百万来自海外。

柒

　　次日清早，我从旅店下楼，跨过滨江路，沿江晨练。

　　两江口阔大的江面上，鸥鹭上下翻飞，江边晨练者已来来往往。站在亲水平台前，江风轻拂我的脸，看对面桐君山，葱郁的山顶上，桐君塔在晨阳中洁白显眼。盯住眼前的山和水，目光凝视，足足一刻钟，庐桐，在桐树下结一座茅屋，我想让这极短的片刻，连接起桐君时代的古老时光。

　　我停下了脚步，想象一时激荡而澎湃。

黄昏过钓台

你是什么人？两千年后读着我的故事。

我从富春山连绵的花树丛中摘一朵鲜花送你。

我从富春江钓台边的云彩锦里撷一片金影送你。

噢，烦请你一一收好。

壹　我是庄光

我是庄光，今年已经两千多岁了。以往，都是别人写我，赞我，叫我严光，我其实姓庄。两千多年来，我首次开口，大家别吃惊。

我的故事，如我在富春江钓台边钓鱼篓子里的鱼一样，多得装不下。

我主要回答你们三个问题。

我为什么姓庄。

我叫庄光，字子陵，庄子陵。我的前辈，前辈的前辈，都生活在春秋时期的楚国，原来姓芈，后来姓庄，那个庄周，道家的知名祖宗之一，就是我家祖宗。

本来我是可以一直姓庄的，可是，东汉皇帝刘秀的四儿子，就是那阴丽华的儿子，刘庄，他接了刘秀的班，这下麻烦了，后来的历史学家全部将我的庄姓改了"严"姓。为什么姓严？《论语·为政篇》集注里有："庄，严也。""庄严"原来就是一体。我姓严也就算了，连那么大的名人庄子，也要叫严子，这老子庄子，就成了老严。人家是皇帝，我又不在人世了，能有什么办法？

要是我活着，你们看看我对皇帝刘秀的态度，你们就知道，我还是有办法的。

我和刘秀的关系。

公元前39年，我出生了。《余姚县志》载：严子陵出生于横河堰境内的陈山。那时的余姚，属于会稽郡，汉武帝时，我的高高祖庄助，做过会稽的太守，官不小了吧，他就将家迁到余姚。高高祖和淮南王刘安私交不错，不幸的是，他后来卷入刘安的政治旋涡中被杀。

我爹爹庄迈，做过南阳郡新野县的县令，我从小就随爹爹生活。我也没有多大的本事，就是喜欢读书和思考，《尚书》是我的专攻。我虽博学，但依然要各处游历，这样书才会读活。长安，全国的政治文化中心，自然要去看看。我虽看不上王莽的新朝，不过，他对教育的空前重视，让我对他有了好感，听说他在京城为学者大盖专家楼，达万余座，还成立了不少古典文献专业研究所。最让天下学子开心的是，太学的招生量年年扩大，学生已经达万人规模了，这是世界上最早的万人大学啊，我必须去。

也就是在长安太学，我认识了刘秀，刘文叔。我俩志趣相同，一起研读《尚书》，虽然我比他大三十四岁，虽然我的学问超过他，但一点也不妨碍我们称兄道弟。刘文叔是刘邦的第九世孙，不过，那会儿他们家道老早就中落了，他爹只不过是一个小县令，和我爹一样。

刘文叔显然比我命苦，九岁就成了孤儿，被叔父收养，成了一个十足的平民。一个平民，后来将整个天下都收归自己的囊中，这得有多大的力量、智慧、胸怀？自然，我也是十分佩服小弟刘文叔的。

有一次，我和刘文叔一起同游霸陵。驿站旁有个八角亭，亭中有块汉白玉碑，我们看那碑正面，是"故李将军止宿处"，下有"新乡王莽敬题"字样，碑的背面，还有王莽写的一篇颂辞。刘文叔读后，大发感慨：这个王莽，依靠裙带关系爬上高位，找个小孩子做皇帝，明摆着是想篡权。唉，我们刘家王朝还能中兴吗？我见他话里有话，立即循循善诱：眼前汉家局势岌岌可危，兄要有雄心壮志，以拯救天下苍生于水火为己任。

果然，我没有看错他。

但刘文叔要请我做官，我不愿意。

不是咱庄光吹牛，先前，王莽没做皇帝前也来请我去做官，不是请一次，是两次；他做皇帝后，又来请我做官，我依然拒绝。为啥？

这就是第三个问题，我为什么不做官。

我那高高祖庄助，死于刘安的政治旋涡，我们家是吓怕了，当官风险真大，不是一般的大，尤其是伴君，飞鸟尽，良弓藏，狡兔死，走狗烹。文种就是最典型的例子。

不过，只因这样我不做官，显然是没有风度和气度，我还有别的多个原因。

先前，我去长安，其实也是有理想的，王莽政权，大兴教育，广纳人才，我不是没动心过。但幸亏没做官，看看王莽的结局，被刘文叔像杀一只鸡一样处理了，就够心冷的，官场的险恶和复杂，略见一斑。还有，刘文叔起先封的是郭皇后，后来废郭后升阴丽华为皇后，原因就是，郭色衰，阴美丽，连对原配妻子都这样无情，更不要说他的臣子了。

刘文叔三番五次来找我，我也去了。有一晚，我故意将脚搁在他的肚皮上，就引起了那么大的天文事件，"客星犯帝座"，帝受得了，我却受不了，我受不了那些嘀嘀咕咕的人，这还没做谏议大夫呢，若真做了，还不知要遭遇怎样的口水呢，我怕被口水淹死。

所有这一切，想想都寒心。

还有，还有，我们的庄周前辈，虽然是个"漆园吏"，算不上官，但他内心坚定，清净无为，一直是我学习的榜样。他的精神指导老师——老子的"我有三宝"，我是当作座右铭的："我有三宝，持而保之，一曰慈，二曰俭，三曰不敢为天下先。"条条都对着我而讲，我持有它，一辈子可以过得安宁。

接下来，我要去归隐了。

贰　富春山隐

富春江畔富春山，古往今来皆文章。

富春山并不险峻，却极有特色，树石相依，是那种天生为画而生的褶皱山。这一处叫钓台，有东西两台之分，其实就是山上的两根大石笋。寒武纪的造山运动，留下了这一自然杰作，不大，但精致。蓝天下，富春江水潺潺流动，这富春山上的石笋，显得特别合时宜，如果没有它，富春山就会阴柔许多。

东台石笋上方有一块大石坪，上可坐百余人，突兀伸悬江岸。几乎所有的人上山，都会登此台，俯瞰一下江和山，继而再感喟一番。

现在，和煦的春风里，我和白发渔翁庄光，就坐在东台上闲聊。

我知道有群星同他说话，他会与银白色的月亮做游戏，天空也在他面前垂下，用蒙蒙的云和彩虹来娱悦他。（泰戈尔《新月集》）

我的疑问，直接抛给了庄光先生：听说，刘文叔曾经给您写过一封信，《与子陵书》，有这事吗？

嗯，有的。庄光捋捋白须，抬起双眼，望了一眼天空中偶尔掠过的飞鸟，慢悠悠地说着，文叔这封信，也没讲什么，只是表达了一些无奈和遗憾罢了。

　　古大有为之君，必有不召之臣，朕何敢臣子陵哉！惟此鸿业，若涉春冰，辟之疮痏，须杖而行。若绮里不少高皇，奈何子陵少朕也？箕山颍水之风，非朕之所敢望。

文叔心中门儿清：我是不敢强求庄子陵兄来替我做事的，但是，我目前在做的是大事业，碰到了许多困难，大大的困难，有的时候，我都像老人拄着杖一样行路。但即便如此，我也不能奈何庄子陵，他喜欢山水，他不喜欢官场，不过，我真是有点不甘心呀！

庄光说这封信的时候，除了有些歉意外，脸上并没显露什么表情，十分淡定，人各有志嘛。

您为什么会选择富春山隐呢？我直接问了关键的问题。

庄光站起身，伸了伸懒腰：桐江这山水，人见人爱呀。喏，往东方向，那分水江和富春江的两江口，那座小山上，黄帝时期的桐君老人，就结庐于桐，指桐为姓，花草满地，星月满天，跟随智者的脚步，不会有错。

庄光指着眼前这片天地，加强了语气：对我来说，任何地方，都没有这里来得清净，让人心安。

不过——庄光说到这里，用了一个转折，我今天在这里安贫守道，还要感谢我的岳父梅福的指引，我喊他梅老师。当时，我在长安研学，梅老师已经是经学大家了，他研究《尚书》《穀梁春秋》富有成果，晚年还致力于道学、医学，探索仙术，梅老师也被人称为"梅仙"。梅老师欣赏我，将他的女儿梅李佗嫁我为妻，他是我的守道引路人。

据《会稽典录》记载，庄光将臭脚搁在刘文叔肚皮上引发的事件，应该是在建武五年（29）。庄光（后面我就称他为严光了）离开洛阳后，就到富春江畔隐居了起来。

《严氏宗谱》记载，严子陵先后有两位夫人，原配梅夫人，生子严庆如，他的后裔就是姚江严氏支系，这一支还有人由余姚迁移到福建漳州和陕西的鄠县（今西安市鄠邑区）。隐居富春山时，续配范氏，生子严伦、严儒，他们的后裔，就是今天的桐江严氏支系，包括由桐庐迁到淳安、开化、东阳，江西南昌、分宜、宁都、黎川等地，还有福建的福州、莆田、龙岩、永定、三明，甚至远至印度尼西亚、新加坡、马来西亚等东南亚地区的。

到现在为止，严氏子孙，已经传至七十代左右。

我当年在华浦中学当老师时的同事，严兴华，数学教师，学校的党支部书记，为人正直，办事公正。陆地同学刚出生时，我还住在学校的单身宿舍，学校有十二套楼房，基本都是老教师及成家的教师居住着，刚好有老师调走，空房腾出，但我才教了几年书，资历似乎不够。严兴华力排众议，认为我是高中骨干教师，还算优秀，符合住套房条件。我挺感谢他的。家里有个小孩，还有老人，带卫生间的套房，真是方便许多。后来，我得到讯息，他就是严光的后裔。桐庐分阳《严氏宗谱》记载：严子陵后裔三十三世孙严邦伦，曾为工部员外郎，他仰慕先祖之高风，辞官归隐于分水南邑五管之夏塘，子孙分别繁衍于夏塘、严村、潘村、和村、朱边畈、歌舞岭等地。严兴华说，他们家的始祖就是迁到夏塘村的严子陵后裔。

2016年4月1日，在金华的澧浦，我发现了一个诗意的名字——琐园村。

抬头就是一条深深的古街，幽远深邃，街头有几丛玫瑰在调皮地笑着，我忍不住和古街合影。琐园村人，大部分是严光的后裔。

读古典笔记多了，总觉得这个名字和笔记有关。急问导游：为什么叫琐园呢？原来是"锁"，一把锁的锁。严氏先辈认为，"锁"字不利于向外发展，将自己锁住，就是闭关自守，所以改成"琐"，王字旁，就是玉，玉也象征人的品格、做人的操守，琐园就这么诞生了。

严光学问很深，却没有什么作品留传下来。不过，严氏的家谱上却赫然印着《子陵公省身十则》和《子陵公遗训》。

《子陵公省身十则》极其简单，但要践行得好，每一则都难：

> 敬君亲，立纲常，尊耆德，笃伦理，亲贤良，勤自身，远奸佞，寡嗜欲，信赏罚，慎言辞。

《子陵公遗训》，内容比较多，这里摘录几条：

> 广置田园，不如教子为善；
> 颜子箪瓢，人如其贫，谁知其富，此箪瓢中万事皆足；
> 不贪则百祥来集，贪则众祸生；
> 道无大小，何处非道，当于日用中求之；
> 贤者干事谨终如始，一事未毕，彼事不为，彼事虽功倍亦不顾，十百千万皆本于一；

凡有家者当行七事：好善，平直，谨虚，容物，长厚，质朴，俭约。此可以成身，可以成家，而道在其中。

果然，在琐园村，严氏的后人，将严光的品德当作他们传承的精神。怀德堂，中间是严光的像，左右的对联，我们熟知，范仲淹所写：云山苍苍，江水泱泱。先生之风，山高水长。

祠堂里有一块匾，上有琐园村严氏后裔家规家训选登，摘录几条：

良田百亩，不如薄技随身。——严炎明

耕读为本，不可不务。——严勇岳

一头白发催将去，万两黄金买不回。——严锡文

每事宽一分即积一分之福。——严国升

施恩无念，受恩莫忘。——严宗全

俭以养廉。——严伯寅

严光后人，将"山高水长"当作他们的精神标杆，他们无论行事修身，都以技能、耕读、惜时、宽容、报恩、勤俭等为标准，自觉践行。

小家，大国，原理其实相通，单薄的家训，却可以汇聚成强大的精神洪流。

叁　春水潺湲

　　严光隐居富春山，他自己万万没有想到，富春江山水，近两千年来，一切都因他而灵动活泼起来了。这里，成了中国（乃至东南亚）隐逸文化的重要起源点，也成了历代文人雅士的精神圣地。

　　谢灵运，奔着他心中的偶像严光来了。

　　谢灵运对山水的喜爱，爱在了骨子里。他甚至组织人马，从他家的别墅始宁山庄开始，一路伐木开径到临海，为的就是要看剡溪两岸的景色。他为登山创制的鞋子"谢公屐"，李太白一路穿着，梦游天姥山。自然，谢灵运是不会放过富春山水的，那里隐居过的严光，同是会稽人，他必须去。而且，他去永嘉做太守，这富春江，也是必经之路。这一下，就写了四首诗，而且，主要是写富春江，写严子陵钓台。

　　《富春渚》《夜发石关亭》《初往新安至桐庐口》《七里濑》，这四首诗中，后两首全部写桐庐境内的人文风光。

　　现在我们来看他的名篇《七里濑》：

> 羁心积秋晨，晨积展游眺。
>
> 孤客伤逝湍，徒旅苦奔峭。
>
> 石浅水潺湲，日落山照曜。
>
> 荒林纷沃若，哀禽相叫啸。
>
> 遭物悼迁斥，存期得要妙。

既秉上皇心，岂屑末代诮。

目睹严子濑，想属任公钓。

谁谓古今殊，异世可同调。

　　"濑"的本义是沙石上流过的急水。七里濑，又称严陵濑、子陵濑、严滩，就是严光隐居地的这一段江，现被人称为"富春江小三峡"，上至建德的梅城，下到桐庐的芦茨埠，是百里富春江最优美灵秀的江段。

　　谢灵运，显然是心事重重，昨晚没睡好。不过，虽是贬谪，还是要赶路去赴任的。小船逆流慢行，秋天的早晨，这富春江的景色确实怡人，看着那满山红了的枫叶、急流的江水、陡峭的江岸，还有，荒山野外，落叶纷纷，秋日里的禽鸟，叫声就开始凄凉起来了。也有好心情，傍晚，船过江流平缓地段，清流中石头都看得很清晰，水流得也缓慢，那太阳落下去的柔光，照得满山生辉。贬谪的游子，触景伤怀，不过，我已经悟出了人与自然和谐相处的微妙道理，我根本不在乎别人如何看我。这严子陵，那任公子（《庄子·外物篇》中的人物，任国公子执大绳大钩，用五十头牛当钓饵在东海钓大鱼，钓了一年才钓得一条极大的鱼，够很多人食用），都是我学习的榜样。只要有安定的内心，就可以志存高远，这个道理，古今都一样。

　　"石浅水潺潺，日落山照曜"，这"潺潺"，用得多妙呀，弄得后来的诗人留恋不已，不怕惹上抄袭嫌疑，频频援用，实在有点反常。

　　唐武宗会昌六年（846）秋天，江南丘陵连绵，翠绿的山道两旁，秋果硕硕，枫叶红了，四十四岁的杜牧，从池州刺史任上调任睦州刺史。睦州是偏僻小郡，"万山环合，才千余家。夜有哭鸟，昼有毒雾。病无与医，饥不兼食"（杜牧《祭周相公文》）。偏僻而落后，环境与生活条件都差，且离长安越来越远，杜刺史的心情可想而知。

然而，杜大诗人到了睦州后发现，这地方的山水和百姓其实都挺不错，"水声侵笑语，岚翠扑衣裳"（《除官归京睦州雨霁》），谢灵运的"潺湲"用得太好了，他要继续用！于是，著名的《睦州四韵》，将唐代睦州山水活画了出来，成为了唐诗中的经典：

州在钓台边，溪山实可怜。

有家皆掩映，无处不潺湲。

好树鸣幽鸟，晴楼入野烟。

残春杜陵客，中酒落花前。

几乎所有的文人学士，都对严光崇拜之至，杜刺史也不例外。工作之余，他一定会去州府梅城下游三十里的严子陵钓台，除膜拜之外，更有对富春山水的流连。在杜大诗人眼里，这两岸的山水，实在太可爱了：白墙黑瓦，茅屋人家，忽隐忽现；溪水潺湲，流过山石，漫过山涧；小鸟在茂林中幽幽地啼叫；日近正午，农户人家的炊烟袅袅升起，家家都住在风景里；而我，客居于此，真被眼前的美景陶醉了，我像一个喝醉酒的人一样，倒在了落花前。

我读唐及唐以前写严子陵及富春江的诗时，"潺湲"纷纷跳入眼帘：

> 愿以潺湲水，沾君缨上尘。（南朝沈约《新安江至清浅深见底贻京邑游好》）
>
> 水石空潺湲，松篁尚葱茜。（唐朝洪子舆《严陵祠》）
>
> 挥手弄潺湲，从兹洗尘虑。（唐朝孟浩然《经七里滩》）
>
> 高台竟寂寞，流水空潺湲。（唐朝张谓《读后汉逸人传》）
>
> 舟人莫道新安近，欲上潺湲行自迟。（唐朝严维《发桐庐寄刘员外》）
>
> ……

"潺湲"太有名了，据《严州图经》标注，梅城曾建有"潺湲阁"。

我幻想着走进潺湲阁。阁中，谢灵运、杜牧的塑像一定大大的，十分醒目，是他们的诗，成就了这个阁。自然，沈约、吴均、刘长卿、王维、李白、孟浩然、白居易、苏轼等等，这些历朝历代著名文人墨客抒写睦州山水的诗画，也都要一一展示。看那些诗，诗意的画面感顿生；看那些画，画意却如诗般凝练。睦州的美丽山水，都如精灵般生生活化了。

想象不尽，一时竟有点恍惚。

和杜牧同时代的著名诗人方干，他的老家就在严光的隐居地边上。

方干是晚唐著名诗人,《全唐诗》收录他的诗就有三百四十八首。他虽有才,却因为容貌有点缺陷(唇裂),多次考试,成绩优异,都没有被录取。这样的境遇,注定了他的人生不会太得意。不过,他并没有太多的消沉,原因就是,他家边上有严光。看他的《题家景》:

> 吾家钓台畔,烟霞七里滩。
> 庭接栖猿树,岩飞浴鹤泉。
> 野渡波摇月,山城雨霁钟。
> 严光爱此景,尔我一般同。

《经严陵钓台》:

> 苍翠云峰开俗眼,泓澄烟水浸尘心。
> 惟将道业为芳饵,钓得高名直到今。

飞泉、野渡、哀猿、孤月,严光体验到的,他也在体验,只不过,山色更浓了,树木更壮了,我的家乡,真是修身养性的好地方。

三月三日天气新,富春江边访故人。

己亥三月三,气温上蹿得让人只能穿一件衬衣了,方劲松陪我去严陵坞,他做过县文化局局长,现在是县编办主任,他是方干的后人,家里有家谱。严陵坞就在严子陵钓台的正对面,车贴着富春江水边的简陋公路蜿蜒行进。十几户人家的小村，极安静，水边一排老松，松与松之间有横索连着，村民晒着毛笋干。那些笋干的样子很特别，看着像扁扁的鲳鱼。"鲳鱼"不是铃铛，风吹过来，它们只左右摇晃而已，默默无闻。透过"鲳鱼"，对面的东西钓台及严陵祠，都清晰可见，只是，隔着宽阔的富春江水面，那些山石和屋宇的样子都极小。

说来惭愧，我去过钓台多次，却从未到过这个严陵坞小村，而这里，却是观察钓台的另一个极好的侧面。

门前有大大的竹篾垫，上面摊着茶叶，我们走进水边的林锋伟家，他正和父亲一起做茶。他家有五十多亩茶山，他做红茶，芦茨红、芦毛红，都是用别人的品牌。他也做绿茶，他说自己刚刚注册了一个叫"钓台林上"的品牌。我们喝一杯绿茶，满口的清香，再换一杯红茶，圆润可口。我们一边喝茶，一边闲聊着钓台。1977年出生的林锋伟说，少年时的夏季，他常和几个同学一起，游到对面，"天下十九泉"中常有游客丢下的硬币，他们捞硬币，回家买棒冰吃，不过，严陵祠里面，他们是不敢进去的。我们听了都笑着说，水性真好，胆子真大。

富春江水电站1960年建设以前，芦茨溪两边，搭了个木桥，来往方便。画家李可染的名作《家家都在画屏中》，溪水潺潺，古木葱郁，青山白云，下湾渔唱，东山书院，孤屿停云，炊烟袅袅，都是天然景观，芦茨村美得让人心醉。

方劲松，芦茨村原村主任方祖伟，方干乡土文化研究者方术生，都是方干的后人，现在，我们就站在"孤屿"前，这真的变成了一个四面临水的小岛了。二十多年前，我还在岛上住过一晚，水边有一棵唐松，是芦茨湾的标志，唐松枝杈茂盛，虬枝四展，如同黄山上的迎客松那样耀眼。方祖伟指着眼前这一片水域说，这棵唐松，据说为方干所植，这里，原来就是方干的故居，水电站一修，都在二十多米深的水下了。

方干自己因相貌原因没有入仕，而他的后人，却替他挣足了面子。在宋一代，自他的八世孙方楷，仁宗天圣八年（1030）登科以来，一直到他的十三世孙方登，理宗淳祐十年（1250）登科，二百多年来，共出了十八位进士，称芦茨为"进士村"，毫不为过。

方干和严子陵是近邻，多写了几句，再转回诗人们赞颂严光。

这一定要说到李太白。《李太白全集》中，直接或间接写桐庐的诗有十二首之多，自然，他写桐庐，主要讴歌对象就是严子陵。试举一首《古风》：

> 松柏本孤直，难为桃李颜。
>
> 昭昭严子陵，垂钓沧波间。
>
> 身将客星隐，心与浮云闲。
>
> 长揖万乘君，还归富春山。
>
> 清风洒六合，邈然不可攀。
>
> 使我长叹息，冥栖岩石间。

松柏就是松柏，它不可能像桃李一样，单单为春天而奔放。高洁透亮的严子陵，就在富春江这碧波之间垂钓，他的心，与浮云一样悠远，他不事王侯，归隐富春山，他树立起的做人标杆，看似清风拂人面，实则很难学到。唉，和他一对比，我更加惭愧，我也要学他，将俗身寄托在这富春山水间。

据文友董利荣先生的不完全统计，向严光表达敬意的唐代诗人就有七十多位，洪子舆、李白、孟浩然、孟郊、权德舆、白居易、吴筠、李德裕、张祜、陆龟蒙、皮日休、韩偓、吴融、杜荀鹤、罗隐、韦庄，包括曾在睦州做过官的刘长卿、杜牧，隐居桐庐的严维、贯休，还有桐庐籍诗人方干、徐凝、施肩吾、章八元、章孝标等。

诗人们借景抒情，借人抒怀，严光，严光在富春山的钓台，几成了赛诗台。

肆　先生之风

北宋景祐元年（1034）春，右司谏范仲淹，提了不该提的意见，反对宋仁宗废郭后，被贬为睦州知州。范在睦州的时间不长，只有半年，却翻开了睦州文化史上灿烂的一页，这就是大规模修建严先生祠并写下了留传后世的记。

桀骜不驯的严光，将脚搁在什么地方睡合适呢？"早知闲脚无伸处，只合青山卧白云"（宋·林洪《钓台》），富春江畔，富春山下，此地正合适。高官厚禄，唾手可得，可他却弃之如浮云，他爱的是富春山上的白云，富春江中的清流。这大约就是后人无限崇拜他的原因。

因仰慕严子陵高风而到钓台拜访的文人骚客数不胜数，上举仅唐朝就有七十多位，几乎涵盖了那个时期所有重要诗人。等范仲淹到严子陵钓台时，严光祠已经破败不堪，他必须马上做点什么，立即组织人员全力以赴修缮。并且，亲自写下了著名的《桐庐郡严先生祠堂记》，结尾有千古名句亮眼袭来：

> 仲淹来守是邦，始构堂而奠焉，乃复为其后者四家，以奉祠事。又从而歌曰：云山苍苍，江水泱泱。先生之风，山高水长。

范仲淹几次提到本次修缮。从他的书信中可以得知，他是派得力助手从事章岷推官主持这项修建工程的。章岷为福建浦城人，天圣年间进士，为官也勤勉，后官至光禄卿。章也是诗人，范和他的关系处得相当不错，时常和诗来往。

都是文化人，想来章推官在主持修建时，也是用尽脑子，尽量将工程做得完美一些。范仲淹还专门请来会稽的僧人画严子陵的像，又亲自写信，向大书法家邵疏求字，那篇后记，他自然十分尽心了。

我在南宋洪迈的长篇笔记《容斋随笔》卷五中读到了关于范仲淹写祠堂记的趣事，这是一则著名的"一字师"故事：

> 范文正公守桐庐，始于钓台建严先生祠堂，自为记，用屯之初九，蛊之上九，极论汉光武之大，先生之高，财二百字。其歌词云："云山苍苍，江水泱泱。先生之德，山高水长。"既成，以示南丰李泰伯。泰伯读之，三叹味不已，起

而言曰："公之文一出，必将名世，某妄意辄易一字，以成
盛美。"公瞿然握手扣之。答曰："云山江水之语，于义甚
大，于词甚溥，而德字承之，乃似趦趄，拟换作风字，如
何？"公凝坐领首，殆欲下拜。

这则笔记，记载了范文的精妙处。但李泰伯提出"云山"
"江水"等词用"德"字来接，有局促、狭隘之意，不如用
"风"，气韵自然和顺。

难怪，范内心里吟诵了几遍后，就要给李泰伯下拜，这一个
"风"字，改得实在太妙了。

此外，范仲淹还为严祠的长久保护建立了制度，免除严先生
四家后裔的徭役，让他们专门负责祭祀的事情。范仲淹定下了政
府修缮的规矩，从此，自北宋到民国，严先生祠一共修缮了二十
六次之多。

严先生高风之明灯，被范仲淹大大拨亮。先生之风，永世
留传。

范仲淹之后，南宋的张栻也来严州任职，他继续将严先生的
精神发扬光大，在梅城建起了严先生祠：

某窃惟此邦之所以重于天下者，以先生高风之所存也。
虽旧隐之地，祠像具设，而学宫之中，烝尝独旷，其何以慰
学士大夫之思？乃辟东偏，肇始祀事。

在张知州的心中，严州之所以为天下人所注重，都是因为有

了严子陵。他看到的现实是，只有严先生的隐居地钓台才有祠堂祭祀，而我们州府所在地梅城，比如学堂内却没有祭祀他的地方，这怎么能抚慰士大夫们景仰严先生的感情呢？于是，他让人将学官东侧偏房整理出来，用来塑像祭祀。

建德文史专家朱睦卿先生的老家就在梅城，他对这座古城的历史如数家珍。他告诉我，南宋时，梅城就有一处严先生祠，明万历年间移建到城东的建安山麓，光绪二年（1876）又南移至东湖之滨（现在的建德市第二人民医院大门之南），该祠结构宏敞，梅城人都叫它"严陵祠"。

庚寅冬日，阳光晴好，我又一次登上了钓台。

富春山，东西台及台下的各个牌坊等建筑，倒映在碧绿的江水中，影影绰绰，船靠岸，水波会晃荡一会，这时，影子们也会乱上一阵。过沧波桥，经清风轩，再到客星亭小息，看着江波，想着严光搁脚在刘秀肚皮上的故事，便会心里轻笑一下。嗯，快点走，严先生正端坐在祠堂里等你呢，好好拜访。沿着严先生祠堂所在的东侧山麓，可以慢慢欣赏碑林，数百米长，一百方精致碑文，内容自然是历朝名人雅士题赞钓台和严光的诗文，书法皆由当今国内及日本、韩国、新加坡等地的书法名家所书。

碑廊外，谢灵运、孟浩然、李白、白居易、范仲淹、苏轼、李清照、赵孟頫、唐寅、郑板桥等二十位名人的石雕像，以各自的方式挺立在竹林中。十年前，陆地同学读小学不久，我就带着他一个个拜访了，这个李太白，这个苏东坡，他看得挺认真，只是好奇：爸爸，这些名人为什么都藏在钓台的竹林中呢？嗯，他们都来过这里吧。他自言自语，脑筋转得挺快。那些雕像，特别亲切，和这青山碧水也特别相配，但他小小年纪，对严光的品格及这些诗人们写严光的诗意，一定没什么体验，说实话，那时，我也并没有多想，只是觉得，钓台，富春山，一个能让人静下心来的地方。

登山上台的过程，也需要心境。

清人蒋敦复《游钓台记》里有一个细节，如画般跃然纸上：

> 遥见前山苍莽中矗一峰，峰脊二石壁，东西并峙。一怪石陡起，露亭角一。顶上小松十数，大松圆如盖。舟人呼曰："至矣，至矣！"山中闻画眉鸟一声，翛然意远。余语诸君："此严先生青鸟使来迎嘉客，吾曹幸不俗，宜壹志屏虑，然后敢见先生。"语已，至祠下，舣舟于石。

游记中钓台那块巨大的石头，是富春山自然大画中的眼睛，李太白甚至希望"永愿坐此石，长垂严陵钓"。咸丰十年（1860）五月的那个下午，山水静默，忽闻一声画眉，意境深远，因为在作者蒋敦复眼里，这只画眉乃是严先生派来迎接他们的青鸟使者；这是一群卓尔不凡的人，才会有如此礼遇，而去拜见先生，必须专心专一，摒弃人间的污浊和烦躁。反过来，也只有放空的心境，才会将这一只普通的画眉，当作青鸟使者。

我在台上临风，清风拂我脸，此情此景，内心万念快速流动，时光倒流，严光、范仲淹，都在富春江畔复活，我无比亢奋。

自然，睦州人民也不会忘记"范市长"——桐庐建有范仲淹纪念馆，梅城以前有范公祠，现在也新建了"思范坊"。

纪念人，再被人纪念，文化传播的种子，勃发而绵长。

伍　桐庐颂歌

范仲淹大修严先生祠，严光的文化地位得到空前提升，严光几乎成了桐庐山水的代言人，他成了富春江的灵魂核心，文人们朝拜严先生的脚步也加快了，并且，他们纷纷为桐庐的山水折服，有激情诗文为证。

范仲淹自己身临其境，激情澎湃而出。

范仲淹在睦州的半年，诗情才情皆大爆发，他创作了占其诗歌总量六分之一的诗歌，比如《江上渔者》，活画出富春江的日常形态：

> 江上往来人，但爱鲈鱼美。
>
> 君看一叶舟，出没风波里。

比如《潇洒桐庐郡十绝》，请注意，是十绝，对一个地方一咏再咏，这需要一种别样的感情，不岔开，我已多次写过，最喜欢这四句：

> 潇洒桐庐郡，春山半是茶。
>
> 新雷还好事，惊起雨前芽。

清明前后，正是茶叶采摘季，范知州行走在他辖下的各个县乡。群山青翠，而春山的一半是茶，那春雷呀，你不要叫醒那些睡着的萌芽。

诸多日常，范知州都以诗歌的图像呈现于人。

王安石的《钓台》来了：

> 汉庭来见一羊裘，闵默还归旧钓舟。
>
> 迹似磻溪应有待，世无西伯岂能留。
>
> 崎岖冯衍才终废，寂寞桓谭道被尤。
>
> 回视苍生终不遇，脱身江海更何求。

一看就是个书读得装不下的大学问家，借多个典故，来表达自己的情感。自然，起笔就写严光不事王侯，耕于富春山。这严先生真是潇洒，五月了，还披着羊裘装酷吗？不是不是，富春山雾气朦胧，不比你们热闹的都城，老汉我受不得凉。姜子牙直钩钓文王，他真是运气好，碰到了明事的周文王；杜陵人冯衍一生不得志，名士桓谭也一直不被人赏。那些人呀，都和我一样，不受君王赏识，还不如学严光，脱身官场，直奔江湖，日子舒畅。

老王拜相罢相又拜相又罢相，虽有一肚皮抱负，但日子过得并不安耽，罢相之时，自然会想起那逍遥山水的严先生。

保守派得势，新法皆废。新法实施，保守派受打压。

此时，司马光正长时间在洛阳退居呢。宦海的沉浮，使他也到了此地，以《子陵钓台》缅怀他的偶像严光先生：

> 吾爱严子陵，结庐隐孤亭。
>
> 滩头钓明月，光武勃龙兴。
>
> 三诏竟不至，万乘枉驾迎。
>
> 吁嗟今世人，趋走公卿庭。
>
> 缔交亦欢悦，意气颇骄矜。
>
> 其如古贤操，松筠耐雪冰。

司马老夫子的这首五言诗，比王宰相写得通俗，他不像王那样弯弯绕，而是直接赞扬他心中的偶像。赞扬完毕，剑指当下：那些结交权贵的政客，看看你们那些行动，"趋"，小跑还是快跑呢，真丢脸，呸！学学严先生吧，他的高尚节操，如松柏纯洁，如竹子清亮，即便冰天雪地，它们也傲然挺首。

变法派，保守派，个个喜欢严光，爱死他了。

大文豪苏轼，自然不会落下这样的写作主题，他的《送江公著知吉州》，专为桐庐朋友而写，为桐庐拟了极好的广告词：

> 三吴行尽千山水，犹道桐庐更清美。
>
> 岂惟浊世隐狂奴，时平亦出佳公子。
>
> 初冠惠文读城旦，晚入奉常陪剑履。
>
> 方将华省起弹冠，忽忆钓台归洗耳。
>
> 未应良木弃大匠，要使名驹试千里。
>
> 奉亲官舍当有择，得郡江南差可喜。
>
> 白粲连樯一万艘，红妆执乐三千指。

簿书期会得余闲，亦念人生行乐耳。

江公著，治平四年（1067）的进士，桐庐人，历任洛阳尉、陈州通判、太学太常博士、庐陵太守，知吉州等地，他和苏轼交情不错。老朋友，要去不算太远的远方赴任，送别一下，人之常情。

您的家乡真是太美了，别的地方都比不过桐庐。这样美丽的地方，难怪严光会来隐居。现在，天下太平了，桐庐出了您这样的人才，也值得庆幸。您此去做官，职位不算小了，以后的晋升也很有希望，我希望您正居高位时，要时刻想起家乡的严光，警钟长鸣。

是抒情，是劝行，自然也忘不了写景：江上装运白米的船只，来来往往，接连不断；穿着鲜艳红衣服，在船头悠闲弹琵琶的年轻姑娘，数不胜数。公著兄，您要工作娱乐两不误呀。

哈，这老苏，劝行就劝行呗，却还要如此教人及时行乐，也许，是他的波折太多了，为官三十年，被贬十七次，几回都到了死亡的边缘。想想严光，真是羡慕嫉妒恨！

赞吧，赞吧，严光确实让所有的文人折服。不过，从诗歌的表达方式看，李清照的这一首《夜发严滩》，显得十分特别：

巨舰只缘因利往，扁舟亦是为名来。

往来有愧先生德，特地通宵过钓台。

李清照大多数的诗，都愁愁愁，凄凄凄，惨惨惨，而这一首，却显得自省和阳刚。古往今来，拜谒严先生的人极多，无论你们坐大船坐小船，无论是商人官人，其实都是为了名利而来，这真是有愧于先生的品德。正因此，我特地夜里悄悄经过钓台，实在是不敢惊动他老人家。

南宋末的陈必敬《钓台二首》之一也表达了这样的意思，不知道他有没有借鉴李大才女的诗意：

> 公为名利隐，我为名利来。
> 羞见先生面，黄昏过钓台。

元人赵壁的《过钓台》，干脆抄了一遍陈必敬的：

> 君因卿相隐，我为名利来。
> 羞见先生面，黄昏过钓台。

想必，早上起来就在富春山耕作忙碌的严光，黄昏的时候，已经钻进茅屋去炖他的水煮鱼去了，谁来谁往，不关他事。

不过，通宵过钓台也好，黄昏过钓台也罢，我们都不妨将其看作一种诗人们的对镜自省，对照严光这座精神标杆，境界高下立判，我们还有什么想不通的呢?!

陆　富春山图

向严光表达敬意，有诗，有文，自然也有画。

黄公望，黄子久，一峰道人。

晴空下，黄公望的背有些佝偻，他身上的布袋中，也没多少东西，一支笔，几张纸，一个水罐，几个饭团，但他独行在富春山道上的身影却是那么清晰。

和年轻教徒相比，一峰道人显然有着更丰富的经历，这份一般人都不具备的独特经历，让他对教义的理解更加深刻。在年轻时就钟爱的绘画艺术方面，也得到了长足的进步。

对于黄子久入全真教的时间，也有不同说法，有人说他在给徐琰做书吏时就已经穿上道袍了，有人则说他从监狱里出来，卖卜为生，修的就是全真教。

我已经无数次和黄公（其实，我心里一直称他为本家陆坚公）跨时空对话，试图走进他的内心世界，但常常只能探到边缘。如此，我也已经满足。一个伟大人物的横空出世，往往有着极为庞杂的生长体系。宋元之际特殊的政治时空，黄公少年、青年、中年、老年不同时期的人生境遇，诸多前辈大师对他的影响，全真教的意志磨炼，富春山水对他的长久浸润，各种因素叠加，才成就了旷世名作《富春山图》。

如果一百个因子的聚焦，才诞生了名画，那么，严光和富春山水，应该是其中两个关键因子，缺哪一个都不行。

黄公望的心里，严光不事王侯的品格，自然能让他从中年困顿的官场中解脱出来，但更重要的是严光寄情山水修身养性的思想方式。这可以理解为，山水中的严光，也基本上是一个道教徒，虽然不是每天竹杖芒鞋，但他的行为方式和道教徒无二致。加上严光的岳丈梅福曾在四明山修道，道行相当深厚，严光的夫人梅李佗，后来也跟着父亲学仙去了。看轻所有，这才是黄公心中的严光形象。

黄公望中年时入全真教，从无奈到苦修，从身体到心理，不断砥砺，虚壹而静。他的眼里和心里，只有那些清丽的富春山水，才是他的真正知己，他已经成为"大痴"。那"风烟俱净，天山共色，从流飘荡，任意东西"的富春山水，"奇山异水，天下独绝"，日日看着这样的山水，自然"窥谷忘返"，"望峰息心"。大痴"构一堂于其间，每春秋时，焚香煮茗，游焉息焉"，"息"什么？自然是息名利之心了，有这样的山水相伴，还有什么可念想的？一定是"不知身世在尘寰矣"。

大痴佩服安吉人吴均，点画富春山水，如此到位，而这些山水意象都变成了一根根按捺不住的线条时，《富春山图》也就呼之欲出了。

要表达山水，技艺层面还是简单，但要在画中潜藏着让人"望峰息心"的画外之意，就难了。言有尽而意无穷，是判断一个艺术家造诣高低的极其重要的标准之一。

而此时的大痴，已经七十九岁，一个接近耄耋的老人，深受严光影响的道士，世间还会有多少让他留恋的东西？也不着急，慢慢画吧，画它个三四年，不能耽误我云游，有时间就画，一切山水都在我心中。无用师呀，这幅就送你了，不过，你要当心那些巧取豪夺者噢！

《富春山图》本来画名相当明确，是乾隆皇帝附庸风雅，不懂装懂，将假画当真，题了再题，还硬加了一个"居"字，成了《富春山居图》。这一加不要紧，却给后人辨认带来麻烦，是富春山的居住图呢，还是富春江一带的山居图？画的景色到底是哪里？《富春山图》，一点歧义也没有，不就是严光隐居的富春山吗？全中国只此一座。

名画的身世曲折，沈周得而失，只能凭记忆画出《沈石田背临富春山图》。除沈周外，明清不少画家都模仿背临过《富春山图》，很多仿图也都成了稀世珍品。这些名家背临的画名，基本都指向了富春山。

即便如此，我以为，争论也是无意义的。中国山水画，向来讲意境，是多种意象的集成，黄公望画的富春山水也一样，也是意，一定要找出几张有点类似的山峰图江景图，有些可笑。有两点是肯定的：他画的一定是富春山水；他的画除了表达自己的精神诉求人生态度外，也饱含着向隐士严光表达的崇高敬意。

中国数千年的绘画史上，众星璀璨，但《富春山图》，却是群星中极为耀眼的北斗。

望着黄大痴的富春山画和那些背临画，严光先生坐在富春山钓台的大石坪上，微微笑了，他不言，不语。我似乎听到了吴均在替严先生轻声低语：望峰息心，望峰息心，望峰息心！

黄昏过钓台吧，让我们去看看严光，清洗一下内心。

严光五月披裘垂钓的倒影，从富春江的深处荡漾开来，穿越两千年的三维空间，依然震颤着我们的灵魂。

春　山

　　"平芜尽处是春山，行人更在春山外。"公元1033年暮春，这两句春山词在盎然春意的江南随处荡漾着。这是欧阳修刻画的春山，不过却是给忧愁的旅人做背景的，以乐写愁，春山虽美好，然人在旅途，漂泊无期，心境迷茫。

　　欧阳修三次科考，二十三岁时的第三次迎来捷报，中进士第十四名。本来，他可得状元，然青年欧阳锋芒过露，那些考官有意要挫其锐气，为的是促其成才。登第后立即被授秘书省校书郎，充西京留守推官，又洞房花烛，如此说来，青年欧阳应该没有忧愁，他是在替别人忧。

　　果然，1034年的春正月，四十五岁的范仲淹，因为管了宋仁宗的家事，劝皇帝不要无故废郭皇后，从右司谏的位置上被贬睦州知州。正月的汴京，虽天寒地冻，但范仲淹的内心并不沮丧，他已经第二次被贬，肺部也有毛病，不如趁机去江南，去睦州，那里有著名高士严光，那里有瑰丽的富春山水，那里有他诗心中的春山。

壹　去睦州

一

隋文帝仁寿三年（603），睦州设立，下辖淳安、遂安、建德、寿昌、桐庐、分水六县。

睦州起先的州治，坐落在雉城（今淳安西南），地处崇山峻岭，百姓出行基本靠水路，而水路又多险滩急流，曾有这样闻所未闻的事故：三位桐庐县令，因去州政府汇报工作，被水淹死。显然，雉城的州治不适合政府办公，几经周折，武则天才同意迁移州治至建德境内的梅城。梅城地处三江口，新安江、兰江呈丁字形汇入富春江。虽偏处浙西，水路却发达。

苏州人范仲淹，应该是熟悉睦州的。

船出汴河，过颍河，这就到了淮河。过淮河，他们一家遇到了惊险，《赴桐庐郡淮上遇风三首》有记如下：

其一

圣宋非强楚，清淮异汨罗。

平生仗忠信，尽室任风波。

舟楫颇危甚，蛟鼋出没多。

斜阳幸无事，沽酒听渔歌。

其二

妻子休相咎，劳生险自多。

商人岂有罪，同我在风波。

其三

一棹危于叶，傍观亦损神。

他时在平地，无忽险中人。

　　完整的场景和心情记录，过淮河遇大风浪，生动画面，跃然纸间。船行淮河，白茫茫一片，忽起风浪，且越来越大，人站立不稳，船东倒西歪，还有那些大鼋，也来凑热闹捣乱，它们浮在船边出没浪间。一船的人都胆战心惊，孩子吓得哇哇大哭。此时，范仲淹只有一遍遍地安慰着家人，不怕不怕，我们不怕。果然，接近傍晚，风平浪静，夕阳也出现了，打鱼的船只撒开了网，渔人悠悠地唱着歌。哈，把酒拿出来，那什么，朋友们，来喝酒吧，压压惊，于是，一船笑声又在淮河的清波上回响。范仲淹的不怕，缘自于他的底气，大宋朝，和那强横的楚国完全不可同日而语，这清泠的淮河，自然也不同于汨罗江了，我对朝廷尽职尽忠，即便有点小挫折，也不会像屈原那样葬身水底，眼前是有些危险，不过，很快会过去！

　　其二、其三，更像是咏物诗，诗言志。老婆呀，你不要责怪我，朝堂上提意见，是我的职责所在，当官总是不断有风险，我此次被贬去睦州纯属正常。现在，你也别怪那些同船的商人，不是他们东西带得太多太沉，要怪只能怪风浪。我们还是安心坐船吧，等风浪过去，一切风险自然也就烟消云散。

谁说范仲淹仅仅是在写淮河上的风浪呢？自出汴京以来，每每闭目闲暇时，自少年到现今的经历，都会一幕幕浮现。

二

> 范仲淹，字希文，唐宰相履冰之后。其先，邠州人也；后徙家江南，遂为苏州吴县人。仲淹二岁而孤，母更适长山朱氏，从其姓，名说。少有志操，既长，知其世家，乃感泣辞母，去之应天府，依戚同文学。昼夜不息，冬月惫甚，以水沃面；食不给，至以糜粥继之，人不能堪，仲淹不苦也。举进士第，为广德军司理参军，迎其母归养。改集庆军节度推官，始还姓，更其名。

上面这段文字，出自《宋史·范仲淹传》，信息量极大。

宋太宗端拱二年（989）八月，武宁军节度掌书记范墉家中，添了个儿子，他就是婴儿范。不想，幼儿范两岁时，范墉因病去世。两年后，范妻谢氏改嫁给长山（今山东邹平）的朱文翰，四岁的幼儿范还不懂人事，便改名成了朱说（yuè）。幸而继父亦属忠直之士，对少年朱养育和教育并举。

"划粥断齑"成为少年范仲淹苦学的著名故事，也是中国许多家长用来教育孩子的励志好教材。这个故事出自宋代魏泰的笔记《东轩笔录》中：

　　惟煮粟米二升，作粥一器，经宿遂凝，以刀画为四块，早晚取二块，断齑数十茎，酢汁半盂，入少盐，暖而啖之。

　　这位少年天生就是苦读者吗？肯定不是，谁都想躺进父母温暖的怀抱，可当朱少年知道自己的家世后，那种悲愤感，立即转化成无穷的动力。他含泪告别母亲，去应天府求学。所有的苦，在朱少年眼中，都是上苍对他的考验，强行者有志，白天读不完，夜里接着读，从夏天读到秋天再到冬天。读书疲惫了，冷水就是醒脑器。食物缺乏，没关系，夜里取两升粟米，煮一大锅粥，第二天，用刀在冷却的粥上画个十字，分成四块，早晚各取两块吃。菜呢？好办，弄一些姜、蒜等切碎，加入醋和盐，煮熟，哈，不错的开胃菜。

　　苦读的日子，从少年到青年，许多时候，他甚至晚上睡觉都不脱衣服，为的是醒来就能读书。公元1015年，二十六岁的朱说，终于以寒儒成为进士。姜遵如此赞他：朱学究（科考明经科的专有名词，表示至少学通一本经书）年虽少，奇士也，他日不惟为显官，当立盛名于世。这姜遵，是长山籍名士，他丁母忧回乡，消息传到长山城，少年朱知道后，就邀几位同窗学友专程拜访，一番愉快畅聊，很少夸奖人的姜遵，事后对他夫人这样评价朱少年。

　　有一种说法是，少年朱知道自己的身世后，对朱家兄弟们生活奢侈感到不满，而立志出走，励志苦读。但我推断他出走的原因，可能是其继父家并不宽裕，没有太多钱供他读书。朱家也未必待他不好，否则他为什么不早早改名，要等到中进士两年后任推官时再向朝廷申请认祖归宗？而且，后来，他还将宋仁宗授予自己的恩命，转赠给早已去世的继父，朝廷遂追授朱文翰为太常博士。这说明，三十岁前的朱说，和我们眼中的范仲淹，形象是一致的，能极度克制自己，有着坚忍的毅力，眼界开阔，满腔平民忧乐情怀，个人的贫富、贵贱、毁誉、欢戚，没有一样会扰乱他的心。

三

2011年4月6日，我又一次虔诚地拜谒了范文正公的像，这回是在江苏省的兴化市。仔细听着讲解员的介绍，她语气中明显带着自豪，这种自豪感是把范公当作家里人向人炫耀的那种感觉，因为，范公在这里做过令兴化人永远感念的三年知县，改变了兴化的历史。

而我却有一种不露声色的微微嫉妒，因为我也早已在心里把他当作我的老乡。当然，对范公来说，兴化却是他人生事业起步的地方，这一点其他地方都不能替代。

登第后，虽做过几处小官，但范仲淹的才能一直没有得到很好发挥。1023年，机会来了，他在泰州做一个收盐税的官。他发现，兴化这一带都是海涂，常常海水泛滥，于是主动请缨，要求去做治理海涂的苦差事。一共三年，如果不是他母亲去世，他可能还会在兴化知县的任上干下去。尽管如此，因为他的投入，因为他的努力，历史对他这三年是这么盖棺定论的：招流散，勉农耕，轻徭赋，赈灾荒，人民有口皆碑。这还不是主要的，他的主要任务是修筑捍海堰。集中通、泰、楚、海四州民夫，积工累石，历经千辛万苦，终于修成长一百四十三里、基阔三丈、高一丈五尺的捍海堰，并建有十多座石质水闸。这个堤被人称为"范公堤"。堤建成后，"束内水不致伤盐，隔外潮不至伤禾"，以堤分界，东边产盐西边种庄稼，堤内百余里间，泻卤之地尽复为良田，"期月之内，民有复业耕诸田者共一千六百户，将归其租者又三千余户"。范公远见卓著，他的治理一举多得，彻底改变了兴化的经济结构，由制盐为主变为农业为主，生产力也大大发展。振兴、教化、兴化等地名都因范仲淹而生动挺拔了。

范公在兴化的三年，著书颇多，如果时间允许，如果不是我们打断，讲解员会一直讲下去的。司马光在《涑水见闻》中曾说：范堤成后，"民至今享其利，兴化之民往往以范姓"。百姓情愿以改姓来永久纪念他，这岂止是崇拜和敬仰？

少年事青年事，事事都已成云烟，转眼间，他就是个饱经风霜的中年人了。放眼两岸，郁郁苍苍，春山如笑，看着船舷两边不断翻滚的浪花，他知道，睦州就在眼前了。

贰　在桐庐郡

"春山半是茶"的四月，江南的鲜嫩葱翠欲滴，经过一百多天的日夜兼程，范知州终于到达桐庐郡的州治所在地梅城，富春江的莹绿，瞬间抚平他略带忧伤的心灵，他立即投入工作中。

一

南下途中，范仲淹的脑海里，也常浮现出一个人来，此人就是戴斗笠披棕蓑、耕于富春山的东汉隐士严子陵，范晔《严光传》中的情节，他每一个字都熟悉。

梅城往下几十里，就是严光的隐居地富春山。第一件大事，先去严子陵祠祭拜，以慰心中惦念之情。轻舟而下，一个时辰不到，富春山就在岸边。东台那巨石，似乎就坐着悠闲的严先生，严先生在看天，云高云低，鸟停鸟飞；他也在看人，各式各样的人都来，好多是文人、官员，他们感叹几声，吟咏一番，然后拍拍身上的灰尘，转身赶往下一站，该当官还去当官，该作诗依然作诗。

这回，范仲淹来了。祠角塌陷，廊柱腐烂，杂草疯长，看着眼前破败不堪的严祠，范知州的心一下疼痛得紧：一位高风亮节的高士，他应该是富春江的核心灵魂，构堂而祠之，能让人"思其人，咏其风"，更"能使贪夫廉，懦夫立"！怎么如此凄凉？必须立即重修！虽然，副手章岷指挥具体修缮工作，但范仲淹全程参与指导，并亲自写下《桐庐郡严先生祠堂记》，"云山苍苍，江水泱泱。先生之风，山高水长"，这就将严光的精神价值提到了一个空前的高度，而且，自此后，严子陵祠，一直都由政府主持修缮，并有专人祭祀管理。

我始终认为，富春江那一江的春水，充满着诗意的灵性，皆因严光而生动具体。自谢灵运叹吟严光后，一直到清末，七千多首诗词将这百里春江填盈得要满溢出来。富春江的每一滴水，富春江两岸的每一片绿叶，两岸峡谷上空的每一朵云彩，都有诗意在飘荡，而其中的百分之九十，都为严光而歌。更有隐士黄公望，以一幅《富春山居图》使富春江的价值再一次卓越提升。黄公望和范仲淹一样，完成了心中对严光的精神崇拜，只是，他用的是线条和淡墨，以及八十多年的坎坷人生经验。

二

教育，也是范知州心里惦记的另外一件事，于是，修祠堂和建书院，同时进行。

书院叫龙山书院。展现在范知州眼前的睦州府学，它挤身孔庙，狭小局促。梅城之北三里，拱辰门外的乌龙山南坡，那里却有一座规模很大的寺庙，是书院的理想之地。经过修缮和扩建，龙山书院很快建成并使用。范仲淹写信聘来好朋友、著名学者李泰伯为"讲贯"：

> 别来倾渴无已，想至仙乡，拜庆外无恙。此中佳山水，府学中有三十余人，阙讲贯，与监郡诸官议，无如请先生之来，必不奉误，诚于礼中大有请益处，至愿至愿……此地比丹阳又似闲暇，可以卜居，请一来讲说，因以图之，诚众望也。（范仲淹《与李泰伯书》）

桐庐郡山水皆佳，离丹阳又不远，您可以长久居住，李兄您来吧，做龙山书院的"首席教授"，我们三十多名学生正翘首以待呢。

自然，除李教授主讲外，龙山书院的学子们，也经常能见到他们这位"州长"的身影。范知州讲课，深入浅出，有声有色，他在应天书院的苦学精神不断激励着学子们；他在应天书院的教学和管理经验，使龙山书院在短时间内迅速声名远扬。谆谆教诲，经世致用，睦州士子学风一时大有改观。

有龙山书院引领，睦州的官办和义学书院如雨后春笋般涌现。其中著名书院有钓台书院、丽泽书院、宝贤书院、文渊书院、石峡书院、五峰书院、瀛山书院等，共计三十多所。书院的直接成果就是人才辈出，据资料，仅两宋，睦州的詹暌、方逢辰等甲第魁首，进士及第三百多人。遂安詹氏一门出了二十四位进士。严子陵钓台对面的芦茨村里，居住着唐代诗人方干的后裔，范仲淹曾两次拜访方干故里，其中《留题方干处士旧居》诗如此赞："风雅先生旧隐存，子陵台下白云村。唐朝三百年冠盖，谁聚诗书到远孙。"范仲淹后的两百多年，方干的子孙中，出了十八位进士。南宋乾道年间，移居到浙江仙居皤滩的方干裔孙，为纪念方干，还在那里建设了桐江书院，朱熹任职台州时，曾两次到此巡视，并题写书院匾额。

严州文化研究会的陈利群先生，经年致力于严州文化的开掘，成果颇丰。他告诉我，龙山书院倡导的新儒学，还直接影响到后世严陵理学的形成和发展。东南三贤，南宋的吕祖谦、张栻、朱熹，曾会聚严州书院，讲学辩论，天下士子蜂拥而至，严州成了当时天下理学的交流中心，《礼记集注》等刻本就在这里问世。赵彦肃、钱时、陈淳等继续推动严陵理学走向成熟，并形成了《严陵讲义》等理学名著。这些研学活动和思辨大讨论，对后来的闽学、湖湘学派、浙东学派的形成，都有很大的推动作用。

龙山书院，成了州府官办书院的标杆，引领全国。范仲淹主持庆历新政，各州府官办书院遍地生长，费用由国库拨付或地方税赋资助，粗略统计，当时全国各类书院猛增加至一千多所。士

子们的琅琅书声，透过书院上空的云朵，传至北宋的四荒八极，
给人以不断的激励。

三

接下来，自然要说到范仲淹的诗歌写作。其实，这是他考察
桐庐郡各地生产生活、风土人情的各类心得，也算本分工作。连
头带尾算，范仲淹在桐庐郡只有十个月的时间，其中三个多月在
南下的赴任途中，然而，他却创作了他一生中近六分之一的
诗歌。

> 范文正有《采茶歌》，天下共传。蔡君谟谓希文："公歌
> 脍炙人口，有少未完，盖公才气豪杰，失于少思。"希文曰：
> "何以言之？"谟曰："昔茶句云：'黄金碾畔绿尘飞，碧玉瓯
> 中翠涛起。'今茶之绝品，其色贵白，翠绿乃茶之下者耳。"
> 希文曰："君善鉴茶者也，此中吾语之病也。公意如何？"君
> 谟曰："欲革公诗二字，非敢有加焉。"公曰："革何字？"君
> 谟曰："翠绿二字。可云'黄金碾畔玉尘飞，碧玉瓯中素涛
> 起'。"希文曰："善。"又见君谟之精茶，希文之伏于义。
> （宋代刘斧《青琐高议》）

范仲淹的《和章岷从事斗茶歌》，与卢仝的《走笔谢孟谏议
寄新茶》，被誉为中国茶文化史上的双璧。上面这则笔记，从一
个侧面写出了范仲淹斗茶歌的影响之大，更可窥见北宋茶事欣盛
的蓬勃局面。宋朝的斗茶，红火劲你都想象不出来，达官显贵、

僧道羽士、文人墨客、市井细民、贩夫走卒，全都热衷。宋徽宗写有《大观茶论》，亲自注汤击拂，试茶斗茶，并分赐群臣，共品佳茗。蔡君谟，就是蔡襄，他的《茶录》影响颇大。他也亲自斗茶，苏轼的《天际乌云帖》，就写了蔡襄与周韶斗茶的趣事，蔡襄准备了上乘的茶叶和水，却不幸落败，原因是杭州人周韶的茶叶非比寻常。看赵孟頫的《斗茶图》，也着实有趣。四茶贩在树荫下作"茗战"（斗茶），炉、壶、碗和盏等饮茶用具分装两头担中。左前那位，一手持杯，一手提桶，神态自若；身后那位，一手持杯，一手提壶，作将壶中茶水倾入杯中之状；另两人则站立在一旁观望：真是茶叶卖到哪斗到哪，宋人随时随地可烹茶比试。

除了斗茶诗，范知州的名作还有《出守桐庐道中十绝》、《新定感兴五首》（睦州曾名新定郡）、《桐庐郡斋书事》、《游乌龙山寺》、《和章岷推官同登承天寺竹阁》、《江干闲望》等诗，当然，最著名的当数《潇洒桐庐郡十绝》了：

潇洒桐庐郡，乌龙山霭中。

使君无一事，心共白云空。

潇洒桐庐郡，开轩即解颜。

劳生一何幸，日日面青山。

潇洒桐庐郡，全家长道情。

不闻歌舞事，绕舍石泉声。

潇洒桐庐郡，公余午睡浓。

人生安乐处，谁复问千钟。

潇洒桐庐郡，家家竹隐泉。

令人思杜牧，无处不潺湲。

潇洒桐庐郡，春山半是茶。

新雷还好事，惊起雨前芽。

潇洒桐庐郡，千家起画楼。

相呼采莲去，笑上木兰舟。

潇洒桐庐郡，清潭百丈余。

钓翁应有道，所得是嘉鱼。

潇洒桐庐郡，身闲性亦灵。

降真香一炷，欲老悟黄庭。

潇洒桐庐郡，严陵旧钓台。

江山如不胜，光武肯教来？

　　我努力进入范仲淹诗歌的场景，从之一到之十，几乎每一首，都是他对睦州大地、富春江山水的心灵倾吐。青山，白云，流泉，竹林，绿波，兰舟，江岸，人家，一个个影像，次第而来，换一个季节，晴日和雨日，这些影像还会不断变幻，给范仲淹以各种惊喜。我最喜欢第六首中的"春山半是茶"。惊蛰雷声过后，雨前茶就会慢慢冒出茶树。睦州遍山都是茶的世界，范仲淹的春山，满是浸染透了的翠绿，那是富春江水滋润而成的。富春山中隐居着的新叶，凝聚起天地间的绿色精华，为严光带去隐居的悠闲，为农人们带来满满的欢喜。

　　睦州下属的六县，现为桐庐、淳安、建德三县市，茶叶收入依旧为三地百姓的重要经济来源。三地共有茶园30多万亩，茶农10多万户，茶叶总产量超1.5万吨，总收入超20亿元。雪水云绿、千岛银针、建德苞茶……沐着富春江山水的各类原生态绿茶红茶，在中国茶叶市场上芳香浓郁。

四

　　且有章、阮二从事，俱富文能琴，凤宵为会，迭唱交和，忘其形体。郑声之娱，斯实未暇。往往林僧野客，惠然投诗。其为郡之乐，有如此者，于君亲之恩，知己之赐，宜何报焉？

　　范仲淹到桐庐郡不久，就给恩师晏殊写了一封长信。这信，除了开头交代南下的行程外，基本上是一篇介绍桐庐郡山水的散文，上面就是后半部分的一小节，主要意思为，我和章、阮两位副手，不仅工作配合得好，闲暇时光也都能玩到一块。范仲淹曾多次说自己肺不太好，酒应该喝得不多，那就喝茶，弹琴，唱歌！

　　范知州离任一百五十二年后，南宋孝宗淳熙十三年（1186），陆游来到严州。陆知州年逾花甲，精力显然不济，而京畿之地的严州，此时已十分繁荣，诸多公务让陆知州叫苦不迭："桐庐朝暮苦匆匆，潇洒宁能与昔同。堆案文书生眼黑，入京车马涨尘红。"（《读范文正潇洒桐庐郡诗戏书》）不过，忙归忙，诗文还是不断写着的，陆游也记下了前任业余时间的一个小插曲，这和范仲淹的信暗合：

范文正公喜弹琴，然平日止弹《履霜》一操，时人谓之范履霜。（陆游《老学庵笔记》卷九）

短短的记录，却耐人寻味。《履霜》，或《履霜操》，究竟是一首什么样的曲子呢？凡带"操"字的古琴曲，基本上可以追溯到春秋战国时期，诸如《文王操》《古风操》等，唐代韩愈写有《履霜操》曲的词，序言这样说明："尹吉甫子伯奇无罪，为后母谮而见逐，自伤作。本词云：朝履霜兮采晨寒，考不明其心兮信谗言。孤恩别离兮摧肺肝，何辜皇天兮遭斯愆。痛殁不同兮恩有偏，谁能流顾兮知我冤。"这首曲子的主题，伯奇清晨踩着寒霜，哀叹自己无罪而被逐。

再回过头来，看范仲淹的身世和经历。他的先祖，唐朝的范履冰，虽是武则天的重臣，依然死在了武则天的手上。而范仲淹自己，因为刚直，看不惯现实中的许多东西，也经常碰壁，但他没有退缩，依然自警自省。《周易》坤卦："初六，履霜，坚冰至。"字面之意为，踩上霜时就知道寒冬即将来临，提醒人们防微杜渐而如履薄冰。如此说来，意思就相当明白了，范仲淹平日只弹《履霜》，并不是琴技差，不会弹其他曲，而是牢记为官的职责和使命，如履薄冰，坚守清廉的节操。

叁　思范

桐庐县城，迎春南路与白云源路交叉口东南百余米，两千五百多平方的范仲淹纪念馆静静地卧着，白墙黛瓦的仿古建筑，背依平阳山，一座小山，青翠依然是它的主调，它应该是富春山的余脉。整个桐庐县城，南北两城，桐君山和大奇山遥望，富春江穿城心过后，缓缓向杭州而去。

范仲淹的半身塑像，凝视着所有的来访者。"天地间气，第一流人物"，朱熹的赞词成了醒目的匾额。整个宋朝，因为有了范仲淹这样一批贤臣而自豪：自古一代帝王之兴，必有一代名世之臣，宋有仲淹诸贤，无愧乎此。（《宋史》）在同辈和后代官员眼中，范仲淹是一个全能型且无瑕疵的官员楷模。我以为，元好问的评价十分到位：范文正公，在布衣为名士，在州县为能吏，在边境为名将，在朝廷，则又是孔子说的"大臣"，求之千百年间，盖不一二见。范仲淹用他六十三年的生命历程，完美地书写了辉煌的人生。

陪同我进馆的桐庐县县长齐力，中文系毕业，七〇后，戴眼镜，斯文儒雅。齐力和我说：每回见到老市长范仲淹的塑像，他心中都会升腾起范仲淹忧乐天下的鲜活形象；老市长在桐庐郡，虽只有短短的八个月，却让睦州人民怀念了一千年。对他而言，"范仲淹"三个字，就是一种无形的激励。

我以为，富春山水有四姓，那就是姓桐，姓严，姓范，姓黄。桐君老人之桐君山，严光之富春山，范仲淹之春山，黄公望之《富春山居图》。现在，春山谷雨前，我一路奔跑，去富春山中，摘取芳嫩和云烟。

公望富春

黄公望，富春江，《富春山居图》。

一位名人，一条名江，一幅名画。

人对江的钟情，江对人的涵养，画对后世的影响，数者间，怎样相辅相成，又有着怎样的复杂联系？

壹　公望前传

公元1279年，对南宋来说，是个悲怆的年份，这一年的二月初，寒风彻骨，陆秀夫背着年仅八岁的小皇帝赵昺在广东崖山向着大海猛力一跳，南宋王朝彻底灭亡。而此时，江苏常熟城的子游巷内，一个已经十岁叫陆坚的男孩子，还算幸运，他刚过继给了寓居在此的浙江温州籍老人黄乐。九十岁的黄乐，看着聪颖俊秀的小陆，心生极度喜爱之情：黄公望子久矣！小陆于是被改姓名为黄公望，字子久。自此，中国绘画史上的一个著名符号诞生了。

陆坚过继的原因，至今也没有确切的说法，有说他父亡，有说他父亡母嫁的，反正，总归是家庭比较清苦，遂成了黄家的孩子。由此，我们可以推断，在黄公望的童年时期，国将不国，家也不家，战火的硝烟，蒙古人的铁蹄，人民的苦难，他从小就有深切的感受。

自然，在黄家，他得到了比较好的教育。子久天资聪明，勤奋好学，加上黄公的悉心培养，十二岁就被推荐参加本县的"神童试"。子久通读经史子集，能绘画，通音律，还会填词谱曲，小小少年，心中已经种下强烈的希望种子，将来要出仕，干一番大事业。

然而，现实对黄子久却是残酷打击，元统治者将人划为四等，一个南宋遗民，虽"洞达经史，通晓吏事"，但没有什么路径，科举又停考，唯一的出路，就是靠别人引荐。

接下来的两段经历，都让黄子久刻骨铭心。

1293年春，经人推荐，黄得到浙西廉访使徐琰的赏识，在徐手下做了一名书吏，但这一段时间并不长。这徐琰，为人相当不错，学问也好，对文士极为敬重和礼待。这个时候，黄子久利用工作之余，接触了不少人，最著名的两个朋友是，同在徐琰府中做幕僚的倪昭奎（通过他，结识了他的弟弟——画家倪瓒），还有时任江南儒学提举的画坛大师赵孟頫。

因为黄子久的办事能力强，1311年，他又得到江浙行省平章政事张闾的赏识，到张手下做了一名书吏，不过，这个时候的他，已经四十多岁了。不想，在张的门下，他却惹上了一场牢狱之灾。

事情的起因是这样的。这张闾，官做得顺风顺水，一路亨通，不断得到元廷的重用。1314年，元仁宗要张闾具体负责南方地区（河南、江西、江浙三行省）的"经理田粮"工作。什么意思呢？就是核实土地，增加税收，平均差徭。政府先张贴告示，再令田主自行申报，并鼓励大家检举揭发，如果少报瞒报，轻则按数杖击，重则判刑流放。元仁宗为使钱袋子迅速鼓起来，还派军队监督执行。时间紧，任务重，再加上一些官员的工作方法简单粗暴，官员和富豪勾结，百姓负担反而加重，于是，民怨载道，社会矛盾急剧变化，江西甚至发生大规模的造反，闹出了不少人命。一年不到，"经理田粮"即宣告结束。元廷将主要责任人张闾问罪，同时牵连到了书吏黄子久，因为许多文书、账目都出自他手，四十七岁的黄，于是被关进了监狱。

对于黄入狱的原因，也有不同说法。和黄子久同时代的钟嗣成，他的《录鬼簿》这样说：黄"先充浙西宪吏，以事论经理田粮获直，后在京为权豪所中"。我推断，黄入狱，直接原因并不是"经理田粮"案，而是在这个案子中，说了不该说的话，也极有可能是为张闾辩解，但不管怎么说，他失去人身自由了。

更让黄子久揪心的是，这一年，元廷将中断了几十年的科举恢复了，而他正身陷囹圄，有心参考，却无力回天。

从监狱里出来时的黄子久，已经五十岁，再次求职不成，只有浪迹松江、杭州一带，以卖卜、卖画为生。

怎么来形容这一时期的黄子久呢？下面几段笔记，都有很形象的描绘，兹举如下。

明人李日华的《六研斋笔记》，这样记载他的怪行为：

> 陈郡丞尝谓余言：黄子久终日只在荒山乱石丛木深筱中坐，意态忽忽，人莫测其所为。又居泖中通海处，看激流轰浪，风雨骤至，虽水怪悲诧，亦不顾。

清人鱼翼的《海虞画苑略》，这样记载他的放浪形骸：

> 尝于月夜棹孤舟，出西郭门，循山而行，山尽抵湖桥，以长绳系酒瓶于船尾。返舟行至齐女墓下，牵绳取瓶，绳断，抚掌大笑，声振山谷，人望之以为神仙云。

清人郏抡逵的《虞山画志》，如此记载他夜生活的率性：

> 隐居小山，每月夜，携瓶酒，坐湖桥，独饮清吟，酒罢，投瓶水中，桥殆满。

荒山乱石中，终日枯坐。急风骤雨里，痴看浪涛。月夜泛孤舟，船尾拖着酒瓶（我估计起码好几个，不然无法尽兴），酒喝完，用力将瓶子一一丢进水中。望着咚咚钻入水中又一一浮上水面的酒瓶，那个人独自拍掌大笑，啊哈，看啊，那桥边，酒瓶都成堆了。天地间，一个无奈而又钟情于山水，愤世而又特立独行的形象已经差不多形成了。

壹—续

2016年2月8日，丙申年正月初一，上午十点，日光暴烈，真的是寒冬里的烈日，这一天的气象预报说，气温二十八摄氏度以上。

我和毛夏云、陆地一起，白日里去探春。

从白水村出发，往西南方向的冯家徒步。过银盘山，满山层次感极强的绿地毯，那是茶叶，虽无"春山半是茶"，但茶叶在暖温下已经发春，无疑。到了铜桥湾，一潭碧水弯绕，驻足良久，走吊桥，观民宿，打石漂。过栈道山，并无栈道，只有危岩乱石，竹林茂森，杂树生花。又过广丰庵，自然，也没有庵了，我们小时候叫白夜庵（不知道是不是这样写，大人们都这么叫）。跨过罗佛溪（也叫百江，分水江支流），对面是赵家村，不是鲁迅小说里那个有名的赵家，那是在绍兴。

两个多小时，走走停停，绕了一大圈，带着一身汗水，到达广王岭，白水村对面。抬望白水，村后就是白水坞，山势递次推进，层峦叠嶂，烟树如水浩淼，颇似公望先生的山居图景。坞的最顶处，有白水尖，我和陆地说，那里，最高峰，有个飞机目标，我们少年时砍柴，常到那去，有时望得见天上的飞机，一去一回，要一整天，背着一根百多斤的实木柴，疲倦回家。

诸位，刚刚我徒步的路线，是沿着清光绪三十一年（1905）修订，次年刊行的《分水县地图》所标记的地名行进的。分水有一千三百多年历史，县依富春江支流分水江而命名。我所在的村，属于分水县的西乡，地理上都叫四管，范围极大，有好几个乡。四管的南和东，叫五管，和淳安、建德交界；四管的北和西，叫八管、九管。一百一十余年后，人是物非，地名很多只存在于历史和人们的方言中了。

好，现在，我要沿着另一张图——《南宋淳熙分水县地图》作一次穿越，去分水县儒学读书了。

这回，我坐船。

我家门口就可以坐船，就如同屈夫子"朝发轫于天津兮，夕余至乎西极"一样方便。往罗佛溪，走两百米不到，就是溪口。对面的广王庙，香火常年旺盛，香客来来往往，买舟行船，晨行暮达。

一路行得船来，两岸青山相对出，时而猿猴悲鸣，时而空山鸟飞，几十里水路，由罗佛溪转入分水江，江面宽阔，水流平缓，往来船只频梭，不一会，就到了县城的桥口渡。

这里就是繁华的分水县城啊！

过朝京坊、阜民坊，阜民坊边有塔，七层，仰望，塔身坚实，檐飞铃脆，塔院里不时传来阵阵诵经声。经庆云寺，到庆云坊，就到达分水县的地标玉华楼了。这是南宋分水最豪华的酒楼，史载，孝宗帝曾御临此楼。南宋分水的繁荣有宋人黄铢《江神子·晚泊分水》为证："秋风袅袅夕阳红。晚烟浓，暮云重，万叠青山，山外叫孤鸿。独上高楼三百尺，凭玉楯，睇层空。人间日月去匆匆。碧梧桐，又西风。北去南来，销尽几英雄。掷下玉尊天外去，多少事，不言中。"此词如闲适风情画，逸笔虽草草，却尽状其妙处，高楼观世井，风景别样情。

我也是在一个秋后的傍晚到达分水的。我乃一介穷书生，靠着父亲微薄的薪金读书，没有多少闲心欣赏酒楼的繁华，朱门酒肉香，三百尺高呢，不敢进去。我要去县学苦读，我的目标是，一百里地外的南宋都城临安，那里有中国最好的太学，那里有我日夜向往的锦衣玉食！不要笑我狭隘，大多数南宋的同学，都怀抱这样的理想。

终于到达县学。

我们的学校，在县政府的正对面。整座分水城里，最显眼的建筑，就是县衙、儒学、书院、城隍庙和钟楼了。

学校有教谕衙，教育局局长办公的地方，全分水县教育的指挥中心，明伦堂、文庙、大成殿，这些是学校的主要建筑，我们要在那里读书学习。我们住的馆舍，宽敞明亮，从一号楼到四号楼，每一座馆舍都很精致，政府在教育方面肯投资。我们每天的任务，就是读书明理，交流讨论，节日祭拜孔圣人。局长教育我们，将来要成为国家的栋梁，将金人赶回北方去，统一祖国，发愤读书。

我校先前那些名人就不一一细说了，唐朝的进士施肩吾、徐凝、缪迁，那真是太有名了，他们是母校永远的荣光。

1980年7月，分水中学文科复习班参加高考，有十六名同学考上了本科和专科，一时全县轰动。我们读书的分水中学，就在今天分水江边的五云山，南宋的庆云书院。

庆云书院，离严光的隐居地，离黄公望的隐居地，皆只有几十里山路，士子们的读书声，一点也不影响他们的修行和垂钓，各自拥有悠悠的白云。

贰　一峰道人

当理想和现实不断冲突，且让现实碰得头破血流时，一个聪明人，一定会找一种能让他心灵得到安顿和皈依的归宿，而融儒释道三教为一的全真道，就深深吸引了黄子久。有着几十年为吏经历的人要彻底转变思想，毫不犹豫地加入全真教，那是一件非常不容易的事，他必须看穿，看破。

着袍，冠巾，黄子久于是成了一峰道人。

对于黄子久入全真教的时间，也有不同说法，有人说他在给徐琰做书吏时就已经穿上道袍了，有人则说他从监狱里出来，卖卜为生，修的就是全真教。

占卜也是一种宗教活动，可以接触到各种下层民众，有更多的机会体验最底层的世俗生活，自然也可以解决生活问题。更重要的是，这个时候，虽不是官，经历过数十年的官场生活，黄子久也对当时的官场有着深刻的了解，他想经吏为官的路子已经完全被堵死，心向往之的科考也遥遥无期，那么，最终选择全真教，以道袍裹身，这就不是权宜之计或者仅为生计所迫，而是一种思想方式、生活态度、生活道路的选择了。在全真教中，他找到了志同道合的教友，也找到了聊以自足的精神慰藉。

全真教在创立之初，摈弃物质生活，绝对禁欲，讲究苦修。蒙古人建立元朝后，统治策略是以道护国，他们急于想借道教思想来消除南宋江南文人士子的抗争情绪。于是，元廷对道教领袖赏赐不断，对道教徒也优待有加。北方的全真教因得到朝廷的大量资助，渐渐改变了教旨的初衷，开始追求起了俗世中的奢华生活。但江南底层的全真教徒，依然保持着教派创立之初的那种生活方式。我想，这也是黄子久修全真教的真正用意，他想用苦修来达到另一种境界，在道中找到自由和尊严。

从这个角度看，明人李日华笔记里对黄子久的痴傻描写，就有另外一种意义了。他整日在荒山乱石中枯坐，看大海，看激流，既是对山川自然的感悟和体验，也是全真道的一种苦行修炼吧。

和黄子久一样，他的好友，同是"元四家"的倪瓒，也是全真教徒，还有很多有名的画家如吴镇等都是全真教徒。这些人的经历和人生态度各不相同，导致画风也呈现出不同的风格，但他们绘画审美，都遵行老子的"五色令人目盲"的审美思想，在单一的黑色中，偏重素雅清淡、质朴无华的风格。也就是说，全真教徒作画，极少设色，更不作青绿山水。

我相信，子久熟读经书，《庄子》一定烂熟于心。

试拟一场景。

某天，一峰道人在荒山野岭中云游，坐下来歇息时，突然发现，身边的草丛下有一个骷髅头。一峰随即拔去覆盖着的杂草，对着它说：只有我与你知道，你不曾有过死，也不曾有过生。你真的忧虑吗？我真的开心吗？

随后，一峰道人随手捡起一根棍子，不断敲击着骷髅头问道：你是因为贪图生存、违背常理变成这样的吗？还是因为国家败亡、惨遭杀戮变成这样的？还是因为作恶多端，惭愧自己留给父母妻子耻辱而活不下去？或者是因为挨饿受冻的灾难变成这样？或者是因为你的年寿到了限期？问完这些，一峰道人就拿起骷髅头，掸去上面的杂尘，当作枕头，呼呼大睡起来。

《庄子·至乐》篇中，庄子、列子，，都和骷髅交流过，今天，他也和骷髅交流，这实在不是一种巧合，而是一种暗喻。他常常在天地间悟道，他已经找到避开祸患的方法，生死早已无所谓。在他看来，开始即是结束，甚至可以说，万物既无开始也无结束，他虚己游世，见素抱朴。

贰——续

我以前工作过的桐庐县毕浦中学，边上有个垂云洞，我在那教书时，洞还没有开发。洞边隐着魏新之，他是南宋咸淳进士，宋亡后，归隐家乡杨家村，创办了垂云书院，元廷几次举荐，他都避而远之。

我每次回百江老家，都要经过分水和里湖。

分水柏山坞口，有徐凝的老家，他退休回家闲居，白居易还大老远地从洛阳赶来看他，可见徐诗人"二分无赖是扬州"，在当时的大唐还是很有些名气的。施肩吾在分水五云山上读书，我们很多人也在那读书，五云山顶的明月，照着施状元，也照着我们。施肩吾早就透看人生，先考个进士，证明一下自己，然后，就当起了道士，过自己的隐居生活去了。里湖，我到后来才知道，和范蠡有关系，这个"里"，其实是范蠡的"蠡"，范蠡不肯争，带着美女，到分水隐居，泛舟湖上，养鱼晒网，隐居中有他和西施欢乐的爱情。

　　隐士也是心有所寄的，他们对偶像崇拜得五体投地，因此，许多人的隐，也是追着严光的脚步而来。如果你不隐，面对严光，你都觉得不好意思。无名人士脸红了：君为利名隐，我为利名来。羞见先生面，黄昏过钓台。有名人士更难为情：巨舰只缘因利往，扁舟亦是为名来。往来有愧先生德，特地通宵过钓台。（李清照《夜发严滩》）范仲淹，要不是心忧天下，忧民忧君忧国，他也会来富春隐的，所以，他面对隐士的祖宗，由衷赞叹：先生之风，山高水长。

　　方干：官无一身禄，名传千万里。

　　周朴：桐庐江水闲，终日对柴关。

　　严维：门前七里濑，早晚子陵过。（刘长卿《对酒寄严维》）

　　罗甫：罗隐之父，半年十度过严滩。

　　贯休：他在桐庐隐住三年，拜严光，和方干、周朴等人酬唱，留下了二十五首诗，涉茶，讲禅，理佛。

　　这些隐士，和黄公望一样，面对富春江两岸的清丽江山，即便隐着，也并不闲着，他们还干了很多为文化增光添彩的事情。

　　清代作家王士祯的笔记《池北偶谈》讲道，宋末，浦江的"月吟诗社"，以"春日田园杂兴"为题，举行了一次全国性的诗歌大奖赛，三个月时间，共收到两千七百三十五卷诗，专家评出前二百八十名，出版了一本集子叫《月泉吟社诗》。而谢翱等人组织的"汐社"，积极组织参加征文活动，成果显著，前六十名的诗人中，桐庐（包括分水）诗人入选的就有十人之多。这不能不惊叹，宋末元初，桐庐的山水，养育了一大批有成就的诗人。

在我看来，严光、黄公望以及诸多的隐士，不是人生消极，而是另一种积极抗争，在隐的时空里，他们将生命的长度拉长，将生命的广度拉宽，以天地为大室，与山水共眠休，自食其力，并管理好自己，从不给社会添麻烦。

每个人都在山水田园中有序生活，追求自然和原始，修炼更高的道德修养，这大约就是隐的积极意义。

叁　隐形的翅膀

黄子久独特的经历，全真道人的苦修，我觉得，还不足以说明《富春山居图》这样伟大作品的产生背景。接下来，我要细述富春江这条大江对黄子久的影响。

新安江，自安徽休宁的六股尖山峰汩汩而出，到了建德梅城三江口以下，就称富春江了。自桐庐到富阳，一百许里，知名度也越来越高，到了萧山闻堰，富春江最后变成钱塘江。其实，三个名字，都是一条江，但任何一个名字，都不是简单的称呼，而都有着它深刻的历史和地理含义。

富春江因严光而著名，严光是富春江的核心灵魂。

和严光老家（浙江余姚）相比，这富春江边的富春山，更适合他将自己的心和身隐藏起来，因为他崇敬和羡慕一个叫桐君的老人。

富春江和支流分水江交叉口的桐君山上，天气晴好的时光，一位隐居的老人，总是闲闲地坐在一棵大梧桐树下。草棚门前有篱笆，一葫芦酒，已半倾斜，黄狗躺在老人身边，昏昏欲睡，飞鸟时而相还，一阵风过，山涛呼呼而响。山脚下的一江春水，平静地流着，水面如镜，偶尔泛起的光，直晃人眼。

子久心里，也同样闪现过这样温馨的场景。

子久清楚，当初，严光和刘秀一起读书，京城的繁花，诱人的功名，都曾让一些年轻的学子热血沸腾。在刘秀眼里，年长的严光同学，就是智慧大哥，他发自内心喜欢。然而，刘秀登上大位前，严光就悄悄地离开了洛阳，东寻西觅，因羡慕桐君老人，喜欢富春江的清灵，就到富春山下隐起来了。耕于富春山，钓于七里濑，严光实在是一个自食其力的良好体验者。

黄子久也喜欢富春山。

富春山上，有个天台，这是严光的天地，他常常会登上大块石，躺在石头上，仰望蓝天，脑子里偶尔会闪出洛阳太学里的场景。他知道，刘秀小弟，会为寻他不着而抓耳搔首。每想及此，他都会不由自主地会心一笑。他的笑，是那种淡淡的，嘴角微动，是天地间的写意。道不同，不相为谋，你喜欢你的王位，我喜欢我的富春山，春江水，水里的鱼，山里的民。

子久还以为，严光自己肯定会斫琴，这是一个和天地交流的好方法。

嗯，必须会斫琴。

一切就绪，试一试音，严光知道，虽不登大雅之堂，音乐功底也欠缺一些，但是，他的伯牙，他的子期，就是那些山水，静静的山，流动的水，还有水里快速游动的鱼。这里是急滩，鱼必须快速跟水流争速度，否则，一下子就会被冲到下游。对鱼来说，它们已经习惯生活在此，往下游另一个深潭，那里都是陌生的同类，不熟悉，也就没有什么共同语言了。严光的思绪从江里的鱼，又回到了眼前的山。这富春山，几乎所有的生灵，对他都很友好，他也从不以主人自居，他和它们共享这一片天台。他弹琴的时候，富春山上那连绵的青木和峻皱的山石，似乎就是他的音符，那天空中任意飞过的大鸟，它们发出的声音，似乎就是极好的伴奏。

天地山水，大舞台，严光是一个优秀的演奏者。

子久每每坐在严光坐过的大钓台上，心中就会泛起一个洒脱脱的严光来。于是，他也忘掉了所有的焦虑，山水已经慢慢融入了他的血液。

不仅如此，子久放眼看下山去，那富春山脚，严陵祠里飘出来的烟火，正袅袅上升。他知道，这严陵祠，也因了范仲淹而山高水长。

范仲淹到睦州的时候，心情不算太好，但以他一向的性格，官场的沉浮，于他真如浮云，只要能有岗位，让他忧国忧民，足矣。因为睦州府下的桐庐，有他心里独一份情思。

必须去祭祀，是先贤，也是偶像。

严先生祠堂的破败，让范心中难受，怎么能让这样一个哲人，没有香火的供奉？香火还只是表面，重要的是精神被淹没。春山半是茶，应该是用泱泱江水精心浇灌而成的，严先生的德行，一如满山的清叶，沁人心脾。

山高水长，严先生。范仲淹让严光的精神定格成了富春江灵魂深处的独特符号，并不断演变成一种强大的精神力量。

这一切，都让子久痴迷。

　　黄子久在天地间任意飞行，我觉得，他的隐形翅膀，还应该有另一只，那就是他的诗文功底。如前述，他小时候就极为聪明，年轻时和中年时的两次书吏生涯，更让他的文字得到了锤炼，他通音律，长词短曲，落笔即成。"我识扁舟垂钓人，旧家江南红叶村"（黄公望《题王摩诘春溪捕鱼图》），随便一句诗，足可以窥见他的内心，早已和严光在一起了。

　　富春山，严子陵，还有富春江两岸的景色和人文，他们一直是诗文的抒写主体，而黄子久以前的山水诗人，已经有成千上万，著名和非著名，他们都将激情奉献给了富春江和富春山。

　　山水诗的鼻祖谢灵运的《七里濑》中，既有"石浅水潺湲，日落山照曜"的清丽景色，也抒发了"目睹严子濑，想属任公钓"的尚古隐居情怀。可以说，因为严子陵钓台，谢灵运的山水诗从一开始就不是纯粹的写景，而是夹杂着丰富的人文思想。

　　富春江也称桐江，她的美也在吴均的那一封著名的信里。吴均是今浙江安吉人，他的《与朱元思书》短札里，起笔就将富春江的精华表达得淋漓尽致："风烟俱净，天山共色。从流飘荡，任意东西。自富阳至桐庐一百许里，奇山异水，天下独绝。"吴均用文字为富春江传神写照，子久心里也酝酿已久，有机会，一定要用线条和墨色写意富春江。后来的事实充分证明，吴的短文，黄的长卷，异曲同工，皆为写富春山水之天下独绝。

　　江天一色，云树相依，隐士，美文，诗文写不尽，悠悠富春江。黄子久日日徜徉其间，与天地相处，山水和他的内心，最终联结成了一个不可分割的整体。当他不断过滤内心那些焦虑，山水的意象越来越明显时，《富春山居图》也就要喷薄而出了。

叁—续

一

一千二百多年前的某一天，德清人孟郊到不远处的桐庐，拜访了朋友——桐庐县县长李明府，这次桐庐之行，让诗人灵感大发。我们欣赏一下他《桐庐山中赠李明府》诗的前四句：

静境无浊氛，清雨零碧云。

千山不隐响，一叶动亦闻。

孟诗人笔下的桐庐山中，富春江两岸，竟然这般美丽：天地澄澈，草木清新，没有一粒尘埃；清雨滴答而下，雨后的天空也没有一片云彩。山与山都静静地待着，互不作声，极为默契；哎呀，一片叶子，突然从树林间缓缓跳跃着地，"啪"，似乎落地的响声都能够听到呢。

二

2014年11月27日下午，桐庐，富春江芦茨慢生活区。

初冬的暖阳，特别舒适，我们在芦茨新村的后街步行，点评着街道两旁有些年份的老屋，宽敞，整齐，不少住户的大门框，都是藏着年轮的青条石，门前还有两个精致的小青石门当。有人在饮茶，有人在聊天，金黄的番薯干，白色的番薯粉，暗红色或粉白色的番薯丝，人和物，都在静静地享受着冬日的阳光。

走进芦茨旅游乡村俱乐部，它由人民公社时代的大礼堂改造而成。礼堂四周的墙壁上，挂着许多幅以桐庐为背景的山水名画。伫立在李可染的《家家都在画屏中》前，王樟松指点着大家：喏，这幅画，就是李可染的代表作了，他画的都是当年芦茨村的实景，这是富春江水电站大坝蓄水前的景色。为了建电站，整个村就移出来了，刚刚我们走的后街那些房子，就是当年迁移过来的。

有人玩笑着接话茬问：那就是说，刚刚我们人人都在画屏中了？

是的，我们一直在画屏中徜徉。

《家家都在画屏中》，不看画，仅读题，就能让人无限想象。这是怎样一个地方啊，如画的风景，一定是有山，有水，山要险峻有层次，水要碧绿有深度，山要有父亲样的怀抱，水也要有母亲般的温婉。

我想象着。一滴滴重墨，在宽阔的宣纸上渐渐地延伸，墨色滋润，意象袭来，浓的成了富春山岭上的树，成了芦茨民居黛色的瓦片，成了渔民江上行走的小舟，成了农户院子里大丛的花朵；淡的化为富春山上险峻的岩石，化为澄碧静流的富春江水，化为民居灰白色的粉墙，化为富春江上的撑竿渔夫。

李可染曾说，画家画画用方法，农民画画用感情，他也是用他的心，在表达深入观察独立思考到的深厚和凝重。芦茨村和李可染，都被载入了中国山水画的史册。

肆　第九个行者

　　黄子久有个百宝箱的布袋，布袋里有他速写素描的工具，"袖携纸笔，凡遇景物辄即摹记"。我想，布袋里应该还有一管铁笛，道人，铁笛，元朝的江南天空下，隐士道人，常用它来伴着自己，和大地天空自由相处。

　　诸暨枫桥人杨维桢，比黄子久小二十几岁，年少成名，他考中了元廷难考的进士。但因为性格原因，官场屡屡失意，中年时跑到富春江边的桐庐隐居，在那里，他写下了不少诗文。

　　杨维桢的诗文，一如他那倔强的个性，独辟蹊径，标榜"复古"，崇尚"自然性情"，"铁崖体"凌空而降。宋濂赞他。四十年里，诸多学生，像群山崇拜泰山、像河流归顺大海一样，崇拜杨大师。除了诗文，还有晚年极具杨氏个性的"粗头乱服"书法。元朝当时流行赵孟頫温润秀丽的赵氏书风，而杨氏书法，完全不守规矩，一如他的诗文，横空出世。

　　而杨维桢的打扮，更怪。他自小苦读的地方叫铁崖山，加之他的文章风格明显，人称杨铁崖。他也是个全真教徒，戴的却是铁冠，他还吹铁笛。

　　可以想见，都是全真教徒，都吹铁笛，虽差二十几岁，但黄子久和杨维桢应该有比较多的交集。确实如此，这一对忘年交，是非常要好的朋友，杨维桢曾这样记载他们的交往：

　　予往年与大痴道人扁舟东、西泖间，或乘兴涉海，或抵

小金山，道人出所制小铁笛，令予吹洞庭散曲，道人自歌小
海和之，不知风作水横，舟楫挥舞，鱼龙悲啸也。（杨维桢
《君山吹笛图跋》）

看来，这一峰道人吹铁笛的技术，远高于年轻的杨维桢，铁
笛自己制作，曲子自己创作，这些铁管，这些音符，皆是一峰道
人的如意兵将，他可以随时遣意调兴。不仅如此，才高八斗的杨
维桢，对黄子久的诗文也称赞不绝："诗工晚唐"。

那么，一峰道人什么时候会吹铁笛呢？以下两种情形，我觉
得很有可能会让他的笛声飞扬。

创作前。

眼前的山水，要化为纸上的风景，有时也颇费周折。那些笔
墨的精灵，一开始也是躲躲藏藏，东一个点，西一个点，死活不
肯出现，即便出现，也影影绰绰，模糊不清。这个时候，一峰道
人，就会放下所有，什么也不想，笃悠悠地从布袋里掏出铁笛，
对着群山、富春江吹，还有眼前的杂草，也是忠实的听众。那些
缓缓流出的音符，不算仙乐，但也绝不呕哑嘲哳。吹着吹着，突
然，前方出现了一个非常清晰的身影，须髯飘飘，背着根长长的
渔竿，蓑衣，斗笠，布衣，芒鞋，这不是严先生吗？是的，就是
严先生，严先生是这条江、这座山的精灵，他经常和严先生促膝
交流，他们的灵与肉，似乎早已一体。严先生微笑着对黄公望
说：这不是你的画吗？就在眼前啊。

每当这个时候，黄子久，或者一峰道人，总是豁然开朗，心
旷神怡。是的，铁笛的音符，勾起了他满怀的情愫，而严先生的

影子又总是在他的笛声中显现。

创作后。

那幅著名长卷，一峰道人是应无用教友的邀请而画，这花了他数年的心血，真的是心和血的凝结。三四年时间画一幅画，断断续续，这不是画的烂尾工程，而是他不断过滤、不断修行的结果。富春江两岸的山峰，山峰上的树木、岩石，丛林中奔跑的野兽，江岸边的野滩、茅舍、孤帆、渔家，一切的一切，都被他揣摩过无数回，已经牢牢生长在他心中。

这一回，两丈长卷终于完成，小酒喝过，黄子久从布袋里又摸出那管铁笛，稍稍定了定调，对着大江吹了起来。这恣意流淌的音符，如让人夏饮冰泉，冬焐暖宝，舒服到心坎。

我们是不能以浅薄，或自满，或自得，来形容黄子久（不，此时应该称他大痴了）此刻心情的。富春山水，已铺洒成眼前长长的墨卷，它是吴均美文的具象显示，黄大痴终于做成了一件大事，此生所有的事，似乎都是为这件事做准备的。

好了，现在，让我们做一回画中人，和黄大痴作一番交流吧。

《富春山居图》七米长卷，我们从无用师卷平缓的小岛进入。江面平静广阔，临水的岸边几座房屋掩映在树丛中。沿着江岸一直往前，在一个很狭小的水口，一座小桥，连接伸向另一个广阔而壮丽的山峦。桥上一个人出现了，此人拄杖，应该是个男性，身份不详，那根杖，快要高过人头了，人略显佝偻。山峦的东面，山脚树木森森，向山深处延伸；山峦的西边，一直到坡下，是一个向江面延伸的渔村，村庄曲折有致，茅屋错落掩映在树林间。

现在，我也和拄杖人一样，要入山。先入村，有一屋引起了我的兴趣，此屋极小，稍高，门前有一块空地。抬头望，面前就是高山大川，这山呈三角形，遍布草木，这是典型的北宋式主峰，然而，细观其上方，则有一峰似一条飞龙卧着，一直延伸至远处的主峰。这是谁的屋子？是黄大痴理想中的小屋吗？他晚年居住在富春江边，此画就是断断续续画完的。断续的原因，按他自己的说法是，他经常要去山里云游，想必，这一处，应该是他常歇脚的地方。

行行复行行。多日的云游后，我又来到了江湾处的一个亭子。此处江面开阔，几株粗壮的松树，枝条呈黑青色，繁茂斜映，松林下有一座宽敞的临水亭子，茅草斜披，围栏粗壮。想必这围栏的树枝，是从山上砍下来不久，还散发着松枝的清香，我靠着围栏坐下来歇脚。右前方，一渔人在垂钓，左前方，也有一渔人在垂钓，他们都戴长斗笠端坐着，将脸深深地藏起来，长长的丝线抛入水中。看着他们悠悠的样子，我笑了，他们为什么要钓鱼？这江，宽得很，一网撒下去，可以捉不少啊。转念一想，呵，是我太浅薄了，他们只是在钓鱼吗？他们难道不是在修炼吗？那位，是不是严光先生呢？极有可能，他们虚心而静，这天地间的，唯有江，唯有鱼，他们不是在钓鱼，是在和鱼作交流呢！

黄大痴《富春山居图》的清润与浑厚，我没有发言权，我想引明代沈周和董其昌两位著名收藏者的评价，他们都曾经收藏过此画，沈周得而复失，董其昌暮年难守。

沈周的题跋云：……墨法笔法，深得董、巨之妙。此卷全在巨然风韵中来。……

沈周曾拥有此画，日日揣摩，那些山水都似用刀刻在他脑子里了。他也是可怜，画被人借走而干没（侵吞），等到再发现时，再无能力购得，于是只有背临一幅。幸好，沈周的背临图，也成为了现代的无价之宝。

董其昌对黄公《富春山居图》的题跋云：

> ……唯此卷规摹董、巨，天真烂漫，复极精能，展之得三丈许，应接不暇，是子久生平最得意笔。忆在长安，每朝参之隙，征逐周台幕，请此卷一观，如诣宝所，虚往实归，自谓一日清福，心脾俱畅。顷奉使三湘，取道泾里，友人华中翰为予和会，获购此图，藏之画禅室中，与摩诘《雪江》共相映发。吾师乎！吾师乎！一丘五岳，都具是矣。

别的不说，只两句"吾师乎"的惊叹，就足以看出董其昌膜拜之至。

黄大痴的画中，出现了八个人，有士人、渔父、樵夫，而沈周的背临图中，却有九个人，那多出来的一个，我并不认为是他背临记忆的差错，而一直以为是沈周自己，他将自己融入了大痴的画中，这画既是大痴的山居图，也是他自己的理想国。

那么，这第九个行者，我们可以这样设想，他是在天地间任意行走的大痴自己，他也是久经修炼"望峰息心"的一峰道人，他也可以是我们中间任何一个观画研画的参与者。这一个恣意行者，徜徉在被大痴笔墨唤醒的山水中，生命和苦痛，都已被安顿，"挥手弄潺湲，从兹洗尘虑"（孟浩然），"清溪清我心，水色异诸水"（李白），月户雨窗，不知身世在尘寰矣！

肆——续

我也是那实实在在的第九个行者。

我教陆地同学读的第一首古诗，就是范仲淹写富春江上打鱼人辛苦的：

> 江上往来人，但爱鲈鱼美。
>
> 君看一叶舟，出没风波里。

那时，陆地刚上幼儿园不久，我们恰好租住在富春江边的马家埠。我们住三楼，每天早上起床，拉开窗帘，窗外就是富春江，有时，江雾升腾，烟波浩淼，恰有打鱼小舟出没，此情此景，教他念，"江上往来人"，大白话好懂，看，富春江大桥还没落成呢，两岸往来，靠各种哒哒的船。

"但爱鲈鱼美"，什么叫"鲈鱼"啊？就是那种生活在富春江里的，胖胖的，刺不多却很好吃的鱼；什么叫"但爱"啊？就是只喜欢吃鲈鱼！那我也要吃！嗯，让妈妈去菜场买！

"君看一叶舟，出没风波里"，什么叫"君"呢？我哈哈大笑，你就是君啊。什么叫"一叶舟"？你仔细看，那江上的小船，像不像一片树叶那样细长呢?

幼儿园的时候,陆地同学管小船都叫一叶小舟。

伍　公望富春

黄公望的《富春山居图》,不仅是他个人的巅峰之作,也是元代山水画的旷世杰作。自此,中国绘画史上增添了极为重要的册页,对后世影响深远。

《富春山居图》在清顺治年间曾遭火焚,焚后分成两段,一为《剩山图》,一为"无用师卷",且被不同的藏家所藏,开始了长达三百六十多年的沧桑之旅。

乾隆十年(1745)的冬天,《富春山居图》(子明卷,仿本)被征入宫,第二年,又一卷《富春山居图》(无用师卷)入宫,乾隆都非常喜欢。后经身边大臣及专家研究鉴定,他自己也细细过目,最终,他认定,子明卷为真品,无用师卷为赝品。接下来就有点搞笑了,乾隆每到一处游走,都会带上子明卷,且在后面长达五十年的时间里,在子明卷的空白处,赋诗题词,并加盖玉玺,将所有空白的地方都塞得满满的,共有五十六首赞叹诗,各式钤印,花花绿绿,而无用师卷,却未曾留下一处题跋。

呵,《富春山居图》遭遇了乾隆的冷落,才幸得保全,这也算一种幸运吧。

现在,无用师卷藏在台北故宫博物院,《剩山图》藏在浙江省博物馆。2011年,"无用"见到了"剩山",合璧场景,盛况空前。如今,它们都静静地躺在两岸的藏馆内,各自述说着尘湮的历史。

自黄公望后的六百多年间，《富春山居图》就成了中国名画的代表。普通民众喜欢不稀奇，元明清那些著名画家如此钟爱追风，才是奇观。

除沈周外，明清不少画家都模仿背临过《富春山居图》，很多仿图也都成了稀世珍品。清代甚至"家家子久，户户大痴"。

细看清代的两位传承画家。

王原祁，"清六家"之一，擅山水，以黄公望为宗师，用笔沉稳，元气淋漓，自称笔端有"金刚杵"。他晚年的代表作《仿黄公望富春山图》，层岩圆峻，重峦叠嶂，山云雾缠，高树披背，亭阁隐约，山下洲渚江石，林木葱郁，屋舍错落。全画借角选景，递次深入，用笔虽简劲，意境却幽邃，既得黄公之神韵，更融入了王氏秀润苍浑之笔力。

查士标，"新安四大家"之一，善画山水，笔法清劲秀远。他的《仿黄公望富春胜览图》，笔触清快，疏散简率，可分远中近三个层次观赏。远山，陂陀峻峭，密林深绿，高台草亭，岸湾逶迤，沙渚之间，小拱桥相接；中景，绿树茂林间，房舍隐隐，土台垂柳边，长木桥之上，一宽衣高士，策杖前行；近岸，乔木耸立，似有成熟果树枝头挂满，水草幽青簇簇，苔绿缀地，农家瓦舍前后相连，浅滩孤舟惬意自横。虽为仿作，却也潇洒纵横，散漫超逸。

富春江边的东吴文化公园，有一片刚刚落成的独特建筑群，曲面屋顶，似富春江水波连绵起伏，整个巨大的建筑群，看起来就是一座山，它是著名建筑设计师王澍设计的富春山馆，已经将富春山水与《富春山居图》融为一体，俨然富春山居小世界。

丙申秋，富春山馆的公望美术馆内，"竹林墙"构建出上千平米的展厅，元明清诸多著名画家，他们带着自己临摹和创作的作品，向黄公望膜拜来了：

沈周，《石田富春山图》；

董其昌，《临富春山图》《仿大痴山水》；

蓝瑛，《仿黄公望山水》；

赵左，《富春大岭图》；

张宏，《仿大痴富春山图》；

高岑，《临富春山图》；

恽寿平，《富春山》；

王原祁，《富春大岭》《富春山图》《仿黄公望富春山图》《仿大痴山水》；

李为宪，《富春大岭图》；

沈宗敬，《富春图》；

高树程，《仿富春山居图》；

方琮，《仿黄公望富春山图》；

奚冈，《仿黄公望富春图》；

黄均，《富春山居图》。

三十几位大家云集富春江岸，古代山水名画在中国南方集中展示，他们都因黄公望而来，因《富春山居图》而来。我仿佛置身熙熙攘攘的热闹场景中，元明清的大画家们相互作揖寒暄，公望先生，居中而坐，仙风道骨，他将着长须，不时点头赞允。颔首间，他又见熟悉的峻岩、江月、流水、松涛，当然，还有自己满意的呼吸，一颗如严子陵般安顿的闲心。

伍—续

一

清咸丰十年（1860）的五月二十五日，这一天的早饭前后，有五位读书人坐的游船，就到了桐君山脚下。看山上林木葱茏，五人心痒，很想上山，可惜未果（估计没有找到合适的码头）。他们是江苏宝山人蒋纯甫（即蒋敦复，晚清作家，被誉为"海上三奇士"之一）、杭州人华弃疾、富阳人胡叔节、江苏震泽人孔吟父、江苏苏州人王韬。二十三日傍晚，五人在胡叔节家门口上了船，沿着富春江，一路慢游到桐庐，他们要去和精神偶像严光作深度交流。

1931年至1934年，富阳人郁达夫两次到桐庐，他去了钓台，两上桐君山，在中国文学史上留下了两个散文名篇。

他在《钓台的春昼》中如此向往：

> 倘使我若能在这样的地方结屋读书，以养天年，那还要什么的高官厚禄，还要什么的浮名虚誉哩？

他两上桐君山后，在《桐君山的再到》中竟然痴想：

> 想几时去弄一笔整款来，把我的全家，我的破书和酒壶等都搬上这桐庐县的东西乡，或是桐君山，或是钓台山的附近去。

二

杭州到桐庐，船从南星桥开出，拐一个大弯，经萧山闻堰、三江口，再转富阳的渔山、里山、灵桥、富阳、中埠、场口、东梓关，就到了桐庐的窄溪，桐庐东门外码头是终点站。

1981年的暑假，我和徐松泉、魏一媚一起，先从金华坐火车到杭州，再从南星桥坐船回桐庐。应松泉之邀，我们先在富阳下船，去江岸边的春江公社松泉老家住了一宿。具体的细节已经模糊，只是感觉那时的生活节奏像富春江中的行船一般，好慢。船不疾不徐地开，我们回家也慢腾腾的，一点也不着急。松泉哥哥在啤酒厂工作，松泉妈妈热情接待，晚餐有江鲜，还喝了啤酒。

那时，我从金华的浙江师范学院回一趟百江老家，差不多要两天时间。印象中，我还和林国华、路峰、王迪同学一起从兰溪坐船到桐庐，经过梅城时，仰望那座古城，心生不少敬意，因为以前我的老家也属严州府，梅城可是当时严州的政治经济文化中心呀，梅城还有一座严州师范学校，当时也挺有名气的。船过富春江大坝，闸门打开，船被吊在空中运过去，神奇得很，以后坐船，还从来没有过穿大坝的经历。

但郁达夫那个时代，他们坐的船，却可以直达钓台。那时，富春江上游还是一川激流。

咸丰十年五月的那个下午，蒋纯甫等五人去拜见严先生，山水也静默，怪石相望，亭角勾回，小松大松错落。忽闻一声画眉，严先生的青鸟使者前来迎接。这是严先生对他们的特殊礼节，因为他们摒弃了人间的污浊和烦躁，卓尔不凡。

他们所到的钓台，是整条富春江的精神核心。

钓台也是富春山这一幅自然大画中的眼睛。

三

时隔八十三年，周天放、叶浅予的《富春江游览志》重新出版，我在序言《春水行舟，如坐天上》中，仔细观察了叶浅予所配的图片。

鲥鱼图。憨厚的渔民，提举着一条刚出水的鲥鱼，鱼身白而柔软，目测至少五斤以上。这个尤物，已经绝迹，它只存在于桐庐人的记忆中。

渔妇舟中烹鱼图。挽髻，布衫，略带着满足的笑容，渔妇开始了日常午餐的准备，这不，刚刚捕上来的足鱼，有一斤多呢，加料，煮汤，可佐三碗米饭。

农夫摸鱼图。背着鱼篓，黝黑的身子，抬头一张笑脸，双手却没闲着。刚刚干完田里的活，中午的菜嘛，就在富春江里储着呢，螺蛳、黄蚬、泥鳅、土步鱼、鲫鱼，哪一种都鲜得让人掉眼珠子。这大江就是个菜篮子，随便什么时候来都有收获。

鸬鹚图。这里只显示小舟的一角，五只鸬鹚，各显神态，或者是捕鱼归来，鸬鹚们正以各自的方式休息；或者是鸬鹚们正要出发，这几天养足了精神，消除了疲劳，可以好好去大江里活动活动筋骨了。

除了鱼系列，叶先生的照片，还有不少展现富春江两岸的风光人文。严子陵钓台，圆通寺，遍地的野花，桃林，卵石，行船中之村妇，逆水行舟与顺水行船，细细体会，都有别样的风景。

说最后一幅，浣衣村妇。

这幅图和老翁垂钓有异曲同工之妙。老翁是正面，浣衣女是背影。有的时候，背影更给人以无限的想象。大辫子是本图的闪光点。每个年代都有不同的审美点，朴素、健康、大眼、粗辫，旧中国农村的典型女孩。三月三日天气新，长安水边多丽人，那是文人眼中王公贵族女子在搞派对，而富春江边，依江而生的女孩们，也有自己的审美方式，上无片瓦，我不怪你的，下无寸土，我自己情愿的。我们不怕，我们有这取之不竭的富春江呢，"官人"啊，你若先回家，就先歇歇脚，等着我，这一篮子衣服洗完，马上回家给你做饭！呵，浣衣女面前的那一圈圈涟漪波纹，正将这一消息捎给她的"官人"呢。

四

己亥正月十一下午，董利荣陪我去莪山畲族乡访民宿。那里少数民族集聚，原来是桐庐经济最不发达的地方，近十年来，却冒出了一家又一家的高端民宿，秘境、云夕戴家山、戴家山8号、戴家山隐庐竹韵，一家家都隐藏在茂林修竹中，溪水潺潺，住客南来北往，为的是一份心灵的安放。

咦，居然还有一家书店！这家南京先锋书店的分店，由一幢老屋装修而成，曲折别致，两万多册精选书，和总店同步更新。店长小董，来自南京，她说，书店2015年10月就开张了，店员半年一轮换，场地由乡里无偿提供，经营靠自己，能自负盈亏。

楼下楼上一排排地看，最后买了一本王鼎钧的《讲理》，我特意在扉页写下一行字：购于戴家山先锋书店。

上周，我又去了趟富春江边，讨论陆春祥书院和富春文学院的设计方案。

富春江边大奇山麓，山脉紧紧连着富春山。大奇山下有一座特别的小城叫富春山健康城，那里已经集聚起了健康养生、运动休闲等几百家高端企业和机构，他们秉持的理念，就是古接桐君、严光的隐逸文化精神内核，今连现代人的养生休闲需求。想想也是，人间万事，还有什么比健康更重要的吗？我们的书院和文学院，坐落在健康城的核心区域，依托现有五幢民居建设。我们想成为一座人文桥，连接起现代的健康城和古老的桐君严子陵。

我给这个小综合体取了个名字：富春庄。

我还写了四句打油诗作为设计主旨：富春山下富春江，富春江对富春庄。高山流水择邻地，我在庄里写文章。

我狭隘地理解，这紧邻着严光富春山的"富春庄"，应该是黄公望《富春山居图》实景地的某处立体呈现，精神复活。

岭上看白云，不如去富春，"清夜无尘，月色如银，酒斟时须满十分。……几时归去，作个闲人，对一张琴，一壶酒，一溪云"（苏轼《行香子·述怀》）。

富春山依旧险峻挺拔，富春江水仍然汩汩清流，公望富春，时间和意念流动着的，是《富春山居图》的深厚人文和生命境界，永恒的卷轴。

乙卷——我

水边的修辞

在『美院』的日子

圆通路 5 号

养小录

百江辞典

水边的修辞

一 水边

浙江302省道，杭州至千岛湖公路51公里处右拐就是我的家，白水小村，一个袖珍型的自然村，《光绪分水县志》称白水庄。农村包产到户以前，几十户人家的白水，有两个生产队，我家在上村，五队，下村是四队。白水隶属于溪对面的广王大队，人们都叫广王岭。白水依山临溪，山连绵成岭，却没有名字，溪叫罗佛溪。

分水江为富春江最大支流，又称天目溪，流域面积三千多平方千米，跨浙皖两省，它也有很多支流，支流的支流，我家门前流过的罗佛溪，就是分水江支流之一，准确地说，罗佛溪应该是前溪的上游，它和来自另一方向的罗溪，在我家对面的百江汇合成人字状，然后蜿蜒几十里入分水江。

罗佛溪仍然有支流。

白水依的无名山，有两个方向，我们叫小坞和大坞，山都只有一二百米高，紧紧拥着溪，路随溪转。小坞不太深，路也比较窄，差不多一个小时能走到底。大坞显然深许多，长长的机耕路向深处蜿蜒，宽阔得能开拖拉机，行至半途，再左右分叉，右边横坞，左边直坞，一直通到大坞的最高点，山顶上有民航的塔台标志，村民们喊它"飞机目标"，这山海拔六百多米，是白水村的最高山。村民们的活动范围基本到此为止，再往远处走，就属别的地方管辖了。物资匮乏的年代，山林、河道都是宝贵的财产，人们领地意识很强，不能随便侵犯。

小坞溪大坞溪，从来都没有名字，村民们只喊小坞坑大坞坑。大人们从大坞坑里截出一股清流，直接从我一鸾表舅家门边流过，门口坑就形成了。坑两边用石头垒成磡，架上青石板，这一步可跨的行人桥，或许是世界上最小的桥了吧。

我们的日子往往从门口坑开始。

清晨，坑上游常常是挑水的人们，两只木桶、一只水瓢，一瓢一瓢舀，一担一担挑，一天的用水，要挑好几担。我从十来岁起就挑水了，挑不满，几十米路，多挑一担就是。坑下游，妇人们三五聚集，各自找位洗菜洗衣。坑里有小游鱼，忽撞一下菜，忽撞一下衣，东家长，西家短，新闻和八卦，反正除了她们自己听听，鱼也不会听。

门口坑，不好听，不过，名称实在不重要，重要的是我们一直生活在水边。

二　毛故事

长长炎热夏季的夜晚，索性将竹凉床搬至门口坑边，不是一张，是好多张，大家都出来乘凉。地上泼几次清水，干干净净，凉床上常常挤满大人孩子，有些则索性搬一张竹躺椅，舒舒服服躺着，卧谈会就这样开始了，幼时关于家族的一些零碎记忆，都来自这七嘴八舌的闲谈。

我们五队，大部分都是母亲这头的亲戚。

母亲姓毛，源自江山清漾毛氏。说起这个清漾毛，在外面名气不小。历史上，彼地出过八位尚书、八十三位进士，那里是江南毛氏的发源地。1933年，胡适先生还题写过"清漾祖宅"。毛泽东的韶山家谱表明，他老人家的祖先"祖居三衢"，就是从清漾迁出去的。

外公有六兄弟，是太外公带着儿子们，从江山来到白水小村的。外公老小，1949年，母亲九岁时，四十岁的外公因病去世。除老三外，外公的其他几个兄弟都生了不少的孩子，所以，母亲的堂哥堂姐一大堆，我的表舅表姨自然也是一大堆，表兄表弟表妹什么的，那就更多。不过，老一辈的，我只见过五外公和五外婆。我曾经在一篇讲"最初记忆"的文章里写到过一个细节，五外公家造新屋，墙脚打好后，他拿着几根点着的香，到几个墙角，东拜拜，西拜拜，我们几个小屁孩一路跟着，虽然不知道是什么意思，但从五外公庄严的神情看，我们都认为，这一定是一件重要的事情。

家里有两样和外公有关的东西，母亲常常提及。

一件是现在饭桌边依然挂着的大镜框，那是外公外婆结婚时几个朋友送的礼物，"毛夹生　何英　新婚大喜"，由此我知道了外公和外婆的名字。母亲常会细心地用软布擦拭，所以，那镜总是一尘不染。

另一件是一个老书箱，其实是小型书柜，太外公传给外公的。太外公毛石屏，是个秀才。外公读书读到什么程度无法考证，但他后来一直当老师。外公给母亲留下的口头禅是三句话九个字：做人难，难做人，人难做。我相信，母亲小小年纪一定不太理解，我记事时，母亲碰到烦心事、为难事，总脱口而出这九个字，我耳朵几乎听出了茧，但一直没有往意思上想。后来，我读大学，参加工作，经历了不少的世事，每想一次，都觉得深刻，人生在世，立身行事，太不容易。我查不到这句话的出处，但古人早就表达过这种人生格言了，外公显然是将其作为座右铭念叨的，时时警醒自己。

于是我想尽量探听一些外公的故事。

有一个故事，我觉得能显示出他的这种做人智慧。按推算，外公应该生于1910年，移居白水后，他在分水一带当老师。有一天，从浙西於潜县来了一队人马，到达外公教书的里湖村。为首者叫毛森，彼时，他正在於潜负责整顿国民党部队的军风军纪，类似宪兵队的职能，於潜就在分水县的边上，他来看望同乡同学。毛森比外公大两岁，国民党中将，军统著名人物，是江山"一戴三毛"（戴笠、毛人凤、毛万里、毛森）传奇之一，他毕业于衢州第八师范，先做小学老师，从军从警那是后面的事。外公也是国民党员，但普通得很，只教书。

毛森来见外公，惊动了当地的乡长保长，他们都陪在一边，除了问候交流外，毛森问外公：生活过得好吗？有人欺负过兄没？

外公连声答：好的好的，没有人欺负我。

乡长保长都投过去感激的目光，他们知道，面前站着的是一个令人胆战心惊的人物，弄不好就会送掉性命。

临别时，毛森对外公说：兄侄子多，我替你带几个出去吧。

外公又连声拱手感谢：不必了，不必了！让他们老老实实在家做农民吧！

外公这一推辞，救了我好多舅舅。他们如果跟着毛森出去，结局无法预料。此后，我特别关注毛森，抗日反共，有功有罪，逃到台湾，移居美国，从军统枭雄到爱国侨胞。1992年5月，毛森从旧金山飞上海走亲访友，并回江山，了思乡之愿，当年10月在美国去世。我当时刚从毕浦中学调到县委宣传部工作不久，信息不太灵，如果我知道毛森回中国的消息，一定会去见他一下，和他讲讲我的外公毛夹生，我也会讲几句生硬的江山话。

清明节到了。罗佛溪边，银盘山上，成垄成垄的茶叶树，苗壮茂密，太外公的墓就藏在山脚茶丛深处。拨开茶树，艰难行进至一个高石磡前，有一块青石碑，上面写着"毛石屏之墓"。母亲摆上供品，倒出纸钱，点着一把香，甩一下，灭了火头，分给我们一人三支，纸钱很快燃起旺火，我和妹妹弟弟双手拿着香，虔诚地拜拜，母亲嘴里则念念有词：

阿公啊，阿公，我们来看您了，您钱收好噢，一定要保佑我的孩子们！

拜完太外公，抬头望望天，看着袅袅上升的轻烟，心里自语道，太外公应该收到礼物了。四顾一下茶山，天空湛蓝，茶山碧绿，遇上雨天，则一片烟雨朦胧。大约半小时后，母亲说：再拜一拜，我们要去看外公外婆了！

三　陆故事

王樟松，桐庐县作协主席，他做文化局局长的时候，从桐庐图书馆为我复印了一册民国三十五年（1946）修订的《桐江陆氏宗谱》。宗谱共八册，被私人收藏，令人不解的是，那收藏者不姓陆，却不肯将此家谱共享，桐图只存有第一册。此前，桐庐档案馆的姚朝其馆长，曾寄我一册他编著的《桐分谱牒》，上面清楚地写着，桐江陆氏，始祖就是与文天祥齐名的南宋丞相，抱着八岁小皇帝赵昺从崖山跳海的陆秀夫，他从江苏盐城迁居武林，一子从武林迁居桐庐，然后在桐江一代一代开枝散叶。

我父亲陆振国，1933年7月生于分水里邵村，八兄妹，一哥一弟，一姐四妹妹。我奶奶命苦，一共生了十五个孩子，只养活八个。里邵在一个深深的山坞里。我小时候去爷爷家玩，从大路（村名）公路边插进去的一条机耕路走，两山夹着路，路坎下就是溪，不断绕进去，绕过几个小村庄，要走十多里路才到里邵。父亲高小毕业后参加工作，二十几岁做百新乡乡长，就是现在百江镇的一部分区域，和母亲结婚后，一直住在白水。父亲在东溪公社党委副书记任上一待就是十七年，1979年调任罗山公社党委书记。1983年，五十岁的他，在百江供销社支部书记职位上退休，妹妹要顶职，只能提前退。

我问父亲家谱的情况，他仅有的一点信息是这样的：

他七八岁时，也只是个大约，修过家谱，他和大伯都上了谱，他在谱上的名字叫陆大有。当时只修了六部（也只是大概），动乱年代，保存在堂兄家的最后一部家谱，因怕惹事，烧掉了。我爷爷有三兄弟，再往上曾祖、高祖、太祖什么的就不知道了。父亲说，陆家在里邵已经居住二三十代。按《桐江陆氏宗谱》的迁移表推算，七百多年，居住地和时间差不多都能对得上。

自去年5月开始，我都在读陆游文集及各种陆游传。陆游活了八十六岁，八十五卷《剑南诗稿》，九千多首诗，五十卷《渭南文集》，七百多篇文章，还有《南唐书》《老学庵笔记》，一百四十多首词，这么通读，是为了写《陆游传》，作家出版社的一个重点出版项目。

又发现陆游和我有点关系了。

著名陆游研究专家邹志方认为，陆秀夫是陆游第六个儿子陆子布的孙子，也就是说，陆秀夫是陆游的曾孙，山阴陆氏宗谱也这么明确地写着。

可我依然疑问深深。此前，我曾致电盐城陆氏宗亲会，他们告诉我，盐城陆氏宗谱上，没有记载秀夫公的后代在桐江生活（我内心反驳：没有记载并不等于没有）。我也查了不少资料，邹志方这个观点，其实上世纪六十年代就有人提出，不过，反对的人也不少，重要佐证就是，陆秀夫的父亲、爷爷，盐城的宗谱和山阴的宗谱，对不上（我内心反驳：对不上并不表示不是，总有一头错了），反对方还引用一般常人观点，陆游及其祖上，在宋朝就是名人，陆秀夫如果是陆游后人，不可能不写上，除非故意

（现在还找不到这种故意）。

陆游第二十六世孙陆纪生，他是陆游第五子陆子龙后人，前几天告诉我一个有点令人吃惊的消息：盐城陆氏准备来绍兴认祖。我还没有问他后面的情况，有没有来，是宗亲联谊呢，还是找到了另外的证据？

见我一直沉浸在这些纠缠中，昨天晚上，陆地突然说：爸爸，你为什么不去做个祖宗迁徙的基因测试呢？方便得很。恍然大悟，让他赶紧下单买了一个试剂。弄清楚自己从何处来，其实不仅是为了自己，这也是一个重要的哲学命题。任何一个家族的迁移，都和时代紧密相连，它也是文化史、地理史、民俗史。

三天后，试剂来了，打开，朝试剂里吐几口唾沫，摇一摇，封好，再原样寄回，半个月后，基因检测结果来了。

我的独特血统：南方汉族，46.11%；北方汉族，45.14%；苗族，8.22%；中华民族无法细分成分，0.24%；东北亚无法细分成分，0.29%。

这一血统告诉的信息是，我的祖先，应该是春秋时期的吴国或者越国人，彼时，吴越的势力范围一度北达山东、江苏，南入闽中，东濒东海，西达皖南、赣东。这个基因的名字是：Y单倍群O—Y137055。理论上，具有这个基因的，都应该是亲人，所以，家族线索中，他们提供了可确认的湘桂冯氏家族，可认领的浙江杭州陆氏、浙江杭州富阳陆氏。浙江杭州陆氏的始祖是宋代的陆彦端，字伯贞，河南汝州籍，官太医院，从宋高宗南渡迁杭。检测方还提供了一个数据，清朝以来，在全国二十四个省份中发现二百零四人和我有相同的基因，排在前三的是浙江、福建、江苏。

这样的结果，或许可以推测，我的父系是从北方迁来的，母系一直生活在南方。湘桂冯氏和父系有关系？我立即问父亲，他说，他奶奶就姓冯，这真是太准确了！我当即从网上购买了《南渡陆氏家谱》，彼家谱尊陆彦端为始祖。我也想再了解一下和我有相同基因的二百零四人，我觉得这里应该有重要线索。依然持乐观态度，随着线索越来越多，我祖先们出发的始点也会越来越清晰，我相信！

四　兄妹

陶渊明有一首《四时》①诗是这样的：

春水满四泽，夏云多奇峰。

秋月扬明晖，冬岭秀寒松。

我喜欢陶诗。以前读陶诗，只是关注他的隐逸，归田园居，桃花源式的理想；及至中年，再读陶渊明，就感觉他是特意在天地间修行，那种修行，是完整的、有计划的，尽管生活常常无情捉弄，他依然由着自己的心，潇潇洒洒地生活，他的精神始终高洁。即便是普通的写景，都深含着别种寓意。《四时》就是这样。又忽然发现，这诗似乎就是为我们兄妹三个写的，春水是我笔名，我妹秋月，我弟夏云。有人开玩笑说，你妈要是再生一个就

---

① 此诗一说为顾恺之《神情诗》。——编者注

好了，凑齐春夏秋冬。确实，上世纪六十年代，一家四个孩子极其正常。我笑答：不可能呀，夏云都是父亲从手术台上救下来的。母亲怀了弟弟，不想要，生活太难了，就去分水人民医院做流产，父亲听说后立即赶往阻止，他狂奔到医院时，母亲已经躺上了手术台。

不过，父亲为我们取名的时候，根本没有读过这首诗，纯属巧合。

家中的老大，一般都要多承担一些，各种活都要干，被生活逼迫得比较懂事，父母亲自然也宠爱一些。现在回想起来，一直到我读大学，父母亲都没有动手打过我，责骂和埋怨几声应该有。印象中，只有夏云被打过。父亲在罗山公社做书记，骑自行车回家休假，夏云那时读初二，在一帮小伙伴的鼓动下，偷骑父亲的自行车，去广王岭飙车，从岭上冲下来的时候，人小车大，车龙头把不住，将同村的老李头撞得不轻，送了百江卫生院，自然，夏云免不了母亲一顿打。

秋月妹妹家里活也做得多，她主要负责打猪草。夏云小，活基本不用干，他虽然大学读的是果树专业，但小时候对农活不熟。我们各有自己的玩伴，三兄妹在一起的时候，最多的就是去罗佛溪游泳、抓鱼。

丰水期的罗佛溪，河面达一百多米宽，河北面白水，河南面广王，溪两边田陌相连，远处是连绵的群山。从春季开始，河边就开始热闹，在河中活动最多的，就是孩子们。

大坞溪汇入罗佛溪的接口处，宽阔的石碛下方，形成了一个潭，深处达两米以上。我的游泳就在那里学会，不过，姿势难看，标准的狗刨式，但差不多大家都是这种姿势。水里狗刨百来米，没问题，长时间游就累得很。我一直改不了狗刨，去三亚，或者别的海边，大家都下海，我也装模作样慢腾腾游几下，甚至可以仰天躺在水面上游，但都游不了长距离。这个时候，我常有一个念头掠过心中：少年时的学习多么重要呀，就如读古诗文，二十岁以前读的，六十岁也不会忘，而成人匆匆读过，几天就无影无踪了。虽然我们单位有标准游泳池，饭卡一刷就可游，我也嫌累，主要还是不好意思在大庭广众之下狗刨。

自深潭以上，至冯家村，那一段水面，就是我们的天堂。长长的急滩，滩水只有几十公分深，水波激石，远处看一片白花花，乱石林立，露出水面的大石下面，是摸石斑鱼的好地方。看准一块石头，最好是一面埋在沙砾里，一面空的，这种地方鱼最喜欢藏身。两手围状伸进，一触碰到鱼，鱼会迅速甩动身子，所以两手要快，像钳子那样，紧紧揑住鱼头及鱼身。如果一开始就揑尾巴，十有八九鱼会跑掉，揑住了鱼头，就捉住了鱼。大石斑鱼足有一两重，十来条就一碗了。如果石头四面都空，两手伸进去的时候，更要快，你不知道鱼在哪一头，但速度快，依然可以捉住。和石斑鱼体形差不多，腮和鳍有些红，我们叫"苋菜鱼"的，也是石头滩里的常客。秋月摸鱼很有技巧，只听见她大叫：哥，一条大的；哥，又一条大的！要不了多少工夫，我们就会摸到十几条，甚至几十条，溪边剖好，回家就可以美美地享用了。

上世纪九十年代初，陆地在爷爷家的时候，还能在那深潭里游泳，后来，深潭成了浅滩，鱼也不太看得到了，不要说石斑鱼，其他鱼也没有了。我始终不明白，生态保护不错，降雨量也没有大的不同，为什么溪里的水就少下去了呢？其实，罗佛溪还好，许多地方的许多河流都干涸了。这个问题，我问过生态学家，他们也语焉不详，但也都感觉河里水少了。

物资匮乏年代，不同的季节，鱼、螺蛳、野菜、野笋、野菌等等，就是我们最好的菜肴。下几场大雨，大坞小坞里山脚的草地上，就会长出类似黑木耳的"地活塌"（学名地衣），成堆成堆的，一捡一篮，洗净，炒一炒，清凉可口。

水并不总是如此清凉温柔的。

1969年7月5日，我们兄妹三个都还是个位数的年纪，桐庐发生了一场著名的"七五洪水"，分水江边的印渚公社南堡村，全村被洪水冲得只剩下一棵苦楝树，两百多人溺亡。

与此同时的白水村，我和秋月、夏云都坐到了一张桌子上，母亲在桌边守着，焦急地看着屋外如帘的雨幕，门外不断传来大人们谈论洪水险情的声音。暴雨依然倾盆，大坞溪小坞溪的水已经漫到村里来了。罗佛溪更可怕，广王桥早被洪水冲塌，有知识青年掉进了水里，不断有老旧木头及鸡鸭甚至猪浮着下来。我们家老房子是泥墙，怕水浸，一家人都吓得不轻，不过，还没有往后山上跑。

五　斫柴

千万不要以为我写了那么多的毛和陆，写了陶渊明的诗，就以为我家很有文化了，不是的，从我记事到五年半小学四年中学，是个知识大荒芜时代，家里基本没什么书，我也读不到什么书。

《在饥渴中奔跑》一文中，我这样写两本对我影响最深的书：新华字典，我甚至都背过；偷看我叔叔的《赤脚医生大全》，我的生理启蒙，都是从那书上获得的。父亲在东溪公社分管知识青年工作，他带回一套专门为知识青年编写的系列丛书，历史、天文、地理等等，有几本忘记了，我都细读过。读大学前，我没有读过世界名著，只在分水中学四合院复习时，夜间偷偷溜出去看过电影《王子复仇记》。

那就不去说令人遗憾的读书了，虽然那时正是最好的读书时光。彼时的中国农村，我这个年纪的人阅读饥渴是普遍病征，它是社会病，不由你自主的。我估计，城市的孩子会好一些。

没书读，我重点说劳动。

父亲在公社工作，一般每月回来休息两三天，家里主要劳动力就是外公。外公大名陈老三，江西人，是外婆后来的丈夫，母亲十四岁时，他来到了我外婆家。我妈二十岁生的我，我一岁多时，外婆就去世了，但我和外婆有张合影，外婆和母亲抱着我，我软软地歪着头。母亲说当时我只有一个多月，边上还有爷爷和父亲，这是我和外婆唯一的合影。

外公人还比较高大，背微驼，但不影响劳动，挑栏粪、挖山开地、放牛，什么活都能干，就是不会插秧。后来，他专门为生产队放牛。母亲本来就体弱，家里又有三个孩子，根本无法干生产队的活，年终结算时，只有外公做的两三千分工分，于是我家常常"倒挂"。所谓"倒挂"，就是平时从队里分配得到的粮食及其他生活生产资料，都属预支，年终分红时用工分按分值折算，不够的叫"倒挂"。劳动力多的家庭，可以分到几百块钱，而我家一直"倒挂","倒挂"就要用父亲的工资交进去补,否则来年生产队会停发各种物品。父亲的工资,二十余年没有调过,一直是每月四十多块,要养这么一家人,日子的艰难可想而知。秋月顶职前,在家干过三年农活,即便这样,家里依然"倒挂"。我们家的"倒挂",直至分田到户才结束。生产队都没有了,还"倒挂"什么?

这就是我参加劳动的大前提。秋月比我小两岁,也是主劳力,她下课后主要打猪草。夏云比我小五岁,干的活就少许多。

我的劳动,从砍柴开始。

外公放牛,并不闲着,将牛赶进山里,然后割牛草、挖地、锄草、砍柴。我七八岁时,就随外公放牛。我也有装备,穿上小草鞋(下雨天,外公常常自己打草鞋),腰里系着刀鞘,鞘中插着把柴刀。现在无法想象,家长会放心这么小的孩子用刀砍柴。

两山夹着一条窄道,几头牛在前面慢腾腾地行,我和外公在后面慢悠悠地走。牛一边走一边看着路两边,遇到嘴能够得着的青草,它会顺嘴卷起草嚼几口。到一片山脚,外公选了个还算平坦的地方停下,他将柴蓬周边的杂草都砍干净,中间留下几根光光的杂树干,然后指导我砍柴:刀要捏紧,一下一下砍,往柴的根部砍,往根部的一个地方集中砍。我想,这大概就是砍柴的秘诀了,如果刀捏不紧,很容易飞出去,砸伤自己。朝一个地方集中砍,就不会像蚂蚁爬树一样,上一刀下一刀。方法正确,力气虽小,多砍几下,总会砍断的。指导完,外公就坐在边上,眼盯着我,嘴里不断指导着,纠正着我的错误。见我砍得还顺,他再点起一袋烟,嗞嗞地抽起来。

砍完柴，还要学会如何捆扎，这其实是技术活。

我们捆柴，主要用"坚漆条"，这显然是白水土话。后来才知道，这树学名叫檵木，长在山野里，枝条长长细细的。选最粗最长的"坚漆条"，理清细枝，扭住根部，将其一圈一圈揉软，等到整枝都揉软了，尾部方向折一下打个细扣，铺在地上，柴一根一根叠紧，根部的头穿进细扣，慢慢抽紧，柴就捆好了。一般说来，捆柴要上下两道，这样柴就不容易散。"坚漆条"如果不够粗不够长，还需要两三根接起来。一捆捆好，再捆一捆，砍一根小杉木做"冲担"（冲担往往自带，质量要好），两头削尖，将两捆柴穿起来，就可以挑了。自然，为了挑柴中间方便休息，还要再砍一根"搭柱"（也往往自带），小杉木或者杂木，粗的一头削成节状，挑柴的时候，搭柱往冲担下斜撬，可以省力很多。歇息时，将柴的一头靠着一处高坎，搭柱顶住冲担，休息几分钟，再往下一程。

学会了砍柴，于是单飞，和小伙伴自由去砍柴了。

我的砍柴生涯，一本书也写不完，因为那时差不多每天都要砍。放学回家，匆匆往肚里扒进一碗冷饭，然后上山，天黑前，至少砍一捆回家。有柴的地方，越来越少，爬松树砍枝条，松树会被砍柴的孩子剃得只剩下秃秃的主干。砍一捆柴，要翻好几座山垄。不读书的日子，我们小伙伴一起砍柴，都跑到"飞机目标"那里去，从山顶再往下翻几个山垄，那是别人家的林地，算"偷"。那里的杂树，又粗又壮，一根就有一百多斤重，"偷"一根，来回一整天时间。最幸福的事是，父亲回家休息，会来大坝接我。担着柴，越来越艰难的时候，突然，父亲出现，随后，在小伙伴们羡慕的眼光中，很轻松地跟在父亲后面回家。

像猴子那样蹿来蹿去，附近的山，我都极熟悉。有时，看到一丛还没长高的杂柴，位置也比较偏僻，就有些不舍得，先留几天吧，过几天再来砍，而对亭亭玉立、花枝招展的野百合们，根本无暇顾及它们的撩拨。霜降后，山里常有意外收获，爬着爬着，钻出一树杂柴蓬，伸出头一看，一树野生猕猴桃像铃铛一样挂着，立即先尝几个，然后用袖子擦擦嘴，一个个摘到衣袋中，有时多了装不下，就脱下长裤，扎紧裤脚装。每次回白水小村，看见那些山，就会想起砍柴的日子。年少的我，砍柴这件事是值得自豪的，至少，我学会了为家里分担。

砍柴的荒唐事也不少。

有次，我和表兄陆汉良、骆国城，同村的方其冲，去小坞深处的一个山头砍柴。野花烂漫，红红的"算盘子"（学名胡颓子）、野刺苗，我们一路吃，山里的孩子逮啥吃啥。转眼到了一个山腰，钻进一片玉米地，玉米还没有成熟，玉米秆却正粗壮，那是可以当甘蔗一样吃的。四个十一二岁的小屁孩，选好的秆一路砍着吃，而且，只吃中间最甜的一截，不知不觉就砍倒了一大片。砍完柴，大家挑着柴各自回家。第二天，看山管理员发现了，立即报告大队。"以粮为纲"的年代，大面积损坏庄稼，性质很严重，一查一个准。当天晚上，四个孩子的家长，带着孩子，到大队部开会，接受批评、教育，有没有罚款，已经记不得了，反正动静弄得挺大，我们和家长都挺难堪的。母亲并没有打我，但汉良被他妈打了一顿。

经常往山上跑，险情也不断发生，我在《惊蛰》里就写过被竹叶青蛇咬的经历，不再重叙。我的左手中指有蛇咬印，右手掌中，还有一个深深的被竹根尖刺伤的痕印，那是不小心从山上连摔几个跟头，手掌扑进竹根中留下的。还得学会避石头，这也是一项山野生存技能。比如，在空旷的山湾行走，上头的小伙伴一不小心踩松了一块石头，石头往你的方向滚来，你要是慌张，极有可能被砸中。方法是，先盯住滚下的石头看，等到快要接近你时，往左往右侧个身就可以了。不过，这需要镇静的心态和胆量。那种场景，现在想起来，依然有点胆战，万一避得慢几秒呢？

现在的公园里，红花檵木已经成为重要的景观树，它和我们捆柴的"坚漆条"同科。檵木只开白色细花，红花檵木有各种造型，花红色、粉红色的都有，树干也有粗壮的。每当我走运河看到它们的身影时，砍柴的经历就会如在昨天，浮现眼前。

六　放牛

"牧童骑黄牛，歌声振林樾"，那是知识分子袁枚抒发的闲情逸致，反正，我帮外公看牛，从来没骑过牛，我也不会唱歌。牛在山上吃草，我躺在刀鞘湾的山脚下，那里有一片很好的草地，抬头看天看云发呆，那几朵大云飘过了山头，我真想一个筋斗踏上那些云，去看看外面的世界。

然而，我眼中的世界是模糊的，不如去溪沟里翻翻石蟹吧，一翻一个准，将蟹剥壳、洗净，一个一个，用细竹枝或硬一点的草串起来，拎回家，母亲用油煎炒一下，加点蒜，也是美味。

1976年，这个年份，印象深。那一年，三位伟人逝世，到年底，数场大雪，天寒地冻。可是，我们不能围在家中的火盆边烤火，我和外公要去割牛草，牛没有草料了。母亲尽可能地将我全副武装，草鞋中穿上厚厚的补丁袜，我们往大坞里去，不时踩着冰冻，路两边山上，所有的树木和竹子都被雪压得七倒八歪，雪深至少三尺以上，雪将整个大地都冻住了，四周全是灰与白，雪地里伸出枝和丫，在白雪的映衬下，呈褐青色，摄影家眼里是风景，我眼中却是一片败落和凄凉。

离"飞机目标"很近的山沟边有多处绿，我们停下。外公看沟两边，芒草繁盛，虽然被大雪压着，但可以收割不少。冰冻着的芒草，它的边沿，如刀般锋利，稍不慎，就会割破手。戴着棉线手套，刀根本就握不紧，效率低下，拿掉手套，一会儿手指就僵了。割几把，双手努力互相摩擦，再用嘴呵气，作用不大。忽然灵机一动，解开裤裆，热乎乎的尿液浇在手心，确实够热，这样的取热方法，生平唯一一次，终生不忘。后来，我在读《格列佛游记》时，小人国的格列佛，急中生智，用尿救火，觉得挺好笑，不过，依然没有发现用尿取暖的。有读者如果发现哪位作家和我一样取暖，麻烦告诉我一下。

1978年7月，十七岁，人生第一次参加高考。做梦一样去分水中学的考场，做梦一样回到白水小村，我考了220多分，数学8.8分，你们别笑，真有小数点的，我已经尽力了。这个分数不知道是不是百江中学最高的，反正，没有人考上，整个中学连一个去复习班复习的资格都没有。

牛照常放，其他重活也都要干，因为我已经是青年了，虽然有点像知识青年下乡，打酱油性质，不过，我真不知道还有没有书可以读。先在生产队干活吧，反正农活我也不陌生，于是，劳动生涯中出现了壮举。

生产队对我挺照顾，表舅当着生产队长呢。我的日常工分，已经评到9.8分了，正劳力最高10分，妇女最高7分，正劳力要会种田，做重活。我记得的壮举是，砍窑柴。大队有个窑厂，在对面的广王村，烧窑自然需要柴，窑柴的要求比较低，什么柴都可以，遇柴遇草成片劈下捆起来即可。我砍窑柴，自然是为了挣工分，工分按柴的重量计算。似乎是将失落都发泄到窑柴上了，我挑着两捆体积硕大的窑柴，稳稳地从大坞里出来，大坞到窑厂，要跨过罗佛溪，至少两公里路，中间歇了几次，早不记得了，只记得称重，两捆窑柴，两百斤重，我自己都吓了一大跳，瞬间又高兴起来，那种心情，不亚于拿一个什么奖。彼时，我的体重不到百斤，瘦弱得很，我至今也不得解，那时为什么有那么大的力气。

挑完窑柴，我到罗佛溪边洗手洗脸，掬一捧水在脸上，沁入心脾，水往脸下慢慢滴去，或许滴下的还有我的眼泪。不是我受不了这般苦，我只是看不见希望，我想要读书，可是到哪里去读呢？唐代大诗人徐凝的家就在分水江边，一千三百多年前的一天，徐凝经过罗佛溪去他的旧居松溪（徐凝有《再归松溪旧居宿西林》诗，一直到清朝，罗佛溪都是可以行舟的），彼时，我抬起头，仿佛看见徐凝就站在我眼前，眼神里充满了鼓励：小伙，这是苦吗？然后笑笑，往山里走去。

真不算苦。轮滑教练告诉学生说，练轮滑，先学跌倒，不害怕跌倒了，就会滑了。第一次高考失败，就算跌倒一次吧，谁人生中没有跌倒过呢?

百江公社要在双坞村造一个水库,劳力都从各个大队抽,我也被派去,铺盖、粮食什么的都自带。临行前,母亲为我炒了一罐糯米饭,饭里有肥瘦相间的肉,有豌豆,是我最爱吃的锅巴样的饭。十几里地,一个多小时就到水库工地了。我们的任务是挑土,从远处山边挑土至水库坝面,一趟至少几里远,一担担土倒下,再一层层夯实。几百人的队伍,如南下大军挑军粮,川流不息。我这种瘦弱者,又没有长期锻炼,哪里经得起连续地挑土,几个小时下来,速度明显跟不上,才第一天,就累坏了,又不能请假,那多没面子,硬撑到晚上。回工棚吃晚饭时,浑身无力,好像生了大病,一点胃口也没有,同队的柏清就在我身边,那一罐饭就给了他吃。

丁酉年春节前,百江镇的人大主席吴金法陪我到百江各处走走,我们特地去看了双坞水库。正午时分,我站在曾经挑土过的大坝上,眼前一库碧波漾在山腰,库中间还有一座小岛,岛上有不少松树,碧绿一直伸向远处,远山葱茏,暖阳热烈,那一刻,我想起了那罐没吃上的香喷喷的糯米饭。

七　"双抢"

砍窑柴,挑土建水库,还不算最苦,最苦的要算夏季的"双抢"——抢收、抢种。

江南的农事,特点明显,"双抢"就是如此,早稻收割,晚稻下种,都有时间要求,天酷热,人也正忙,我感觉,生产队里,永远有干不完的活。

凌晨三四点，星星都还在眨眼，打着手电到秧田，先要拔秧，一把一把拔下，洗净，捆紧，几十根秧捆成一个。队里是记分制，比如，15个秧记一分，起得早，拔上150个，十分就到手了。尽管天没有亮，秧苗田里，唰唰唰拔秧，嗖嗖嗖洗秧，然后用力一甩，快速用细棕叶绕几圈，扎紧，往后一丢，自己的秧自己有数，十个十个码好。早饭前，百把个秧，我也能拔到。不过，拔秧伤手指，秧也有毛刺，拔多了手指容易出血，有的秧畈硬，特别难拔，右手食指首先破烂，只好用胶布在手指上绕几圈对付着。

割稻也得起早。一般都是自由组合，劳动力多的家庭，本身就是一个团队，几个人在前面割，两个壮劳力打稻，脚踏打稻机，一下一下用力猛踩，咕咕咕，机器悦耳的声音，带着丰收的满足，双手捧着稻把，滚动筒快速滚着，插着围簟的稻桶，不一会儿就满起来，一箩一箩装满，满一担就迅速挑走。生产队的晒谷场上，早就有人等着，称重，往篾簟上倒，隔几个小时翻一翻，耙一下。傍晚时分，风车扬起，这是一个去瘪留壮的过程，风车下哗哗留下的，都是可以入仓的好谷。

流水作业，各个环节都在紧张有序进行。

收割完稻，拖拉机和牛上场，外公放的牛就要出力了。人的"双抢"，也是牛的"双抢"，犁、耙、耖，水田细腻平整了，一担一担的秧苗就挑上来了。将秧四散一一丢好，这也是技术活。不会丢的，东倒西歪，不仅不方便种田的人取秧，还极有可能将秧折断；种田高手们，一丢一个准，秧们稳稳地立在水田中，位置间距都恰好。

丢完秧，第一个下田的，基本上是充满自信的第一高手：笔直，均匀，速度快。一个一个紧跟着他下田的，都在他身旁分开，往往是，最后一个下田，第一个已经将一轮种完了。我们的种田法，一次每人一行种六棵，两腿为界，左右各两棵，两腿中间两棵。种完一行，或两行，两腿往后直退。布袋和尚说，插秧的后退原来是向前。我们都以第一个人为标准，紧跟，不能歪，一歪，后面的秧就可能插到脚孔中去，人还没离开，秧苗就浮起来了，补种费时费力。

种田的快和慢，取决于分秧。拆开一个秧，分出两把，一把拿着，另一把丢到身后，左手捏着秧，拇指和食指并用，将秧分出。一般来说，一棵稻几根秧，和品种有关，有的多几根，有的少几根。左手秧分出，右手拿过种下，要想快，左手不能搁在左腿上，搁腿上，姿势会舒服一些，但速度不快。你看到的情景是，左右两手，基本靠在一起，一边分一边种，几秒钟一行，这几乎就是比赛，和天公比，和季节比，和人比。

一轮下来，已经有些累了，但不能休息，要连续。累在什么地方，没有种田经验的肯定不知道，我告诉你，腰累，因为连续数小时弯着腰，那腰就像要断掉一样，种田割稻，腰都受不了。如果你常常伸腰，那是另外的事，不过，生产队长会骂得你狗血喷头。

一鸾表舅家的几个表兄，年轻力壮，都是种田好手，他们带上我，一起搞小承包，从割到种，一条龙，每天我也有几十分工分好挣。有次，一丘田完工，已经半夜，我清楚地记得，大家深夜还在种，"星垂平野阔，月涌大江流"，星月交辉，像极了杜诗里的场景，不过，杜甫旅夜书怀，我们月下种田，罗佛溪也不是大江，没有那么多的急流，它灌溉两岸农田，却是绰绰有余。好在，虽然累，我们依然比杜甫幸福，老杜是漂泊无依、孤苦凄凉，我们累是累了点，却是自食其力，也不寂寞，大家依然饶有兴致聊着天。身边绕着的蚊子，毫不客气地吸着血，伸手打，没时间，于是将裤腿褪下，随泥水沾着，脸、额头、头颈甚至耳朵，都用田泥糊起来。有一年我去岱山县的秀山岛采风，体验滑泥项目，全身用海泥涂上，涂的时候，大家嘻嘻哈哈，但我脑中浮现的，竟然就是"双抢"深夜种田涂泥防蚊，一时感慨良多。

"双抢"也有轻松的活，就是晒谷。一般人轮不到，队长会让城里来的知识青年干。他们拿个长耙叉，不需弯腰，扒一扒，翻一翻，再扒一扒，再翻一翻，在十几张篾簟间来回，然后躲到屋檐下避会儿阴，住在我家的知识青年萍儿就是晒谷的主力，女孩子，生产队长自然要照顾。

白水有好几个知识青年，四队五队都有，广王这边更多，他们有一部分住在知青点，队里专门造的房子。突然有一天，大队茶厂来了一大队人马，男男女女，都很有文艺范，还随车运来好多器材，人和物，将茶厂塞得满满的。自这一队文艺范来了后的大半年时间里，白水的白天和晚上就常常热闹无比了。

八　看戏

这些文艺范，我们称他们为杭州京剧团，他们来此结合工农兵，下乡锻炼。茶厂门口有宽阔的空地，一条老坝临着罗佛溪，坝下就是河滩，涨洪水的时候，发怒了的罗佛溪也会漫过坝来。

茶厂是一座大房子，两层楼，一楼西头有个较大的土台，演出时，这就是一个很好的舞台，二层隔成几排，小房间里住满人。

文艺范们也要参加一些劳动，具体干什么我不太清楚，我只记得他们的排练和演出。那时候的样板戏，耳熟能详，《智取威虎山》《红灯记》《沙家浜》等，加上后来的《磐石湾》，共八个。村里的不少人会唱全本，什么角色都会唱。有人抱怨记性不好，那是听少了，听得耳朵起茧，它就长在你的脑子里了。这些样板戏电影我们也常看，各个角色，印象都深刻。这一回，来了鲜活的杨子荣、少剑波、李玉和、李铁梅、郭剑光、阿庆嫂、座山雕、王连举、胡司令、刁德一，什么角都有，白水人都兴奋起来，平常的茶厂，看不到什么角，一演出，杨子荣们就像模像样了。

刚上初中的我，对于突然出现在家门口的文艺范，自然觉得特别新鲜，我似乎闻得出，这一群人身上，有我渴望的气息。一个完全没有文艺细胞，却对文艺感兴趣的少年，不会放过这个机会。我长时间蹲在后台，或者边上，看他们排练，我特别喜欢乐器，从来没有看到过这些管呀弦呀，一来二去，吹黑管的高个子史染朱，吹长笛的王利生，特别文气，都成了我的朋友，我肯定试过他们的乐器，但一点基础也没有，不可能学会。演出时，我关注的还是乐队，舞台下方是乐池，指挥手拿一根小棒棒，乐手在谱架前端坐，挺身，各自拿着自己的乐器，高亢的京胡响起，抖动抽拉，那种气势，一点不亚于台上杨子荣打虎上山的气概。管乐、弦乐、架子鼓，都让我着迷，还好奇那个指挥，凭什么乐手都听他的呢？乐手的眼神并不盯着指挥，只是偶尔瞟一下。我自然不会知道其中复杂的原理，只是觉得好听，如同酷暑里吃到的冰西瓜那般让人爽心。

他们的演出就是我们的节日。我发现，那段时间，来白水走亲戚的人也多了起来，大家都想来看鲜活版的现代京剧，情节熟悉，人物熟悉，嗑着瓜子，说着闲话，过年也没有这么热闹。剧团有时干脆直接露天演出，探照大灯如太阳般照射，天幕四笼，喇叭里李玉和提着红灯出场的高亢声音直冲白水小村的云霄，连稻田里的虫子，都纷纷往舞台这边赶。

村民们对演员都很熟，有时直接喊：郭指导员、沙奶奶，有空到我们家坐坐啊。那些个王连举、鸠山、栾平什么的，叫的人很少，村民碰到他们也是冷冰冰的，"座山雕"是个例外，因为他很会搞群众关系，又会讲笑话，村民还是蛮喜欢他的。有次，我们几个孩子过罗佛溪上的木桥，桥面很窄，正好"王连举"过来了，我们就是不让他，还差一点把他挤到桥下，他只好跟我们讪笑。错过后，我们就一起喊：打倒叛徒！打倒叛徒！

反面人物我们不喜欢，毛泽东也不喜欢。李银桥回忆说，1958年，毛泽东在上海看《白蛇传》。看到"镇塔"一幕时，他老人家拍案而起：不革命行吗？不造反行吗？演出结束后，领袖照例要和演员们见面，他用两只手同"青蛇"握手，用一只手同"许仙"和"白娘子"握手，而对那个"法海"，他老人家看也不看。毛泽东知道这是在演戏啊，他为什么这样呢？我到现在也不太明白。但看到古代笔记中有不少打演坏蛋演员的惨案，似乎又理解了。

事情就有那么巧。

　　杭州爱乐乐团的团长邓京山，和我同属杭州市宣传系统，数十年前我们一起去山西考察，得知我老家在桐庐，就说以前在百江待过，和京剧团有关，具体聊什么我记不得了。写到这一节，抱着想多了解一些的希望找邓聊京剧的事，聊了一会儿，邓说到了史染朱这个名字，立刻勾起了我脑中那吹黑管的高个青年形象，邓发来史染朱的联系方式，随后我就打了史的电话。自我介绍后，他说记得我的名字，说起我的"看戏"，他也记忆深刻，四十五年了，往事如一朵云一样飘过，白水茶厂的楼上，他们住了半年多，周总理逝世的消息，就是在那里听到的。聊着聊着，史染朱说到了宋佳明，他说宋佳明那时是驻扎在联盟分部的小负责人，我说真是太巧了，杭州艺术学校校长宋佳明，老朋友了。我像以往冬日里在小坞山上挖番薯一样，一串又一串地不断地挖着。宋佳明和史染朱帮我还原了那段历史。

　　1971年3月23日，佳明说，他清楚地记得这个日子，杭州"五七"艺术学校成立了京剧班，一百多个学生，专攻样板戏，他们都是那一批的学生。1975年底，艺校结合工农兵，到农村第一线锻炼实践，因为杭州市文化系统的知识青年都下放在百江的广王、冯家、联盟几个村，艺校就到了百江。一百多名学生，一个地方住不下，分成两批，广王大队一批，联盟大队一批。佳明说，广王因为离公社所在地近，住的人就多一些。平时各自工作排练，演出时集中。1976年6月，文艺范们结束锻炼回杭州。宋佳明拉的是低音提琴，平时负责乐务，算个小负责人。他说，在联盟，平时也要劳动，就是上山抬抬松树，平整一些土地，村里对他们很照顾，平时排练比较多。那年春节时回杭州，他还在村里买了不少鸭蛋，用盐水腌起来，带回杭州，鸭蛋几分钱一个。

史染朱告诉我，他们在白水待了半年左右，1977年艺校毕业，1978年高考，他和王利生都考上了上海音乐学院。我问如何联系王利生，染朱说王利生上音毕业后，就去法国留学并一直定居。这解开了我心里的纳闷，我来杭州二十多年了，一直惦记着儿时的朋友，我在《杭州日报》上发了那么多的文章，他如果看报，应该能看到我的名字。我也问过其他朋友，但都不知道他的行踪，或许他根本就不记得我了，但我还记得他的长笛、文文气气的说话语调。对我来说，这是小村白水的一段有趣记忆，和文艺有关。

宋佳明见我对那一段历史感兴趣，建议说，他去找一些人，都去过百江的，大家聊一聊，一定还有更多你想要的东西，我说太好了！

九　高考

1980年7月31日，傍晚，白水老房子的后门，连续阴雨后的放晴，晚霞高挂，空气中透着一股舒适。我们将饭桌搬出、炒鸡蛋、咸菜老豆腐、长豆角，反正都是农村的家常菜，外公、母亲、妹妹、弟弟，一家人坐定，吃着饭聊着天，中心话题是我。高考成绩还没有出来，我也忧心忡忡，那时没估分，心里真没底，我已失利两次（虽然有同学连续复习八年才考上，但那是以后）。农村学生中，应届生能考上的极少，大多数是复习生。前一年的高考，尽管我很努力，可数学只有三十多分，依然没有上线。数学我极度讨厌，也极度自卑，我深知，要想考上大学，必须调整策略，与数学化敌为友。第二年就干脆专攻数学，从零起步，每天做大量数学题，后来我知道马云的数学从零分到一分，于是释然，也有和我一样厌恶数学的。今年数学自觉还可以，就是一道关于斜率的题有些遗憾，出了考场，我就想起怎么做了。外公不断地宽慰：你今年一定能考上，一定能考上，通知过两天就到了！自高考后，他就一直这么宽慰我。外公说话有些小结巴，重点句往往有"考考考上"。

顺着外公的话题，我真的做了很多畅想。假如我能考上，考到哪里去？我最想去的是上海，上海是我记事起就知道的最远的远方，那里有我友香姑妈在，我们都叫她"上海娘娘"（桐庐方言）。乌鲁木齐北路三十弄四十三支弄，这个地址如刀刻般清晰。

其实，我六个月就在母亲的怀抱中去过上海，不过，真正去"上海娘娘"家，是在大一的寒假，我从金华坐火车去上海过了春节。兰花和雅佩姐姐还给我买了时髦的滑雪衣，做了流行的涤纶喇叭裤。"上海娘娘"比父亲小了几岁，少女时代，一次偶然的机会，随人到了上海，当了上海毛巾四厂的工人。她有四个孩子，老小松林就和我同年，我的理想是复旦大学中文系，我喜欢读小说，在中文系可以读很多的文学作品，就这么简单。我真的不知道当时高考的竞争有多残酷，十年动乱结束后，十年来积压在一起的青年，有的快变成中年了，都赶在一起高考。

乘凉聊完天，晚上九点不到，都休息了，农村人睡得早。外公一直睡楼上，一个人睡。大约半小时不到，楼上就发出了啊啊啊的声音，有点响。我和母亲直奔楼上，外公已经说不出话来了，嘴里流着口液，双手乱挥，有些挣扎，母亲让我快去家对面的百江卫生院叫医生。一片漆黑中，我捏着手电朝百江方向狂奔，穿过机耕路，跑过罗佛溪。我知道，溪水这几天刚刚涨过，幸亏有了水泥桥，要是以往的木桥，一涨水就垮，两边断了交通，麻烦就大了。喘着大气跑到卫生院，值班医生听我简单描述，拿了听筒，背起药箱就跑白水。我估算，叫医生来回，一共半个多点小时，我们到楼上，外公已经完全昏迷，一测血压，230多，无疑，是高血压引起的脑中风。外公平时也没什么病，从来不看医生，我们都不知道他有高血压。外公陈老三，刚七十岁，就这么走了，没有留下任何遗言，他唯一惦记的，是我这个外孙的高考。两天后，我的通知到了。后来我才知道，7月31号，高考成绩其实已经到达县教育局，只是由教育局通知到中学，再通知到个人，需要时间。

外公出殡时，我捧着"倒头饭"在前面引路。"倒头饭"是百江乡俗，人去世后，一碗饭上竖卧一个剥去壳的鸡蛋，鸡蛋中间插一双筷子，放在逝者的头部位置，此饭一直要到出殡，安放在逝者的坟前。按乡俗，捧"倒头饭"的应该是长子，外公只有我这个长外孙。"八仙"（八个抬棺人）抬着棺木，几十米就要停下来歇，这是仪式，棺木停下来时，哭声一阵骤响，我就跪在前面，一直抬到小坞口的响锣山。上山几十米，外公的坟坑就到了，八仙们卸下抬杠，用多圈绳子吊着棺木，小心翼翼地将棺木放进坑底。铲土覆盖前，我按吩咐要大喊一声："外公，天塌下来了！"声嘶力竭喊完，心如刀割般地痛，我一直忍住哭，喊完这一句，再也忍不住，大哭起来。这情景，至今想起来，依然止不住泪盈。随着我的哭声，又一阵哭声骤响，更加猛烈，"八仙"

们纷纷铲土，做坟。父亲在外公的坟边种了一圈柏树和杉树，外公就那样永远躺在了青山的怀抱中，前方广阔，东方升起的太阳，日日陪伴着他。

料理完外公的丧事，我去分水中学领高考通知单，填志愿。语文73，数学71，政治84，地理80，历史66，外语12分折算成绩4分，都是百分制，总成绩378。数学很满意，语文也还可以，据说是全县比较高的，历史最擅长，考得却非常不理想。我所在的文科复习班五十来个同学，本科专科一起，上线十六人。老师看着我们说，你们能考取，已经很优秀了，今年整个浙江省高考，参考三四十万人，文理的本专科只录取一万两千五百人。你们文科，算起来，录取率只有百分之四左右。真有这么难吗？我们都不知道，填志愿，也是老师怎么说，我们怎么填。当年浙江师范学院首次按重点大学录取，我就糊里糊涂去了中文系，志愿有没有报也不知道。我的分数比松林表兄还要高7分，他被复旦国际政治系录取，我却够不着，那时，我真的很羡慕他去上海。后悔呀，该死的斜率，要是那道斜率题做出，要是历史发挥正常一些，我相信，我能去复旦中文系！

年年清明节，我们去祭扫，看着外公坟前的树一点点高起来。四十余年过去，外公坟前绿树早成荫，外公也一百一十岁了。母亲和我都感慨，要是外公生前知道我考取了大学，那该多高兴呀！这成了永远的遗憾。要是外公能多活二十年，那我们至少可以多尽一些孝。他没有真正享过福，似乎永远干着各种活，下雨天，他也默默坐在天井边上打着草鞋，累了，抽一袋烟，抽完烟，烟杆朝凳上磕一磕烟灰，继续默默地打草鞋。

现在想起来，最遗憾的，是外公连一张照片也没有留下，我又不会画画，无法具象描绘他的音容笑貌，只能勾勒如此。

十　白云依水

2020年国庆长假，我回白水，在百水居住了两夜。

踏着罗佛溪岸的绿道，进了仿古院门，面前是一片茂盛的草地。这是一个大院子，里面分层布局，树、花、草，躺椅、秋千、石凳，看书、喝茶、闲聊，浓密的草丛中，打滚都可以。主建筑，是一座老房子，格局如旧，高高的挑空一层，光线透过屋顶的明瓦，檐梁结构古朴，二楼边上应该是小阁楼，坐在那里喝茶聊天，别有趣味。

这就是我们看戏的地方，老茶厂和知青点改造的。民宿的主人，胡文霞和任小明，在杭州工作，他们学的都是建筑设计。文霞从小就在溪边长大，我们叫她小霞，她父亲是村里的电工，也是我们读公社高中时的物理老师。当民宿兴起的时候，他们夫妻就盯牢了这个旧茶厂，有溪有水有老房子，风景就在家门口！

中秋次夜的月亮，看起来要比十五的明亮许多，圆月缓缓升起，自白水桥下至百江桥这一段的四周，柔软而有弹性的绿道将罗佛溪围成了一个漂亮的盆景。两岸的石头拱坝，下游的橡皮坝，中间生出波平如镜的溪面，硕大的月亮映在水中央，倒映的灯光就如围着月亮的星星，山风一阵掠过，波澜微起，月亮和星星会轻轻晃动起来。三两行人，沿着盆景边的绿道健步，从说话声音听，有不少是外地游客，远处也有广场舞的音乐传来，农村人的生活方式和城里人已经没有多大的区别，我家门口就有两只垃圾箱，母亲对垃圾分类要求很严。但是，我在运河边锻炼，常常要说"借过，借过"；在西湖边夜行，更要当心撞着或踩着人家；这里，你默默地走，或者放声唱着歌走，一切由你。

我从汽车后备厢里拖出音箱，拿出萨克斯盒，好久没吹萨克斯了，在白水，在罗佛溪边的夜晚，对着群山和月亮，可以放开吹，想吹多久就吹多久。母亲身上常常这里痛那里痛，我回家一吹萨克斯，她说就不痛了，兴致浓时还跟着唱。百水居前的临溪小平台，天然的舞台，一曲未了，身边已经围了一群人，小霞夫妇还在平台周围点起了不少根蜡烛。这一夜，我吹得尽兴，烛光轻曳，萨克斯声穿透夜的黑，向远处四散，村庄在听，群山在听，就是罗佛溪里的鱼，我料定，它们也在听。

说到罗佛溪里的鱼，嘴里的津液不知不觉满了起来。

2012年的国庆长假，我基本猫在白水写东西，记得是在写《西湖》杂志第12期的专栏。这最后一期，我写的是关于明代著名哲学大师王阳明《传习录》的随笔。白水很宁静，没有浮华，隔着明朝晴朗的时空，很惬意地和王阳明作了一场格物致知的心灵对话。清晨，还在床上。听得楼下夏云弟弟在和父母聊天了，他那时在萧山做镇长。毛镇长有早起的习惯，这一天，他特地去了百江镇上的农贸市场转悠。他说他很兴奋，因为看到了有人在卖野生鱼，石斑鱼、黄刺鱼等等新鲜活跳，有的如筷子那么长。最最关键的是，这些野鱼都是从罗佛溪里捉来的。为什么溪里的野鱼长这么快这么大了？镇长随机采访了一下说，现在的河段都是分段承包管理，这几千米你管，你就会尽心尽职，别人也不会随便去电鱼或炸鱼了。噢，看样子，管理就是保护，还出效益了，它可以让我们吃到野生鱼。

假期那几天，我们是享足了口腹的美味。中餐和晚餐，全家十一口人，餐餐像过年。鱼，野生的，一餐必须要烧两盘，因为有一餐只烧了一盘，陆地同学说，他的筷子都没有沾到。唉，夏云叔叔笑他，美国回来的留学生就是不一样，太文气了！猪肉，村里农家现宰的，正宗土猪肉，吃草长大。母亲很骄傲地说，买肉那个场面啊，大家抢一样，她连连高叫：给我多称点多称点，我们家几个孙子孙女都回来了！不一会，一头猪就抢光了。鸡，那一定要能飞上树的天天在树林里敏捷捕虫的才吃。蔬菜，自家种的，邻居送的，清一色的绿，豇豆、小青菜、毛豆，都带着心跳。呵呵，每每饭后，大家都笑哈哈自嘲：吃撑了，吃撑了！

思绪拉回。

夜渐渐安静下来，百水居的草坪上，我和小霞小明依然聊得兴致勃勃，这几十年，话题太多了。先聊她爸，我们的物理老师。我是典型的文科生，数理化都不喜欢，"学好数理化，走遍天下都不怕"，这样的顺口溜很打击我，物理课要做正负极实验、学装电灯什么的，我一概不会。不过，胡老师笑眯眯的，对同学们都很和善，他知道，课程并不重要，不需要考试，农村的学生，反正都要回家务农，许多老师自己也没弄清楚，怎么教得好学生呢？对面柳山上，广王庙有灯光映出，我们又聊广王岭。几十年前，我们从来没想过这里为什么叫广王村。不知道，大家都不知道，没有人关心，在文化和知识都成过街老鼠的年代，跟着叫就是了。现在知道了，要修镇志、村志，将那些沉在时间底处的历史都梳理了出来，广王原来是个人呀：

广王庙也叫柳山庙，据《民国分水县志》记载，庙中供奉的是晋代一位姓柳的内史。柳内史镇守新安，以兵数万御寇境上，未及返而殁，灵车过柳山，忽然重不能举，百夫挽之也不动，遂就地葬此，并立庙祀之。山因公姓柳，遂称为柳山。后梁贞明四年（918），吴越王请封柳内史为尚书左仆射、广福侯；后唐清泰四年（存疑，后唐亡于清泰三年，即936年），加封宏仁广信王；宋嘉定十一年（1218），赐庙号灵祐；元至正间（1341—1368），分水县尹高昌请于朝，加封宏仁忠祐威胜王；明洪武二年（1369），柳山庙毁于大火，洪武七年，分水知县金师古重建；清乾隆五十六年（1791）复毁，次年重建。

呵，原来我们广王村这么有历史，柳内史数次加封，由人演变为神，是民众的信仰诉求，也是历朝历代统治者统治民众的需要，有神保佑，你们只需要老老实实本本分分做人做事就行了。我们村这样，其他有历史的村也如此，我相信。

说完了广王，百江怎么来的呢？也是有趣。百江只有一些溪，没有一百条江。百江原先叫百杠，土话叫着叫着就成百江了。为什么叫百杠？这一带山多，树多，山木都从溪里扎成木簰往下放。到了百江，罗溪和罗佛溪交汇，水势大，簰上所有簰工都要将撑篙用力插入水底，以便减速通过，百杠便由此而生。水惊拍岸，木簰连着木簰，簰工齐齐奋力发出呼吼，紧张而刺激。其实，这是山人们的劳作常态之一，那样的场景，和眼前罗佛溪水的无语平静，仿佛是两个时空。

小明是绍兴人，他对我写小村白水极感兴趣，他说大坞小坞他都详细考察过，我们便索性说白水。我知道，一个设计师如此恋白水，是好事。

白水一定也和水有关。王樟松告诉我，罗佛溪行过我们村前这一段时，乱石急滩，水激石撞，不断翻滚出白色的浪花，远看一片白，白水就这么叫出来的。很美的场景呀，我喜欢浪花激起的溪面，太阳朗照，浪花们载歌载舞，生机勃动。

母亲给了我一个旧纸袋，说是我的东西，从外公的书箱里找出的。临睡前，我细翻，一本旧杂志、一个旧笔记本。杂志是《浙江师范学院学报》（社科版）1985年第1期，封面很旧，却干净，里面有我一万多字的大学毕业论文《新修辞格辨》。我太熟悉了，大学的三四年级，我将所有的业余时间都花在了修辞研究上，一百元的稿费，抵过刚工作时两个月的工资。笔记本是我二十多年前差不多用完的一本手稿，里面有不少习作，封面下有一句毛姆的话："一个人既然下了决心，最好是立即行动。"扉页上这样写着："你种田，一粒米是一滴汗；我写作，一个字是一滴血。"扉页上的句子，不是我原创，不知道谁说的，当时写下，只是觉得适合自己，种田和写作，一样的道理。

一夜深睡。清晨，推开后窗，兴趣盎然地看着眼前陌生而熟悉的世界：白墙黑瓦，晨炊袅袅，小村沐着晨光，大坞小坞如在画框，山连山，云叠云，层次递进，透迤至"飞机目标"，像极了黄公望笔下的《富春山居图》。我不确定黄公望有没有经过我家门口，但他一定长久地在富春山里转悠过，我忽然想到了白水小村新的注脚：白云生处，依水的小村庄。

山风不动白云低，云在山门水在溪。

　　我的出生地生长地，我心心念念的白水，中国南方一个普普通通的山水小村。

在"美院"的日子

夏天的飞鸟，在我窗前歌唱，又飞去了，飞到我生命中曾经的美院。

一 所谓"美院"

1984年的7月，我从"牛经大学"（浙江师范学院，学校处于金华高村，牛要经过的地方，学子戏称）中文系毕业，一脚跨进了"美院"，一待就是七年。是的，我被分配到那里教书。不过，你不要羡慕，我慢慢说。

那年7月，记不得有多热了，我的心却是冰冷冰冷的。两只箱子，一只木头箱，一只纸板箱，它们从金华汽车站托运到建德白沙汽车站，再辗转托运到桐庐汽车站。两只箱子，暂时寄存在李增强家，他母亲和我妈同村，我喊她娜娜阿姨，她家就在汽车站边上。

两只箱子暂时寄存，是因为我不知道被分配到哪所中学。我想，要是桐庐中学也不错，上届两位师兄就分配在那。夜晚，我去胡家驹老师家拜访，他是教育局局长，我在百江中学的化学老师，他夫人洪老师，也是我们的英语老师。聊了聊学校的生活后，胡老师说，人事科已经分配你去毕浦中学。我一愣，想起我的修辞，随即不甘心：有没有可以边教学边搞研究的地方，比如教师进修学校、电大之类？那时，我已经知道《浙江师范学院学报》将择期刊出我一万多字的毕业论文，我也开始写研究王蒙小说语言特色的长篇论文。胡老师笑笑，语气里有种不可能更改的坚定：你刚毕业，情况可能不了解，县里面有不少老教师，他们都需要照顾，毕浦中学也是县属中学，那里有位语文老教师，今年调桐中，你去顶他，基层可以锻炼人的。

我爸在罗山公社当了两年书记后，调百江供销社当书记。彼时，因为妹妹要顶职，他已经退休，本来就不会求人，自然，我分配的事，他也帮不上什么忙，我只能听天由命。想是这么想，心里还是有点埋怨，爸爸的不少同事，都在县城机关任职，要是他在县城工作，至少，我也有个落脚的地方。

汽车沿着天目溪方向一直往西开，大约一个小时，到了阳普村，毕浦中学就在靠山的脚下。学校前面有大片农田，稻禾正金黄得垂下了头，不少农家散落其间，红砖厂的一根烟囱在高空耸立，烈日下，青烟袅袅。我拖着两只大箱子，在知了的激烈鸣叫声中，艰难地进了学校。

上世纪七十年代，中国美术学院（彼时名为浙江美术学院）

为更好地结合工农，特地选择此地办学。学校搬走后，美院要求桐庐县政府办一所县属高中，这里是毕浦公社所在地，于是就称毕浦中学。公社还有一所初中，以前也叫毕浦中学，外地人分不清楚，当地老百姓却有明确所指，县属毕浦中学，一直沿用其老称呼——美院。毕浦中学的老师们也很喜欢这个名词，"美院"嘛，高大上呀。

美院搬走时间不长，我进毕浦中学的时候，还有不少美院留下的痕迹，综合楼上的某个房间，堆着一些白色的雕塑，维纳斯、大卫什么的，不过大多缺胳膊少腿。我住进了教工宿舍的三楼，单独的房间，应该有二十平方，宽敞得很，到底是大学老师的住房呀。别的学校新教师，不少是两人一间。

终于打开了那两只箱子，纸板箱没什么问题，都是书。木头箱里其实大部分也是书，它装进了我认为比较贵重的书，比如辞典，还有我的一些读书笔记和数千张文摘卡。虽然装得很扎实，却依然出了问题，箱子里有两小瓶橄榄油，渗出不少，将我的四册许国璋英语弄得面目全非。我到现在也没想明白：为什么会放进两瓶油？或许是哪一位同学送的（毕业大多送笔送书），或许是食堂饭菜票多余换的，总之，完全想不起来。英语书放进木头箱，是有打算的，再努力拼一拼，考个研究生，改变自己的人生。那种想法还很强烈，专业课我不怕，只是英语实在太差，那时研究生的英语很难，许多信心满满者都止步于此。

站在窗前看风景，前面是块空地，中间拦着网，应该是教师们打羽毛球用的。空地周边，一排粗壮的石榴树，树上的果子已经开始饱满。再下面，是红瓦屋顶的大礼堂，食堂就在大礼堂的另一端。转身看看那两箱书，只能安慰自己，都为人师了，没有人可以依靠，一切都得自己打拼。

汉良哥哥是我在阳普的第一个熟人，他是堂姑的儿子，我们从小一起长大，因为是居民户口，高中毕业就分配到桐庐油灰刀厂工作，老工人了。阳普这地方，单位也不少，除了公社机关、公社中学、汉良工作的厂外，还有桐庐水泥厂、阳普医院、供销社、信用社、粮站、中心小学等。一个人的日子也是日子，汉良陪我去阳普供销社买生活用品。我们径直前往百货柜台，脸盆、铅桶、牙膏、肥皂、毛巾，什么东西都听汉良的，我只是低头在看，甚至都没注意售货员，实在没什么兴致，胡乱买点就可以。忽然抬头，是被声音吸引的，拿东西的姑娘，齐耳短发，个子高挑，柔和流畅的鹅蛋脸，莞尔而笑。她居然讲着和我一样的本地话，是老乡吗？我试着问她。不是，她说是毕浦本乡人。没有更多的交流，但心里突地动了一下，不过，她的笑容虽甜，却不可能一下子打散我的沮丧。

二　语文组

相比桐庐中学、分水中学等的规模，同样县属的毕浦中学，规模不大，一共只有十二个班，从初一到高三，都是平行班（即各个年级班数相同）。如果我没记错的话，我进语文组的时候，组里有七位老师，初中四位，高中三位。

老教师乔国根，那时喜剧《乔老爷上轿》刚解封，很红，我们都称他乔老爷，比我早来两年的陈金国和早来一年的刘根美，还有一位林碧清，中年人，他是学校党支部书记，兼着一个班的课，他们四位都教初中。高中组三位：老教师汪秋泉，李建华和我。汪老师教高三，祖籍淳安，"文革"前上海师大毕业，老中文系，中等个儿，玳瑁眼镜，头发永远梳得整齐，口音里夹着比较重的淳安方言，整天手指中夹着根烟，笑眯眯的。李建华比我稍长几岁，教高二，他从分水中学调来，老家合村，我们都讲普通话。我是新人，教高一。

教学大楼一楼最东端的长条形办公室，就是语文组。窗外一片山地，有茶叶和杂树生长。冬季，藤枯枝萎，有时，正批着作业，窗外草窝子里，突然扑扑扑飞出一只或数只野山鸡，咯咯咯，大叫几声，我们一下子就被吸引了，于是不再专心批改，开始闲聊。后来我想，美院当初选择此地，似乎也有些道理，风景就在人迹罕至的地方。

学校并没强行要求坐班，但对我们新教师，抽查教案，督班听课，学生家访督查等，管得还是挺严。印象中的语文组，老师们大多来去匆匆，大家碰头交流的时间并不多，我上一二两节，他上三四两节，备课和批改作业大多在宿舍，互不搭界还有一个重要原因，就是平行班，每人教的课都不一样，几乎无法讨论。

老教师有多年的套路，新老师只有自己摸索，不说黑暗里摸，和盲人摸象也差不了多少，因为发下来的只有一册课本和一本教参，还有就是我在海宁硖石中学两个月的初中教学实习经验，真是可怜了那些学生。

过了两年，陈金国调回杭州，林碧清也调走，来了王域明、程黎明，还有江子龙，我临调离前一年，来了詹敏，他是本校高中毕业考进杭师院，毕业又分配回来的。1991年8月，我调宣传部。至此，语文组的日子结束。

乔老爷退休后，住杭州女儿家，房子就在杭州日报附近，他有时会摸到我办公室坐坐，精神得很，每天去黄龙洞爬山。王域明、詹敏后来从政，官都做得顺畅；刘根美、李建华偶尔见过两次；汪秋泉老师一直没见过，应该八十多岁了。至于那个江子龙，几乎没有印象，后来结识了著名作家蒋子龙，才想起，以前在语文组，也有一个叫子龙的同事。现在想起来，语文组真是一个特别安静的地方，几乎没什么故事，还想得起来的一次聊天，主题好像是夫妻吵架的处理方法。乔老爷说，他吵了架常常生闷气，然后跑出去清静一下，过几天再自己找个台阶下。

我书房里有四个版本的《辞海》（缩印本），1986年买的扉页上这样写着："生命的全部意义，在于创造有价值的东西留给社会。"对于价值，脑子里还是迷迷糊糊，但爱因斯坦有句话我却牢记，今天依然记着，他告诫我们：人与人的差距就在于业余时间。

每天都有课要上，有作业要批，有作文要改，一堆杂事。不，作为语文老师，这些应该是正事，向学生传授中国语言文字的规律和妙处，这是正常的授业，但依然有大量的业余时间。在语文组的日子，阅读和研究成了我课余最重要的事情，虽没有惊世之作，但《语文开眼界》、《中国语文系列表》（和钟礼平先生合作）两本语文专著，还有在《语文学习》《阅读与写作》《学语文》《中文自修》等杂志上发表的大量论文，都是在语文组开出的花朵。

三 课堂

踩着铃声走进课堂，有些急促地发出指令："上课。""老师好!"学生响亮整齐的高声，可以传到楼外很远处，特别是男声，有一种喉结拔长的青春力量，我故作威严地还以中音"同学们好"，一堂课就这样开始。

在周而复始的问候声中，很快度过了两个学期。八四级，我已教了一年，自认为还过得去。但校长认为，年轻教师要多锻炼，应该重新起头，从高一一直带到高三。于是，从次年新学期开始至1991年7月暑假，整整六年，我带完了两届高中。

面对那些大部分个子比自己高的学生，还是有点怯，两眼一抹黑，怎么教? 这些学生，就是一群未驯服的马，野得很。思来想去，我实行一个简单的牧马原理：引诱马群去寻找草肥水美的地方。我的引诱方法，基本上是参考当时全国知名教师及重点中学的好经验加上自己的理解琢磨出来的。前段时间，我在八八级学生微信群里留了言，说要写这篇文章，请同学们帮我找找记忆。接下来，我就引用姚玉君同学的回忆，她基本梳理了我的课堂教学：

> 我们这样一群乡下孩子，到了陆老师课上，一个个乖巧得像小白兔，安静听话还带点腼腆。其实从物理上讲，陆老师并没有多大威慑力，他清瘦白净，个子不高，还戴副眼镜，讲话总是斯斯文文，不紧不慢，文弱书生的样子，同学们也从未见过他生气发怒。可再怎么喧嚣闹腾的教室，只要

陆老师进来，目光那么一扫，立马安静肃然。真是奇怪。

多年后回过头来想，我分析哈，陆老师之所以气场强大，眼神只是表象，实质还是同学们喜欢陆老师的课，愿意听他的话。

对语文开始感兴趣，始于陆老师教我们对对子。他教对子，都在课堂之外。陆老师当我们班主任，晚自习时要坐堂监督同学们自习，于是，隔三岔五的，他就在晚自习时给我们讲一些课堂之外的东西。现在我还清楚记得他讲过的一些经典对联，印象最深的是苏东坡的一个绝对，他说至今无人能对出满意的下联。上联是：游西湖　提锡壶　锡壶掉西湖　惜乎锡壶。这个千古绝对伴随我至今，时不时在脑海中回荡一下，然而到底也没能对出下联来。

这是一场轰轰烈烈的运动。某日，陆老师在课堂上布置了一个作业：每人每天找两个错别字。指令一出，同学们炸了，自己还错别字连天呢，怎么去找书上的错别字啊?! 要说这一招还真灵，平时写东西马马虎虎的同学，一下子变得细致起来，写一句看三遍，就怕写出错别字来。大家到处搜寻印刷品，书报杂志、包装壳子、广告标语——但凡有字的地方，都会去读一遍，看看有没有错别字。这事情搞到后来，实在找不到错别字了，同学们就互相举报对方作业里的错别字。我同桌更是走火入魔，有一天看到黑板报上人家手写的连笔字，非得认为那是个错别字，把它拎出来当作业交了。

这场运动下来，同学们对错别字都有了条件反射，见到一个，如同发现小强，就想冲上去一掌拍死。只是那时候没有互联网，印刷品也少，而且能印出来的大多也还经得起检验，看到小强的机会并不多，一天找两个错别字真是难度很高的作业。要是现在，信息爆炸，自媒体泛滥，广告铺天盖地，别说一天找两个，就是二十个两百个，也是分分钟的事。这场运动带给我的意义也相当深远。多年后，我给公司老板交年度工作报告，他看完，指出我报告里一个"的"字用得不对。如果说我思路不对，或者计划方案有问题，我欣然接受，但要说报告有错别字这个事，伤害性不大，侮辱性却极强。在简短地给老板上了一堂语文课以证明我没错之后，我抛给他一句：知道我曾经的语文老师是谁吗？作协的，办过报、写过很多书、得过鲁迅文学奖，陆春祥老师！那一刻，让我在老板面前如此自信！

找完错别字，陆老师又教大家认繁体字。还是晚自习的时间，陆老师在黑板上工工整整书写出常用的繁体字和简化字对照，让我们一个个抄下来记住。当时觉得这个东西无趣又无用，繁体字很难写，而且考试也考不到，有什么好学的。

后来参加工作了，公司有几个香港和台湾的客人，传真或邮件过来都是繁体字，部门同事都有认知障碍，但对我来说完全小意思，自然就成了公认的繁体字老师，顺带着我还能调侃同事：没文化，真可怕！

《林黛玉进贾府》，记忆中陆老师用了好几个课时来讲这篇课文。那时候我还没看过原著，对《红楼梦》的认知仅停留在家喻户晓的宝黛爱情故事上，对人物的评判也只有好人和坏人。林黛玉聪慧美丽是好人，王熙凤设计害死了林妹妹，是个坏人。陆老师讲《林黛玉进贾府》，先给我们梳理了荣国府和宁国府的人物关系，然后把文章掰开了揉碎了细细解读。完了又让我们给《红楼梦》人物写续篇，当然不是长篇续集，作文的篇幅即可。从这篇课文开始，我对《红楼梦》产生了兴趣。工作后自己拿钱买的第一本书就是《红楼梦》，从头至尾，细细翻阅不下四五遍。慢慢地，觉得林妹妹并不是那么可爱，王熙凤的光芒却让人着迷，也明白了世上不只有好人和坏人两种。

我们都是写作文长大的孩子。一开始是硬着头皮写，喜欢上语文课后也喜欢写作文了。每次写完上交，都很期待陆老师的打分和评语。总体来说，我的文风属于朴实乡土气息一类，都是农村孩子经历的真实描写和感想。陆老师给的分数也比较高，有时候还会被当作范文贴在墙上给同学们看。可有段时间，看了些风花雪月的散文后，很是艳羡那种忧愁美丽不食人间烟火的调调，一心想学这样的小仙女，于是变得矫情浮夸起来，拿个小本子，抄一些鸡汤诗文，时不时地在作文里抖两句，觉得很高级很文艺。然而，这些我自认为有文艺范的作文却从没得到过陆老师高分点评。

然后有一天，我觉得是不是还应该再高级一点——比如，抖个英文啥的。于是，把英语课上刚学的自认为很跩的一句英文抖进了作文里，满心期待陆老师看了这样的高级文之后给个高分。结果，分数平平。陆老师评语只有四个字：

去掉洋文。这是个不小的打击，但也让我意识到，忧愁美丽的小仙女调调并不适合我，而且写文章是不可以乱加洋文的。后来因为工作关系，日常有一多半的机会要用到英语，要不是当年陆老师及时刹车，估计我现在说话是这样的：Tina 啊，CB 工厂的那个 offer 太 high 了，我们需要一个 competitive price，不然拿不到 order 呀！我非但没有这样去恶心人，我还带动老外学中文。几个经常要见面的客人，每人都有中文名字，不是约翰、安娜那种洋中文，而是地地道道的百家姓中文名字，比如郭国荣、李浩然、盖小龙。平常跟他们交流我也会夹杂几句简单的中文。到后来，老外发邮件也会主动用拼音来一句：xie xie, gong xi fa cai。"去掉洋文"，陆老师当年这一记闷棍，打得真是及时到位，功德无量。

一分钟演讲，贯穿了陆老师教我们高中语文的整个阶段。就是在语文课正式开始之前，按座位顺序轮流，每天一位同学上台演讲一分钟。第一次上台演讲，虽然事先可以准备，但依然是一个个紧张到无法呼吸，眼睛也不知道望向何方。陆老师给同学们打气，上台不要紧张，也不要在乎讲什么，随意，想到什么讲什么，只要能讲就可以，练胆量。我至今还记得有一个同学讲的是洗发水，说从报纸上看到长时间用同一种洗发水对头发不好，应该不同洗发水换着用。同学讲得轻松自如，陆老师说这样就很好。哦，原来可以这样演讲，先不管内容如何，放松自己，说明白说清楚一件事最重要。到了高三，陆老师提高了难度系数：他准备了数百个题目，每人上台前抽一个号，即兴演讲。你知道的，你都会即兴演讲了，还有什么可怕的？

后来大学英语课上老师也要求同学们上台演讲。我口语并不好，可是上台演讲却没有发怵，用最简单的英语表述了自己的观点。毕业后我应同学之邀到她舅舅公司上班，共同服务国外一个重要客户。我纳闷平时跟这个同学并无过多交集，怎么会想到叫我过来呢？同学说，记得有一次英语课，她看到台上演讲的我从容自信，对这一幕印象深刻，所以第一时间想到了我。哈，改变我一生的，正是那一分钟演讲。

姚玉君的文字，我基本没改动，你看出来了，她挺能写的，我引用这么多，最欣慰的是她对方法的理解，语文课与她以后的工作关系挺紧密，不过，她还忘记了一个重要方法——"写周记"。我强调自由作文，除大作文外，每周必须写一篇自由命题的文章，长短题材均不限，因为放松，常常有好作文发现。就是这位同学，有一次，我发现她的周记里写到了毛主席像章的故事，极有趣，当时县文联正举行微型小说大赛，我让她修改后，推荐参赛，结果得了唯一的一个一等奖。

对姚玉君得这个奖，我并不奇怪。此前一届，八五级的邱仙萍同学，小个子女生，字写得螃蟹一样歪扭，文章却是漂亮，她的周记，常被人传阅。高二的时候，她突然在桐庐文艺界扔了颗炸弹，县文联《桐叶》杂志发表了她的短篇小说《老D大M中S与小R》，光读题目，就想看了吧？邱仙萍后来也从事文字工作，从桐庐报社考进新华社浙江分社的《浙江经济报》，大题材的通讯一版一版地发。她偶尔也写散文，文字清灵有趣。2021年年初，文汇出版社刚出版了她的散文集《向泥而生》，很扎实的一本书。

四　课堂之外

语数老师一般都兼着班主任，我也是，三届学生，高一时，我都当班主任。虽然时间不长，但到现在我也认为，这项工作，太费神。我是说，你要想做一个优秀班主任，就要全力以赴，五十几个学生，怎么管得过来，尤其男学生，大部分都不是省油的灯。

我会经常接到告状，其他任课老师的，值周老师的，学生告学生的，每天都不知道会发生什么事。某次课堂，数学老师被一男同学惹毛，狂怒，他又无法释怀，于是怒砸教学用具，直至砸烂。教室里一片肃静，女学生低着头，不敢看老师，不少男学生却有点幸灾乐祸的样子，看好戏。那惹老师生气的男同学依然不服气，拧着脖子，眼睛盯着老师。学生心里清楚得很，老师只能发发脾气，不能把他们怎么样。

某天晚上，我值班，巡视至我教的另外一个班，校长正在那儿生气呢。我问校长，怎么回事？校长说，他见教室后排有一盏灯不亮，就随口问了坐在后排的同学，那同学竟然这样答校长：灯不亮，我们怎么知道，问你校长呀！校长自然生气，就教训了那学生。学生不服，顶嘴，吵了起来。幸亏是我教的学生，我将其一顿呵责。毕竟是任课老师，而且我这个老师，平时从不发脾气，学生见状，似乎吓着了，低头不再作声。

美院栽有大量的树木，果树也不少，石榴、枇杷、桃子、香橼，那香橼属高大乔木，我们叫它香泡，果子成熟的时候，也是值周老师最忙的时候，公共场所的水果，向来是对人品道德的考验。以前我写过一篇《樱桃树事件》的文章，线索来自我们报纸的热线，说某小区有一棵很大的樱桃树，樱桃熟了，很多住户都去采。主人不胜其扰，最后痛下杀手。主人说，就在砍树的时候，还有两个人不肯走，我们一边砍，他们一边摘，一包包装了拿走。老实说，我在学校的七年，从来没有尝过那些水果的酸甜，老师不让学生摘，主要是出于纪律与安全。但无论如何管，那些水果总是会神奇消失，不是掉地上，而是大多被男学生偷吃了。上月，八八级学生毕业三十周年座谈会，聊起这个话题，一时炸开了锅，他们笑着告诉我，厕所边那几棵香泡树的果子味道最好，他们还知道，哪座楼边上的什么水果好吃，我鼓励他们抖料：我们读大学时，不少男同学也常偷周边农家的水果甚至蔬菜。我索性将心中存了多年的疑问抛出：你们有没有偷过鸡？某次我养的几只鸡就被人偷了一只，但没查出来，养鸡是为了生蛋给陆地吃。有学生就揭发说，确实有人偷过，时间地点都对得上。但他们又重申，那是为了报复校长，我家的鸡属于误偷。一阵大笑。我是真好奇：如何处理偷来的鸡呢？他们又大笑，似乎笑老师书呆子。女学生提醒我：学校前面就是红砖厂，鸡偷来，糊上泥，往滚烫的窑孔砖上一丢，不用多长时间就熟了。那不是叫花鸡吗？全场再次大笑，笑完，在座两位老师感叹，唉，现在的学生，不会偷了。

走出课堂后，我和不少学生还保持着联系。

我的驾驶技术，就是跟学生学的。我住浙大城市学院附近，某天，散步至学院边上的一个驾校训练场，里面一片繁忙，走进看了看，一位高个子喊了我一声。哎，林宏，他是我八五级的学生，在这里当教练。于是到他办公室坐，他就鼓励我学车，我摇头：眼睛不太好，怕，夜里汽车对面驶来，我都睁不开眼，我能开车吗？林宏笑了：只要老师想学，我一定将您教出来！自己能开车，我做梦都想，叫司机多麻烦。先去体检，色弱，还好，红绿灯能辨得出，再考理论，这个没问题，很快通过，于是开始场地训练。我住得近，有空就去摸几把，时间长了，林宏说可以场考了，没想到，场考时，大雨，反光镜模糊得很，完全凭感觉，正要庆幸通过时，突然碰了杆。林宏安慰我：老师，正常的，我们再练练。场考通过后，接着路上训练，一般都是周末去，反正我不急，我的目标是能上路开车，证无所谓。林宏也不催我，跟了一批又一批。某次，他安排去桐庐钟山摘梨头，我说太好了，正好实地训练。来回都是我开，反正他坐边上，我不怕，桐庐的路段有不少是弯道，他只叮嘱一句：永远开自己的道。两百多里路，而且回程还是夜间，这么一次长途训练下来，自我感觉好极了。见此，林宏说：老师，可以路考了。路考极其顺利，考官甚至还赞了一句：路上很熟嘛。不幸的是，林宏前几年因病离开了人世。说起毕浦中学，谈起学生，我常想起我的教练林宏。

五　教师们

因为任课班级的限制，与我有交集的教师并不多，一般的老师，只有在教职工大会上才会碰到，平时大家各顾各，但依然不少印象深刻。

这似乎是一个群像了，我只能素描一下。

陈立群，浙师院的大师兄，七七级数学系。我到毕中的时候，他已经是副校长了，身材修长，讲话声音清脆，逻辑性极强。和他共事只一年，后他调任窄溪中学校长，再调任杭州长河中学校长。在长河，大师兄搞的宏志班，动静极大，不少学生称他为"陈爸"。又调任学军中学校长，他在学军时，我还应邀去做过讲座。大师兄从学军退休，去了黔东南的台江县民族中学做校长，又将那所学校带得风生水起，2021年他被中宣部评为"时代楷模"。

游宏，我到毕中的时候，他是校团委书记。他教物理，一头鬈发，高大壮实，络腮胡，篮球队主力，游泳健将，围棋也下得好。他是毕中年轻教师的核心，大家都喜欢跟他玩。毕浦之浦，就是水边的意思，天目溪离学校近，水边也有不少沙洲，游宏常带我们去游泳、野炊什么的。有几次周末活动至今还记得清楚：一天清晨，他将我的门敲开，强拉着我出门，带我们跑步，从学校出发，一直往东跑，绕着田野与公路，跑了足有十来里地，我真是累得要趴下，他却轻松；某次，他带我们骑车玩，沿天目溪公路往西骑，骑过洛口埠大桥，往何宋村的山路走，七绕八绕，再从东溪的龙潭村出来，因为不太锻炼，这种高强度玩法，我累得够呛。他似乎什么事都操心，精力旺盛，后来当校长，再从学校调乡镇做镇长、书记，又当副县长、人大常委会主任。我在桐庐的书院，就是他的倡议，他说你是文学大家了，要多为家乡做贡献，培养新人，我只能"嗯嗯"。在学校的时候，我就听他的。临调出那一年，教务处主任方欣身体不太好，游宏要我做副主任，我就边教学边干学校教务。

方欣，刚前面说到，他是我百江老乡，我广王，他朱门，现在都合并到百江村了。方欣清瘦，干练，头发也总是梳得整齐。他教初中数学，后来调县教育局教研室做主任，桐庐县的数学权威。我一直认为，他完全够得上省里特级教师的水平，可临退休时也没评上，只能安慰他：唉，人生哪能多如意，你儿女双全，女儿博士毕业，还有两个可爱的小外孙，哈，特级教师算什么！

章桂根，政治老师，罗山人，现在也并到百江镇了，算是同乡，中等个，戴眼镜，长头发，穿着朴素。他是我见过的最不苟言笑的老师，我和他都讲本地土话，我们开始讲话时，我一般用本地话，他却用普通话答我，往往我讲了若干句之后，他才用土话答我。他讲话慢条斯理，但在课堂上，讲到重点时会爆发出那种强烈的声音，而且语速较快。他业务极熟，教多个年级，后来调桐庐中学。最近一次学生会，我和他有过比较长时间的交流。他调侃说，他教过的学生，比孔夫子多多了，至少七八千人，我相信的。

邹建生，个子不是非常高，但敦实，体育老师，钢笔字写得极好。我写《语文开眼界》，十几万字，打印成本高，为了多投几个出版社（蜡纸复印稿出版社不喜欢），是他帮我抄了整整一本，近五百页的稿子，我至今还记得。后来，他改行调县人武部，再到市军分区，又回县人武部当政委兼县委常委。和邹建生联系比较多，还有一个原因，他的夫人是我教的第一届学生。

章根明、王四清、詹敏，章、王教政治，詹教语文。他们从毕浦中学出发，后来从政，都做到了省直单位的正职。

孙衡，英语老师，一位特别的人物。

他应该五十多岁了，中等个，宽脸，肥肥的，头有些秃，牙齿似乎也掉了几颗，总是穿一件蓝卡其衣服。他住教工宿舍一楼最西面两间，我们往楼上去的时候，经常听到他房间有BBC之类的伦敦腔英语声传出，很神秘。除了教学，他基本不和人交往，我是班主任，也和他搭档，但我们交往很少。说实话，我有点怕他。没过几天，我得到了这样的一些信息：这是个经历坎坷的人，西南联大毕业，上世纪五十年代被划为"右派"，"文革"中又被打成"反革命"，新疆劳改十多年，八十年代初才平反，先代课高中英语，我到毕中时，他才解决了身份问题。前几年，我看过徐勤写的《种菜养鸡鸭的孙衡老师》，一下子勾起了许多回忆。课后，校园中许多空地上都能见到他的身影，他在种菜、浇水、施肥、除草，忙得很，似乎，没有明确禁止的东西，他都做。

无论春夏秋冬，常见孙老师戴着帽子，拎着袋子，捡垃圾，什么废纸废瓶废罐，他都捡。如果外人进校园捡垃圾，他会追着那人破口大骂，直至将人赶跑。一开始，我以为他是为生活所迫，后来事实证明并不是，比如他会将英语成绩好的学生，带到他那神秘的房间听录音，训练口语；他居然设了一个奖学金，奖励给每个班级英语成绩第一的学生。有学生陆续考进北大外语系、北外、国际关系学院英语专业等，孙衡老师的外语起到了重要的作用。于是，他的形象，在我眼中一下子高大起来。他是在磨难中养成的习惯，自食其力，看不惯浪费，自我保护意识强，谁触犯他的利益就骂谁，活得真诚坦率。

六　恋爱

有人统计了中国人婚姻圈的距离数字，方圆五十公里，也就是说，无论男找女，女找男，大多在周边，周边村、周边乡，周边县已经够远了，现在全国大流通，不完全适合，但我们那个时候，确实如此。

毕浦中学的教师，年轻人居多，除教学外，恋爱乃第一要务。当时恋爱的方向，以学校为中心，也就方圆几十里，除学校内部谈成的几对外，年轻老师的对象范围是，附近的乡中学、供销社、粮站、瑶琳仙境景区，再远一点的分水人民医院、县城。一般来说，哪位老师陪着陌生姑娘，大方地在校园内外散步，那就说明，他有对象了，而且是比较确定的对象。

我进毕中后，第一次回白水老家，父亲就很关心我的个人大事。我说不急，还想考研究生呢。他慢悠悠地告诉我，那个潘玉兰阿姨的女儿，姓彭，听说就在你们学校边上的供销社工作。我说不认识。父亲提醒我：你忘了吗？潘阿姨是公社妇联主任。噢，想起来了，爸爸在东溪公社一待就是十七年，一直当副书记。彼时，东溪公社书记、副书记、妇联主任、文书，四个人的孩子都同年，三个女孩，就我一个男孩，某次，四个十四岁的孩子，碰到过一次，有点印象。

回学校后，我问汉良哥哥，第一次去供销社买东西，那位姑娘叫什么知道吗？他说叫肖红。我再要求他，了解一下，肖红家住什么地方？供销社还有没有别的姓彭的姑娘？信息很快确定，肖红就是潘阿姨的女儿。

　　大约到年底，父亲作了一个决定，他带着我，去毕浦上王家村的潘阿姨家做客。都是多年老同事，上门做客，太正常了。不过，潘阿姨肯定看出来了，老陆这次来，带着大学毕业的儿子，醉翁之意不在酒，在她家的姑娘。他们在聊以前的事，我自然插不上什么话，不过，肖红的父亲是个下放干部，以前在分水县做过农业局副局长，六十年代下放高潮时，带着两个孩子回到老家。他是以前老湖州师范学校毕业的，当过老师，绘画、京胡什么的都会，虽做油漆匠，骨子里却是个有思想的读书人。我和老人家聊，聊读书，聊写作，很合拍，很愉快。这一次做客，算是认识，各方信息汇总。彭家溜溜的女子，有很多人在追，一个排是夸张，一个班肯定超过，国外华侨也有，但她父亲不同意她去国外。

　　1987年元旦，我和肖红结婚。此前的恋爱过程平平淡淡，周六周日，我会去上王家村，或者带她到白水，平时经常到供销社吃晚饭，店员大多住楼上，两排木板房，走廊里放个煤油炉子，肖红她们叽叽喳喳在炒菜。饭后，我们有时会去粮站后面的山上走走，肖红手上拎一个袋，袋中放着毛线，有空她就针织，织外套织背心织围巾，什么都会织。山腰上找块大石头坐下，晚霞满天，前方田野中农舍房顶上有炊烟升起，她织东西，一针一针，来回交叉，速度极快，我则坐在边上，给她讲学校的事情，讲以前大学的生活，自然还要讲我的修辞。俯瞰山下，肖红指点说，左边山脚有个洞，很深，胆子大的人常进去。九十年代，这个洞就开发成垂云通天河，桐庐县的著名景点。现在想来，坐在通天河上谈恋爱，也是挺浪漫的事情。

　　结婚后，有次我与向琦老师聊天，他是资深历史老师，华东师大毕业，教过肖红，向老师说起了我和肖红的事。他告诉我，肖红向他了解过我的事情。我很惊讶，向老师却笑笑：很正常呀，姑娘一定会多渠道考察对象的人品，我自然说这个小青年不错咧，业务能力强，还搞研究，经常发表论文，能做研究的人很少的。聊着聊着，向老师又说，肖红到他这里了解我是不放心，此前，她找了在食堂工作的陈阿姨，陈说陆春祥不好，养着长发，还喝酒，弹吉他，吊儿郎当的。瘦削的陈阿姨，住教工宿舍一楼进门的两间，我们基本没什么联系。周末，夏天的夜晚，山风习习，朗月照地，我们一些年轻教师会跑到教工宿舍楼顶乘凉，拎着录音机，带几瓶啤酒、几包花生米，几杯酒下去，不管嗓子好不好，一定会有人放歌。我那时有把吉他，估计她看不惯弹吉他的人。陈阿姨不能这样定性呀，我当时很纳闷，我没有得罪过她呀。向老师又笑笑：你不要怪陈阿姨，都过去了，肖红这姑娘不错的，她的眼光也很好。不愧是老教师，真会说话。

　　1987年10月4日，陆地出生，此后的四年，都在忙乱中度过，考研究生的念头，也在不停的尿布洗涮声中逐渐淹没，不，彻底消失。2017年10月5日，陆地和尹嘉莉在运河边的契弗利酒店结婚，我现场贺词中有这么一段：我妈姓毛，我的亲家也姓毛，五百年前就是一家；三十年前，陆地同学出生在桐庐毕浦的"美院"，今天，他与毕业于美院的嘉莉牵手，这不是巧合，是缘分，希望你们珍惜！

七　重访

2021年1月10日，腊月廿七，细雨迷蒙，天气湿冷，我和肖红回白水陪爸妈过年，经过阳普，顺道重访毕浦中学。

毕浦中学党支部书记陈红华，特地从分水赶过来陪我。

红华是老杭大中文系毕业，此前，他已经出版过一本散文集《时光短笺》，我替他写了《语文组的日子》的序。正是这个序，我又起了重访的念头，虽然，它现在已经改为镇初中，但并不妨碍我的寻找。

寒假的校园，难得安静。行道两边都是大树，我和它们有七年的时光相遇，眼前，这些树更加蓬勃活泼，枝柯交叉，紧密勾结。我认得这些树，这些树也应该对我有记忆。细雨经过树叶的聚积，滴在伞篷上嗒嗒有声。直奔教工宿舍，它经常出现在我梦中，这梦很奇怪，有多次都是同样的镜头：房间里怎么还会有这么多书，我都搬走了呀。尽管情节不清晰，但场景总是很确定，就在这个教工宿舍。或许，这是人生第一个工作单位，烙印特别深，别无他解。

教学大楼、操场、学生宿舍，显然，大部分建筑都改造过了。我在操场边站了一会，想起陆地在这里拍过几张照片。当时我带杭州师范学院的两个实习教师，何志英、许德伟，我们几个老师靠着操场护栏拍照片，何志英抱着十个月大的陆地。现在，何志英在县政协工作，许德伟是分水中学的书记。经过综合大楼后的那个池塘，水边的数十株红梅，以热烈奔放的姿态迎接着我，池塘已经完全改造过，池中还有一条灵动的石头雕塑大鱼。

大礼堂锁着门，隔着门缝瞧了瞧，看不见什么，以前礼堂经常集会，我也站在台上讲过话。往饭堂的过道作了改造，长长的走道改成圆洞穹形，适合拍照。特意去我养鸡的地方看了看，记不清方位了，它就在教工套房边上。陆地出生后，我们搬到这里的三楼居住，是严兴华书记力排众议，替我争取到的，我在《黄昏过钓台》里写过，不再叙。

细雨依旧滴答，我们在校园里缓缓走着，每幢楼，每条路，每棵树，似乎随时都能连接起三十多年前的时光神经而生动成影，然而，多少人事，已经沧桑，感慨一下，又接着感喟数声。

路旁林间不时传来三两声鸟鸣，噗，一只鸟从茂密的树枝中腾空而出，又忽地钻进了另外的繁茂树枝里。忽然觉得，美院，这所藏在树林间的学校，还是名副其实的，真美。红华也说，毕浦中学，是杭州市美丽学校。

树木，树人，都是树，都需要时间，我期待所有的种子都能长成参天大树。我的美院，我的毕浦中学。美人之美，美美与共。

圆通路5号

圆通路5号是桐庐的"中南海"。

1991年8月,而立之年的我,进了"中南海"。此前,我已经在"美院"教了七年书。我教高中语文,最后一年,还兼着教务处副主任。

"美院"许多的人和事,留给我很愉快的记忆。我内心里是极想做教师的,这七年里,已经出版两本语文类的书,在一些语文期刊上也发表了不少文章,自我觉得做一个优秀教师不成问题。但阳普没有幼儿园,而陆地同学已经四虚岁了,有一天,他翻完一本小人书,歪着小脑袋忽然问我:爸爸,我问你,天大还是地大?我一惊,欸,这小子应该读幼儿园了。

这大约是我进圆通路5号的最初缘由,因为

"中南海"边上，有县机关幼儿园，那里的设施、师资，都是县里最好的，许多家长都向往。

二

圆通路5号其实是一个靠山的大坡院。山叫舞象山，也像一把稳稳的太师椅，座位阔深，扶手两边皆为山，山顶有电视转播塔，林深竹茂，还经常有野猪出入。有次，一只两百多斤重的野猪很从容地下山来，笃悠悠散步到边上的第二小学，弄得学校都报了110。

一层一层往太师椅的座位里走，密树浓荫下，往往藏着一幢楼。数株几百年的老樟树，它们粗壮发达，浓荫密盖；水杉参天，霸道得很；饱经风霜的朴树，一看就知道它们活过好几个世纪了；而一些桂花树，则闲闲地散落在角角落落，只有花开时才是它们的节日；玉兰树，花如玉，叶皮极厚。好多树认不出来，即便是盛夏，这里面都相当阴凉。正中间最大的一幢是政府楼，坡后面一幢是县委楼，边上的各个小楼里有不少的部委办局。我在县委楼，一楼县委办公室，二楼县委领导办公室，三楼右边是我们宣传部，左边是政策研究室。

一头摸进圆通路5号，神秘和好奇兼具。

进进出出的干部们，大多拎着个包，我估摸包里应该有不少重要文件。他们脸上都挺严肃，没人和我打招呼。宣传部的陈玉萍请我吃了第一顿中饭，她是夏云弟弟的大学同学。几百人的机关食堂，吃饭本身就是一种交流，你招呼我，我招呼你，说工作，谈生活，热闹异常，我尽量竖起耳朵倾听。

宣传部只有十来位干部，第一天差不多都认识了。

部长陆安玉，她是县委常委，比较严肃，平时脸上不太有笑容，但笑声爽朗清脆；两位副部长，管理论的副部长孙维耀，原来是杭州知青，中等身材，温文尔雅，和我讲杭州话，慢条斯理，每每我都仔细听，因为我和他说的分水话，有点像杭州话，但要硬得多，我是在咂摸他的杭州音呢；管宣传的副部长潘露森，身高目测一米八以上，军人出身，讲话大大咧咧，酒量极好，走起路来，身后都带着一阵旋风。宣传部下面有四个科室，办公室、宣传科、理论科、编辑室，各科人数均精干，我进理论科当科员。我也不知道理论科具体干点啥，只知道我的身份从老师变成科员了。

宣传部还有两位老同志，印象深刻。

一位是申屠丹荣，他和我爸差不多年纪，他做的唯一一件事，就是编书。这个时候，他已经编辑了好几本关于桐庐诗文的书了，比如《富春江诗集》《富春江文集》。我有时甚至想，在桐庐的中小学里，应该有一门"桐庐诗文"的课程。后来，我和程春明、董利荣兄曾经商量过，编一本富春江诗文的赏析集，搞清楚这些桐庐诗文写作的来龙去脉，分析诗文中的亮点。可这并不是件容易的事情，虽然都已经动手写了样稿，只可惜大家诸事繁忙，加上功力欠缺，终没能做成此事。

另一位是潘寿凯老师，他是桐庐中学的退休语文教师，宣传部聘来管理图书室的。到现在我也不清楚，是哪一任领导决定设立图书室，但这个决定实在太英明了，有图书室的单位一定不多。图书室的书还不少，每次来新书，潘老师都要和我打招呼：

春祥，来新书了。他知道我喜欢书。

1991年的前后几年，正是东欧剧变时期，我进理论科，第一件事就是上课，政治形势讲座，各单位只要有需求，都要去讲，讲国际形势，讲剧变原因，讲解体的教训。一个语文老师，讲政治课，开始极不习惯，自觉讲得枯燥无味，好在基本功还有，声音清晰，语速稳定，层次清楚，这就行了嘛。领导也经常从对方单位得到信息，这个人理论还行。

而于我，却有点无可奈何。

机会终于来了。

三

编辑室主任胡泰法，小个子，戴眼镜，头发总是打理得很整洁，讲话也细声细气。他主编《桐庐宣传》，已经有些年头了。他从部队转业，书法水平不错，桐庐街上他题的招牌名也经常看见。机关里待久了，就要想办法上一个台阶，这几乎是每个机关干部的正常想法。我有空常去他办公室坐坐，闲聊得多了，我发现，他想要换岗的念头越来越强烈。他认为我可以接他的班，我写过书，非常合适做编辑，而此前他走不了的原因，领导对他说就是没人接他的班（哈，我觉得只是推辞之一）。

1992年5月，胡泰法升职，去党史办做副主任，陆部长也算人尽其才，让我接手编《桐庐宣传》。

这是一份四开的白报纸，半月一期，每期四版。开始几期，主要是适应和熟悉。对我来说，编稿写稿，都没什么大问题，最大的麻烦，是划版和排版，这确实是技术问题。

　　每期稿子编完，每个版都要划样，我就是从那个时候，开始全面认识字体字号线条的。字体只有可怜的宋体、黑体、楷体几类，字号倒是从新五号到初号都有。划版的难题是，每篇文章的标题、正文的字数都要精确算出，然后，再根据字号的大小，确定标题和版面所占的位置，多一个字也不行，不按计算器，心里都没底。除了技术，版面还有美化问题，标题不碰头，特别是头版，头条、报眼、题前、倒头条，还有图片，都要妥善安置。

　　常去桐庐印刷厂，那几个排版工，对我有相当的忍耐心，因为我什么都新鲜，密密麻麻的铅字，一版版排列着，黑乎乎的如一群蚂蚁叮着壁上。我对他们敬佩得不得了，这些字是反的呀，而他们拿着稿子，一个一个很快拣出来。我给通讯员讲课时，常常浮现排字工人排版的镜头，一再叮嘱大家，稿子要整齐清晰，能短点就短点。后来一想，咦，这个技术，沈括在《梦溪笔谈》里早就记载了。庆历年间，平民毕昇发明了活字印版。他的做法是，用胶泥刻字，刻的字薄得像铜钱边沿一样，每个字做成一个印，用火烧使其坚硬。

　　回家一翻书，果真，沈括写得很清楚。毕昇预先设置一块铁板，将松脂、蜡和纸灰之类的物品制成的药料覆盖在上面，想要印书的时候，就用一个铁质模子放到铁板上，将字一个个排列好，排满一铁模子就是一版，再拿到火上烤，当药料稍微熔化的时候，就用一个平板按在字面上，于是字印就像磨刀石一样平了。如果只印二三本书，还看不出这种印刷方法的简便；如果印几十本以至成百上千本，那就极为神速。

　　读到这些，我又不禁叹气，唉，电脑出现以前，我们的印刷技术，比毕昇的活字印刷真是高明不到哪里去。我眼前的印刷车间，一会就变成了一千年前宋朝的印书作坊了。

插一段。

高个子的潘副部长，没多久就调到一个大镇去做镇委书记了。接替他的是朱芝云，原来是县文联主席、文化局副局长。朱部长也是杭州知青，能说会写，她主要写故事，还是省作协会员，一口磁磁的杭州话，很好听，她夹烟的样子蛮优雅。有一个笑话说，她下基层，人家发烟，一圈下来，只发给男的。过了一会，她一边认真地记着笔记，一边默默地从袋里掏出一包烟，夹指抽出一根，啪的一声点燃，她也不看别人的脸色，依然很享受地记着笔记。那个领导，以后逢人就说，以后发烟，千万不要错过女的。

朱部长直接分管我这一块。审稿时，她夹着烟盯着版面，我就坐在她对面看着，烟圈从她脸上袅袅飘过，偶尔会嘀咕一下，标题上改个字。

四

每天走进圆通路5号，脑子里就会不断闪出一个念头，我要做一份真正的报纸，因为，周边县市已经出现了《萧山日报》《建德报》《淳安报》，它们深深吸引着我。

几期过后，我就向朱、陆部长汇报，想将《桐庐宣传》改成《桐庐报》。我查过档案的，桐庐民国时期就出过《桐庐时报》，上世纪五十年代，政府也办过《桐庐报》。大院里报道组待过的两位老先生，以前还参与过《桐庐报》的采编工作，他们提供了不少信息，说郭沫若先生曾经为《桐庐报》题过报头。

部长们眼光远大，立即同意，以《桐庐宣传》为基础，创办《桐庐报》，并请潘寿凯老师协助我做一些校对工作。

先出一期试刊号。即使是试刊，也必须像模像样，彩色，电脑制作。报眼里的"致读者"，我紧紧抓住一句话展开：欲知桐庐事，请看《桐庐报》。我读的中文系，没有学过新闻，也没怎么写过新闻报道，但新闻的基本原则还是知道的，越是和自己贴近的报纸，越有人关注。我做过不完全的调查，一般人同时拿到省市县几张报纸，基本上是先翻县报，因为他想知道，他所居住的地方，这几天，究竟发生了一些什么事，哪些人在写这些事，这些事是否与他有关。

1992年12月16日，这个日子，一直被我珍藏着。这一天，《桐庐报》试刊号问世，五千多份报纸，一下子轰动了全县。另外准备的几百份，我们在开元街口的潇洒楼前搞了一个赠阅活动，十几分钟就被一抢而空。

试刊号更给了创刊号以强大的信心。

为准备创刊号，我几件事情一起做。

准备一些有分量的稿子。这个还是比较省事的，头版要闻，二版综合新闻，三版专题，四版祝贺单位。重要的事情，就是联系祝贺单位。我拿着电话本，一个一个给主要单位、乡镇的一把手、一些大企业的老总打电话，告诉他们要出报纸的消息。从来没听说过县里要出报纸这样的事，大部分领导还是挺支持，一段时间下来，两百来家祝贺单位就齐了，每家赞助两百元人民币。要知道，这是1992年，两百块，也不少了。

《杭州日报》下午版的记者楼时伟，是个热心人，编辑和排版都十分拿手。试刊号出版时，他就帮我们联系了报社的排版和印刷。小报也可以在杭州日报社做，既便宜又好看。且他一直在集报，他也想集我们的创刊号，而收藏一张由他亲自参与制作的创刊号，也是一件非常有意义的事。

每次出报，我和潘老师都要到杭州，住进国货路杭州日报老报社边上的一家旅社，开始排版、校对等一系列的工作。

一个版一个版划好，然后交付照排录入拼版。楼时伟边划版边和我解释，有时候，标题不贴切，他也帮助修改。杭报已经全面使用激光照排，字体和线条可以随时按版面要求设置，线条也一下子增加了许多。我记得当时比较喜欢用56号花边线条隔版，粗而有形，一个结连着一个结，像锁链般紧密。

版面出来，我和潘老师，一个读，一个校。大多数时候，我读稿子，他对着校，因为稿子是自己编的，自己清楚。我读累了，他也帮我读几篇。几个版的校样，一遍下来，要一整天时间。

初校改完，我们再一版一版仔细二校。有个晚上，旅社忽然停电，我立即跑到国货路上的小店，买了几支蜡烛，秉烛夜校。七十多岁的潘老师，一头白发，个子也不高，戴着老花镜，一脸慈祥，低着头和我一起捉错。当时心生颇多感慨，真是难为老人家了，但我做喜欢做的事情，一直不觉得累。

1993年元旦，《桐庐报》创刊号隆重面世，我们特意加印到一万份。读者不清楚，这样的报纸，是几个人在极简陋的办公室做出来的。

五

当我全身心捡拾圆通路5号这些记忆碎片时，下面这些曾经的同事，依然活灵灵地出现在了我的眼前。

因人力财力的原因，刚创刊的《桐庐报》定为半月报。

说是半月，依然紧张，我必须再找几个帮手。陆部长再次支持。她还推荐了桐庐广播电台的女记者姚娅，说她文字比较好，人也活泼，适合做记者。

姚娅是我弟的高中同学，她父亲清华大学毕业，原来是分水中学的老师，家学深厚，她对文字也十分地喜欢。她来编辑室，一下子带来了好多鲜活的稿子，报纸内容，实现了基本靠编辑到有不少自采稿的重大转变。且，她会公关，部委办局好多头头脑脑都认识，报纸发行、广告都方便。

何小华是第二个进入编辑部的。

他原是《桐庐宣传》的通讯员，当时在桐庐棉纺厂工作，一篇通讯几百字，豆腐块，他写稿很积极，还喜欢摄影，他的稿子，经常在外面发表。我们要调何小华来《桐庐报》做摄影记者。

部里让我和宣传科的石樟全一起，去棉纺厂了解一下。这是一个勤奋的小伙，学历虽不高，基础也不是太好，但有一股子钻劲和拼劲，厂长对他评价挺高。

我们去厂区找何小华。

车间主任进去通知他。过了几分钟，小华站在我们面前，中等个子，敦厚结实，头上和身上，满是棉絮，原来，他正在翻棉纱呢。听到要调他来《桐庐报》做记者时，他一脸激动，脸涨得通红，眼角明显湿润。或许，他知道，这是他改变命运的好时机。

何小华到报社后，平台大了，也更加勤奋。

若干年后，小华做了桐庐县信息传媒中心（原来的《桐庐报》）的党组成员，后来岗位在县政协提案委员会，人借调到富春健康城做副主任。最近，他已经去宣传部做副部长了，管外宣和新闻。有前面的履历和他对新闻浓厚的兴趣，我觉得他非常适合这个岗位。

第三个进入《桐庐报》的，是郑瑾瑜。他拿着我大学同学许继锋（浙江卫视知名导演）的推荐信找到我，许是他的大学老师。郑也毕业于浙江师范大学中文系，算我们的小师弟，文字不错，编辑功底也强，做事勤勉。

郑瑾瑜加入后，《桐庐报》的大稿子，明显多了起来，他很有新闻头脑，到处跑。我还让他编稿子，年轻人精力旺盛，三下五除二，动作也快。

虽是省内刊号县报，但我自诩，我一直是胸怀全国，以大报为榜样的。

《人民日报》总编辑范敬宜，就是我的学习标杆。那时候，范刚刚到《人民日报》，但此前我发现他的许多办报观点都挺新颖。他倡导报纸头版的"几个一"——一个好头条，一张好照片，一篇好言论，一个好标题，一直是我做报纸的目标。

针对桐庐的实际，我也精心安排报纸的各个版面。头版有春江论苑、图片新闻、标题新闻，大多稿子我自己操刀。二版有百家言、现场新闻、百业兴旺、半月国际国内要闻。百家言，几百字，谈什么都可以，来稿踊跃。三版常发通版大通讯，如法制经纬。第四版则通常是"桐君山"文艺副刊，我也设了个"随便聊聊"的杂文栏目。后来我发在《杭州日报》副刊上的好多文章，大多在"随便聊聊"上首发过。"桐君山"持续多年，现在依然散发着富春江两岸山水的清香。

说起"桐君山"副刊，吴文昶老师要隆重登场了。

吴老师其实大名鼎鼎。他是江南故事大王，名气大得很，得过全国故事大奖，上海《故事会》有个栏目也一直是他主持，从文化馆退休后，我们就聘他过来做副刊编辑。

吴老师，小个子，天生乐观，精干巴瘦，头发向后，常常梳得油光发亮，烟瘾极大，香烟一天好几包。他自己说像猴子一样，确实有点像，但主要是像猴子一样灵活，讲话幽默，几乎是出口成章，他的声音略带磁性，好多人喜欢和他聊天。

由他来主持"桐君山"，我放心。

他对桐庐的情况烂熟于心，版面和稿子常常创新。他经常找人聊稿子，一杯茶，一支烟，你来我往，聊着聊着，大笑声就会传来，我知道，那是吴老师又找到好的题材了。他闲不住，编稿之余，还常常出去写稿，年纪这么大的老记者呀，还不挖个大萝卜回来吗？通常都会给你惊喜。

吴老师编副刊后，又向我们推荐了他写故事的学生方赛群。赛群学历不高，但做事有韧劲、钻劲，对文字悟性也好，吴老师悉心指导，进步神速，获过不少奖。她进编辑部后，写过不少有分量的长篇通讯。她擅长故事文体，人物和事件，都能写得栩栩如生。后来，她还获过民间文学的最高奖——山花奖。

我常看到各类少儿故事比赛桐庐选手得奖的消息，桐庐故事依然风生水起，吴文昶是重要的引路人、播种人。吴老师七十五岁患肺癌去世，告别仪式的内容，都是他生前定的，不能弄得哭哭啼啼，他要笑看人生。参加告别的人们，于是再次目睹了他的笑容，聆听了他的笑声。

至此，有编有采，一个小型编辑部已经形成。且人员构成也极有特色，有老有小，有男有女，有本科，有草根，还有葛优一样的吴老师。小小编辑部，快乐总是不断溢出窗外。

六

报纸的框架搭好，内容创新就是最重要的问题了。也就是说，读者新鲜劲过去后，他们要看的是，《桐庐报》上究竟有多少东西值得他们读。

圆通路5号虽是重大信息来源地，但几十个部委办局并不在一个地方办公，因此，第一件事，就是不漏重大新闻。这"重大"有两种理解，一种是即时发布的，另一种则是自己去挖掘发现的。我以为，后一种更重要。

一个冬季的夜里，何小华突然打电话告诉我说，芦茨乡有个青年王红卫，前几天在富春江镇金家村的山林扑火中被烧伤后医治无效不幸遇难。我随即和他分析事件并要他第二天立即去采访。因为当时的《桐庐报》已改成周报，处理突发新闻也没什么经验，加上出版时间要求，只能先做个一般的表扬稿子在一版发了。但就是这样一个小稿，仍然引起极大反响，和报社一墙之隔的团县委马上抓住这一典型。周六，小华第二次赶到王红卫的家乡，深入挖掘英雄成长的背景。王的家距乡政府有数十里地，小华都是走着去的，回来埋头写作长篇通讯《血洒富春大地》，再一次在全县引起强烈反响。连续报道的结果是：县委县政府作出决定，号召全县人民向英雄学习。

我记忆中比较深刻的《毛主席赠给我一杆枪》也是这样的稿子。

一次，邱仙萍从人武部同志的口中偶尔得知这条过时的旧闻，已经过去几十年了，真是太旧了，我却非常感兴趣，觉得可以救起来。研究了一下，很巧的是刚好相距四十年时间，我就和她一起，到了持枪者徐虎林所在的窄溪镇前村采访。我们到徐家时，徐虎林说起那杆枪，仍然一脸的激动，而他的家人则补充了许多生动的细节。后来稿子还在当时的《杭州日报》下午版头版显著位置刊出，老徐一下子又成了"名人"。

1993年7月，桐君山，叶浅予居所，我和浅予先生坐在门前的空地上对聊。有一个细节至今印象深刻：先生指着滚滚向前的一江春水感叹，一江春水白白流！那时，我还不太理解先生的用意，现在想来，这个感叹应该有好多含义，既有环保，也有资源利用，更有人文的感叹。是啊，桐庐人杰地灵，应该有很多故事可以挖掘的。

我们编辑部在县委楼的三楼，是一个大办公室，前面还有一个几十平方的露台，休息的时候，我会站在露台上，静静地看院子里的各种树。喏，紧贴露台的那棵水杉，直冲云霄而上，落下的针叶，一天一天地堆积，树下已经铺得厚如毡毯了，这不就是日积月累之功吗？两边像椅子扶手一样的山岗上，楮树壮硕，树冠上的青枝直指蓝天，嗯，我赞赏它们的远大志向。左前方的树林中，有小山会议室，扩音器里经常传来领导讲话的声音。私下嘀咕，这是一个表面安静、内里躁动的地方，说不定，哪一句话就成为牵动全县神经的指令了。

七

电子邮件诞生以前，投稿都是邮寄。经常往圆通路5号送稿的，是几个比较积极的通讯员，这里简单记几个印象比较深的。

何全生。我叫他老何。他是旅游局宣传科科长，消息和通讯都写得好，基本不用改，只需按版面要求删节就可以。老何大嗓门，略带淳安腔的普通话，常常为我们带来各类旅游信息。我对桐庐旅游的认知，就是在他不断来稿中，逐渐清晰起来的。

桐庐地处富春江上段，以严光隐居地钓台为精神核心的富春山就是一个浓烈的符号，从此以后，引无数骚客来严光这片钓鱼地竞折腰（顶礼膜拜）。吴均首先赞叹："奇山异水，天下独绝。"韦庄感慨："钱塘江尽到桐庐，水碧山青画不如。"陆游完全醉倒，"桐庐处处是新诗"。从魏晋南北朝到清末的一千六百多年间，一千余位诗人为桐庐留下了几千首诗词。可以这样说，古代几乎所有知名诗人，都来过桐庐（杜甫为什么没来，至今是个谜）。

桐庐一直吸引着各方媒体，有同行来访，如果要去景区，一个电话打给老何，就不用门票了。

乔关生。我叫他老乔。他是交通局办公室干部，喜欢写，速度极快，走路、讲话速度也快。看他方格稿纸上的字，斜着一行行，瘦长形，有点像他的长相。想起老乔，他在文化馆工作的演员弟弟形象立即浮现，乔弟滑稽戏唱得好，演起老太婆，比老太婆还像，拿着个大烟杆，动作夸张，观众笑说骚劲足。

张延祥。他是桐庐人民医院的外科医生，浙医大毕业，医学水准高，也喜欢写稿子，尤其擅长副刊写作。我们办报的时候，他其实已经在《杭州日报》等报纸上发了不少作品，因此，这样的作者，自然要重点关注。后来，张医生调杭州，做了市三医院的院长，我们也常联系。

我当时不太清楚，一个医生，文笔这么好，现在看来，是幼稚了，我忘记了鲁迅。现在，我周边有不少学医出身的写作者，都写得有声有色。我们省散文学会的理事干亚群，散文写得细腻，一年要在全国的核心大刊上发八九个长稿，她原来是妇产科医生。问她接生了多少孩子，她淡然笑笑：几千总归有的。还有永康的自由撰稿人郑骁锋，历史散文一本接一本，央视的纪录片已经写了好几部，最近刚播完的七集纪录片《一脉钱塘》，他就是总撰稿人。放眼省外，学医的作者更多。

现在，我依然关注着张延祥，但他忙于事务，很少看到作品了。

黄水晶，中学语文老师，标准的文艺中年，细嗓子略带江南腔调，他对乡土文学的关注和研究也给了我不少启发。有次我们闲谈，聊到了很旧的一则素材：一个收箬叶的生意人，抗日战争期间，收购的数万价值的箬叶毁于战火，然而，这个生意人很诚信，在以后的岁月里，不仅一点点还债，临死前还交代儿子，继续还债，直到解放后还清。其实，他完全有理由把责任推给战乱战火。水晶说这个故事的时候，我认为很有价值，随后就派邱仙萍去采访生意人的后代，后来这个稿子，还以大篇幅在《杭州日报》下午版上刊登。

现在想来，仍然有点可惜，这样反映桐庐人诚信的故事，应该可以做得更大，至少比那些胡编乱造的影视剧有价值。

另外，公安局的陆林荣，工商局的章永强，县委报道组的金伟、潘连魁，食品厂的吴爱群，工商银行的汪国良，还有不少副刊作者，如老干部冼逢周，公路段的陈水良，专门写富春江美食的许马尔，中学老师胡泉森，等等，现在想起这些通讯员，他们依然一个个清晰地站在我面前。后来，我还为陈水良的杂文随笔集《长舌夫》写了序。业余写点东西，还是挺不错的，这些人现在有许多都在重要岗位上，当局长，做主任，甚至县领导，我以为，是文字滋养了他们。

八

对新生的《桐庐报》来说，版面内容、经费筹措、内部管理，这些问题，我都能应付，通讯员，我自己培训，讲清楚需要什么样的稿子就行。

最头痛的，还是报纸的制作，没有电脑排版系统，也没有相配套的印刷厂，老是往杭州跑，太不方便，费时费力。

而此时，邻县的建德，报纸正办得风生水起。《建德报》一开始就是周三报，掌门人陈利群先生，报道组组长出身，艺高胆大，对外关系也极广，是县市报的灵魂人物。他们进了全套的北大方正激光照排设备，彩色印刷，牛气得很。

去建德，要比去杭州方便许多。

那时候，邮寄传递都极不方便，每次稿子编完，版式划完，先要让人送去录入排版，过一天，再去校对。在排版校对过程中，还有许多问题要现场处理，我必须每次都要在现场，相当于再编辑一次。往往要等到胶片出完，没有错误，才可以返回。有时候，要出全彩报，铜版纸印刷，还要赶往梅城印刷厂观察等候。数十年来，我行事都比较果断，也许和这一时期的经历有关，没人可以商量，全靠自己拿主意。

也有趣事。

从建德返桐庐，要过杨村桥，而杨村桥的路边饭店，极有特色，尤其是棍子鱼，胖胖的，刺不多，红烧，略煎一下，每次都要点。新安江、富春江里的野生鱼，因为水质好，总是馋人口味，屡吃不够。

2018年8月，应建德市文联之请，我约了一帮全国各地的作家们到建德采风，一路行一路走，感慨颇多。当年建德报社的临时驻地新安江招待所早已经变成江边的一排排新建筑了，而我做报纸的记忆却犹在眼前，像昨天发生的一样。行至梅城，一场突如其来的大雨将我们逼进古街躲避，看着粗大的雨点，忽然想起，二十五年前，在梅城印刷厂遇到过同样急骤的雨，我问：梅城印刷厂还在吗？陪同的陈利群先生说：老早改制倒闭了。他还添了一句：那印刷厂，原来是严州古城福建会馆的旧址。唉，人是物非，人的力量真强大，能改变很多事和物。这不，眼前的梅城，已经恢复得有点气势了，这里曾是南宋的副中心，几百年来繁荣无比，名气大得很。采风结束，我写了一篇长文《梅花之城》，虽是写古城，却依然有二十五年前的情愫在。

九

在圆通路5号，我就像一颗陀螺一样转着，领导们也像陀螺一样转着。早上进来，匆匆一个招呼，然后，各种车辆就陆续出发了，去往全县的各个乡镇地区。我们不看人，只看车就知道是谁了。蓝鸟，书记的专车；新桑塔纳，县长的。各常委部长们的，大多是伏尔加。我们陆部长的就是一辆白色的伏尔加，司机俞师傅，敦厚和蔼，我们有急事喊他，他也蛮爽快的，他也喜欢吃杨村桥的棍子鱼。

领导们的司机，信息最灵，但嘴都极严，不该说的不说，关系不近的，一般听不到他们说的事。也是，有的时候，领导一个电话，就能决定人的命运，不能乱传。

埋头干了两年，我被任命为编辑部主任，当时还没什么感觉，现在看来，陆部长是重用我的，因为我到宣传部的时间并不长，而宣传科的石樟全，二十二岁就做副乡长了，依然是科员，他自己也戏称是黄杨木，千年不长。几年后，石调来和我一起做报社党组成员、副总编辑，我们面对面搭档三年，那时早已经搬出圆通路5号了。

也因了周边县市报纸发展迅速，除几张老报纸外，临安、余杭、富阳，几乎都办起了报纸，而且都是一步到位，正科级配置。

于是，县委专题研究，《桐庐报》要扩大，要升格，要搬地方，要招新人，要添设备，一切都预示着，《桐庐报》的另一个新阶段要来了。

十

回头说一下陆地。

我进"中南海"，陆地也顺利进了机关幼儿园，但已经是读中班的年纪了。我脚不着地，也苦了陆地同学。他妈妈早出晚归，无法接送。早晨我送他去，但下午四点钟，根本无法接，暮色四合，我还在乡下采访呢。于是只好不断委托亲戚、学生、同事去接，我也知道这样不好，但想不出别的办法。

陆地读小学时，我们租住在富春江边的马家埠。一年级的头两周，我领着他上学，主要是教他学会如何穿马路，两头看车，慢慢走，不要跑，那条大街，是马路，也是国道，车还是多。送到学堂，我再顺道去圆通路5号打两壶开水。两周后，陆地很自信地对我说：爸爸，你不用送我了，我会过马路了。好，于是我就不送了。即便去打开水，也不再管他的上学。

最欣慰的是，陆地同学的独立自处。我以为，他这种能力，从幼儿园就培养出来了，虽无奈，却也是上苍对我的补偿吧。他读初中就住校，给他买的50元钱的电话卡，让他有事打电话，三年也没用完。后来，他去哥大留学，所有申请、材料准备、去美国的手续等等，全部自己搞定，对美国的那些名校，我觉得他比中介都要熟。

生活的磨炼是最好的老师，我一向相信这样平凡的道理。

十一

前几天，为了这篇文章的结尾，石樟全陪我又去了一趟圆通路5号，他现在是县文联主席。

这里已经是香火旺盛的圆通寺了。

上世纪五十年代，画家李可染画有一幅《圆通寺》，其实就是我们上班的地方。它原先是一所千年古寺，就叫圆通寺。

清乾隆二十一年（1756）编撰的《桐庐县志》上有一则官司很有意思。圆通寺当家和尚很喜欢种树，寺院内外、田头路边种了上万棵。附近老百姓担心树长高后，会妨碍田地日照，影响庄稼生长，于是将老僧告了。县老爷接状问僧：您看，这个事情怎么办呢？看来县官不糊涂。老僧也不说话，埋头写了四句诗："本不栽松待茯苓，只图山色镇长青。老僧他日不将去，留与桐庐作画屏。"

桐庐县委县政府后来南迁到江南，圆通路5号又变成了千年古寺。

昔日的部委办局，都变成了殿堂经所。政府楼，千手观音，高高注视着人间。县委楼，寺里的主殿。我一一进去，向菩萨们合掌问安，很有些感慨。我们在编辑部后来搬的小楼前留了影，它现在是住持的经房。

县委楼前，三棵近一抱的老七叶树，一字排列，枯干虬枝，我们像发现新大陆一样，以前走进走出，似乎没注意过它们，但它们显然稳稳地站在那儿几百年了。七叶树，又称菩提树，花开的季节，应该和圆通寺的氛围很搭的。

古树森森，我不知道圆通寺的哪些树是那老僧种的，但桐庐人在老僧种的大树下乘凉是无疑的，我有许多文字就是在那些老树下的阴凉处思考出来的。

《楞严经》卷二十二有语："慧觉圆通，得无疑惑。"意思是说，拨开重重杂念，觉悟省悟了，你的人生自然就会有十分的定力，目标明确而坚定。

做人圆润，做事通理。近十年来，桐庐出现了数家著名快递——申通、圆通、中通、韵达，通江达海，占全国大半河山。

无论文字还是人生，圆通路5号，都是我初航蓄力的重要港湾。

养小录

一

后阳台上那一盆发财树，当初搬新家时，更多的是看重寓意。它果然没有负主人的那点小心思，一直长得极旺，半个阳台几乎被枝杈覆满，虽将两扇玻璃窗都拉开，尽量让它去抢占天空的位置，但风雨大了还是不行，摇晃得厉害，不得不下狠手修剪。

我家窗前，几乎都被树占了：柏树、银杏、桂花、五针松……它们如同那些日日长身子的青少年，一段时间没瞧它，就会猛地长高一截。树多，树大，鸟就开始聚集，我曾经在一篇文章里写过一对有名的喜鹊，这个后面细说。

从三年前的3月开始，乌鸫就看上后阳台这株发财树了。起先一只，后来两只，它们每天不断从外面叼来树枝，筑起一个精致的大窝。差不多只有四十来天工夫，这一对夫妻鸟，从下蛋到小鸟孵出到飞走，发财树上就只剩下一个空窝了。此过程太快，以至于我都没有好好关注，它们就完成了一代鸟的繁殖。我想，下一年，它们一定还会来的，那时我一定要关注。

　　果然，次年的3月，它们又来了，我不能确定是不是那两只鸟爸鸟妈，不过，我心里依然认定，就是那一对夫妻鸟。接下来的日子，每每下班时，妻会对我说，"今天下了一个蛋""今天多了一个蛋""今天又下了一个蛋"。一般来说，每只乌鸫一次下四至六个蛋，这一年，正好六个蛋。再接下来，母鸟开始孵窝了。这一段时间，比较安静，常常是傍晚或者清晨时分，母鸟会出去寻食，而让人惊奇的是，公鸟也会帮助孵，如果不是亲眼所见，我不太相信，我不知道别的公鸟会不会帮助孵。十来天后，妻对我说，"今天孵出了一只""今天又孵出了一只""今天多了两只"。已经有四只了，再接下来的几天，一直没有新生命的诞生，我们都有点奇怪，不会孵不出了吧，总共六个蛋，应该有六只幼鸟的。遗憾的是，这对乌鸫夫妇，只孵活了四个。

　　接下来养育的日子，乌鸫爸妈繁忙而快乐。妻会将精肉切碎，放在阳台上，看不到它们吃的身影，但基本都没了，应该是吃了。有一天，妻对我说，她在运河边散步时，看到一只乌鸫在啄地，她跟着看了一会，乌鸫啄呀啄，终于叼出一条长长的蚯蚓，原来，乌鸫喜欢吃蚯蚓。

　　小乌鸫长得也真是快，没几天就黑不溜秋了，而且，它们还会沿着窝，在发财树枝中上上下下地蹿。看着它们滚来滚去的样子，你会不由自主想起"快乐"这个词。我不是鸟，无法体会它们的快乐，但仍然替鸟着想，它们应该有这样的感觉。

某天清晨，我正在吃早餐，想着今天的鸟窝怎么这么安静呢。还没吃完饭，我就趴在阳台边的玻璃门看，呀，真的没有动静，会不会有什么情况出现？静等了五分钟，我决定拉开玻璃门看个仔细。呀，呀，空窝，一只也没有，它们全部飞走了，这一个早上的时间，我不知道它们是昨晚飞走，还是今日凌晨飞走的。总之，乌鸫爸妈带着它们选择了集体出行，这是它们第一次飞向大自然。

吃完早饭，我又跑到前阳台，朝那些樟树、李子树、桂花树又看了看，目光一棵一棵仔细地寻，都没有发现那些跌跌撞撞的小鸟，它们飞到哪里去了呢？

似乎是遗憾，也似乎是失落，我们是乌鸫们的什么人呢？我们如此关注关心它们，它们竟然在一个早上全部不辞而别，连一个招呼都不打。

二

2019年4月14日凌晨六时半，我在缙云县石头城岩下村民宿的大床上醒来，急切地打开手机，陆地的微信跳了出来：母女平安，瑞瑞六斤二两。

前一天晚上六点多，我和裘山山、王必胜、韩小蕙等正在吃晚饭，陆地打来电话说，嘉嘉肚子疼了，急着送市一妇产科。我安慰他说：别急别急，一切按部就班。他们做事比较仔细，平时体检什么的都科学，这是新生命诞生前的喜事，不要惊慌。

这里要说一下"瑞瑞"这个名字。我替别人取了不少名字，自己的孙儿，当仁不让地先要准备着，磨来磨去，我将其命名为"学而"，无论男女，都合适，《论语》第一章第一句，再也没有比这个更理想的了。妻也赞同，几乎所有的人都赞同，但是，陆地不同意。他从十岁起，我就民主管理了，他自己的孩子，我也强求不得，只得叹息，又叹息，啧，啧，这么好的名字不用。我说，如果生二胎，那就叫"述而"，还是《论语》中的章节，多好。可他就是不同意，他说太文气，他自己取。倒是妻聪明，她替孩子取了个小名，"瑞瑞"，这个好，大家一致同意，男女也可以通用的。这名果然好，我的名中有"祥"，她的名中有"瑞"，谁不喜欢祥瑞呢？

不知道陆地翻了多少书，我偶尔问问：取名如何了？他总是笑笑：好难。我说：要有两个吧，男女都不知道呢。他答"嗯"。然后，我们也讨论一下。有一次，他说：如果是男孩，索性取个"陆九渊"吧。我笑了：好大胆呀，这个压力也太大了吧。不过，我没有反对，借古人的名字，只要有意思，也不是不可以。我知道，他提出要用陆象山的名字命名，他一定研究过陆象山的心学，而知道陆象山，就一定要研究一下王阳明，于是，我就和他谈王阳明，他果然头头是道。后来，终于，他定了一个——"修蕴"，修乃修身、修炼自己，蕴为蕴藏、蓄积智慧。这也不错，我没有提出反对，反对也没有用，我只是好好地再帮他整理一下这两个字的意思，并对他说，瑞瑞读书的时候，这个名字，不太好写。

现在，瑞瑞来到了人世间，她的爸爸妈妈、爷爷奶奶、外公外婆、曾爷爷曾奶奶、曾外公曾外婆，以及各类表的堂的，一系列的亲人，都给她以热烈的欢迎和拥抱。想想我这个年纪做爷爷，不算早不算迟，我的学生辈中也早就有升级的，我的同辈中自然有比较多的人孙儿早读小学了，更不要说李世民三十一岁做爷爷了。

欣喜之余，依然有很多的不适应，我除了写过关于瑞瑞的几个手札外，从来没有在朋友圈等公开场合发过瑞瑞的照片。我觉得，我和她之间的关系，要慢慢建立。

三

回过来再说乌鸫。

乌鸫在一夜之间或者一晨之间不辞而别后，我和陆地说，明年要装一个监控，我要看看乌鸫从生蛋到孵蛋到养育小鸟的全部过程，它们可以不理我，但我必须尽可能地多了解它们。

3月才过了几天，乌鸫果然不邀而至，我甚至都没有想过它们会不会来这样的问题。这阳台多好呀，接天接地，窗外面就是大树，前面有高楼，如遇突然情况，随时可以飞走。起先是一只乌鸫来试探了一下，没过多久，又来一只，它们开始筑窝。原来就有窝，而且还不错，又宽又大又深，不过，它们依然修修补补，等于重新装修了一遍。自然，新窝更加柔软美观，也舒适。

史无前例的新冠疫情，让我有更多的时间去关注乌鸫。坐在客厅里，打开手机，乌鸫们的一举一动，暴露无遗。监控一个人是违法行为，而监控一对鸟，应该没事。而且，这个监控装置，不仅在家，在办公室，甚至在外地，几乎是随时随地可以看，我想鸟鸫了，就打开。常常是，母鸟很安静地卧着，长时间地卧着，楼下停着的一排汽车也看得到，小区保安有时大声吆喝的声音也听得到，瑞瑞和她奶奶在客厅里活动的声音也听得到。

不过，因为监控，今年发现了意外，我以为这是意外。

这回依然是六个蛋。母鸟孵蛋，必须有足够的温度，幼鸟才有可能孵出。它外出，只是临时出去寻找食物。但此母鸟的责任心看起来不是很强，至少没有以前那些强，它似乎经常出去，不知道它出去干什么，难道仅仅是为了食物？我觉得不是，它可能不放心那只公鸟，因为公鸟更加不负责任，它偶尔来一下，和以前的公鸟完全不能比。我当下就对妻说，这对鸟夫妻，应该不是去年的那一对，因为按鸟的寿命算，它们早到了耄耋之年（我心里认定去年的那一对就是前年的那一对），今年这对，有点不负责任，它们似乎没有做好为鸟父母的准备，吊儿郎当，光会生，不会养。

没有常温，怎么可能孵出？我担心母鸟的飞进飞出。

不过，还算好，时间到了，一只又一只的幼鸟钻出了壳，我开始给幼鸟们取名字。为取名字，我想了好多种方案，比如以洲名，亚洲、非洲、欧洲、大洋洲，因为这是瑞典国鸟，遍布全球；比如以国名，埃塞俄比亚（主要是饿，幼鸟嗷嗷待哺的样子）、肯尼亚（主要是啃，那些幼鸟嘴巴见什么啄什么）；比如以《水浒传》中的人命名，宋江、李逵、刘唐、孙二娘，都是又黑又凶，再说了，这些幼鸟成年后，它们所面对的世界，也如同人类一样，有复杂的机关，有残酷的争斗，自然也有美妙的爱情。

但最终还是没有命名成功，因为，不能接近它们，除非在它们的脚上挂个牌牌，编号，否则，一色黑不溜秋的模样，宋江和李逵，根本无法分辨，名字取了也白取。想想挺可惜的，假如有一天，我在运河边走，突然看见前方树上的"亚洲"或者"肯尼亚"或者"孙二娘"，那该是多么欣喜的一件事呀，它可是我命名的，它可是出生在我家阳台上的。

好玩的事，是和瑞瑞一起看乌鸦。

瑞瑞七八个月的时候，已经知道鸟鸟了。我经常抱着她站在前面的阳台上，右前方那棵大楮树，树杈上挂着个大喜鹊窝，光溜溜的树枝，特别显眼。这一对喜鹊，活跃得很，是我们小区里的明星。它们常常双进双出，有时，边飞边叫，"喊喊，喊喊"，她两眼总是盯着看。我还常抱着她去运河边，看大船，船开来的声音，"哒哒哒，哒哒哒"。白鹭，还有海鸥，有时也会随着大船上下翻飞。她虽然不会说，但肯定知道鸟鸟了，所以，她对于乌鸦，显然很在行。不过，她看了监控，经常要嚷嚷着去阳台上看真鸟，我们只有骗她：不行不行，鸟鸟要睡觉觉。

依然要给它们喂食，不管它们吃不吃，今年尤其重要。那对不怎么负责或者没有什么经验的鸟爸鸟妈，真是让人操心，它们会生，它们会养吗？

有次，瑞瑞奶奶推着小推车，小推车上除瑞瑞外，还多了把铲子，她们去运河边挖蚯蚓。自从知道乌鸦喜欢吃蚯蚓后，她们就经常去挖蚯蚓喂鸟，但收获却不多，运河边挖不到几条，反而是小区草地里有的地方比较多，可能是因为蚯蚓喜阴。瑞瑞这样的参与，我总是赞赏，人类从小养成和动物相处的习惯，对人对动物，都是好事。

终于，和去年一样，某个早晨起来的时候，小乌鸫们都飞走了，陆地查了监控，说是凌晨六点左右飞走的。为什么要选择晨飞？看着昨天还跌跌撞撞的幼鸟，难道一夜之间就都长成了？我还是有些担心，如上年一样，我房前屋后一树一树地寻找，依然一点也不见踪影。有一次，我看到窗外银杏树上有只乌鸫停在那儿，看了足足十多分钟，直到它飞去。我不知道是不是我家阳台上出生的鸟，但我心里认定它就是，它回外婆家来看看，看看旧居，理所当然的事。

妻依旧将鸟窝整理了一番，有些地方甚至用水洗了洗。妻说，好大一股味道。

四

接着说瑞瑞。

一岁以后的瑞瑞，几乎每一周都会有不同的变化。我曾经在《隔离记》中写过她，对家中过道的画和字，书房里的《诗经》《论语》，她都能一一指出。我知道，那是习惯使然，我要的就是这个亲近书籍的习惯，虽然三岁以后她都会忘记，但习惯已经养成了。

嘉嘉上班后，因为疫情，保姆请不到。说实话，我们也不敢请保姆。一般正常的节奏是，早晨七点半到八点间，陆地上班顺带将瑞瑞送到左岸花园。有的时候，七点过几分，她就到了。我往往还没起床，她一进门，就会笃笃地走到我的床边，有时会叫爷爷，一连叫好几声，有时候，她会默默地站着看我。我不知道她是怎么想的，可能在想，爷爷怎么回事呢，还不起床？她爸爸妈妈都去上班了呢！她知道上班的概念，她也知道天黑，天黑下来，鸟要回家了，她爸爸妈妈也要回家来了，吃过晚饭，她就要回她自己的远洋公馆。一岁半时的某天傍晚，天黑下来时，她正好站在窗边，窗外什么也看不见，她于是口吟了这么一句：外面黑了，天找不到了。哈，我一听就笑了，以为这是一句好诗，广阔的意境、深邃的哲理兼具。

关于说话，也真是有趣得很。她学会一个字或者一个词，总要用一段时间，比如"怕"，什么都用"怕"。喊她吃饭了，她说怕；陆地他们下班了，她也说怕。这样的表达，我一直在研究，她到底想表达什么。我的推测是，吃饭时的怕，应该是不想吃；陆地他们下班回来，是要接她回去，她可能不想回去，找借口。

再举一些好玩的例子。

比如"开心"。有天我回家，妻和我说，她今天在厨房，洗菜洗碗，瑞瑞搬个小板凳过来，一下子站在她的身边，这样，瑞瑞的两只手，就够得着那个洗手池了。瑞瑞两只小手不断在池中撩来撩去，然后，一脸真诚地对她奶奶说：好开心呀！妻像发现新大陆一样，说她笑得不行。其实，瑞瑞的语言能力，每天都在变化，从一个字，到两个字，再到三个字，说三个字的时候，往往会加上主语，"奶奶""爸爸"等。比如她拉臭臭，你说她臭，她就反击：爷爷臭！我琢磨了又琢磨，在瑞瑞的语言系统里面，没有什么规律可言。不过，她说那种反击句的时候，我以为可以强化她的亲情概念，自然，语言能力也会迅速提高。

陆地回家时，我们和他说起这个"开心"，陆地说，这周一开始，瑞瑞就开始了"开心"的表达。抱她上车时，她会说好开心；抱她去乐堤港玩，她也会说开心。总之，她说开心的时候，我们也都非常开心。在她无忧无虑的世界里，她能首先体会到开心，这是一件多么美好的事情。

五

我一直以为，耳濡目染应该是最好的教育方式。陆地小时候，我偶有教，比如古文，比如写作，但时间都不长。我目的很明确，教就是为了不教，只要兴趣和习惯养成就可以不变应万变，这其实是偷懒的方式。我个人认为，如果基础打不好，以后的麻烦不止一箩筐，也极有可能是一房间，或者一屋子，永远有解决不了的麻烦，所以，在孩子小时候花一些心思，还是必要的。

瑞瑞还在两三个月的时候，我抱着她，总会念念有词，自然不会念别的，我只会念一些古典诗文。什么事情也经不起重复，我们买了一个小爱音箱，想用的时候，只要喊一声"小爱同学，唐诗"，小爱同学先高声地答应一声，然后，还会来几句调皮的，它会笑你：你干脆扎进古诗词堆里别出来了。瑞瑞一进家门，我就喊小爱同学，给她读唐诗宋诗。几个星期以后，她就开始跟着念了，李白、杜甫、白居易、王维，至少十几个诗人，她会跟着念。我在默默地吃早餐，她就在边上细听，然后念念有词，有时是完整的句子，一般都是诗的后两三个字。李绅的《悯农》，显然很熟悉了，到最后一句"粒粒皆辛苦"的时候，她往往指着高柜上的药，我早上起来必须吃一颗阿司匹林，然后说：爷爷苦。

她要表达的是爷爷的药是苦的。这样的联想法，也没有人告诉她，不知道她是怎么想到的。

瑞瑞十七八个月的时候，她将自己称为"狗狗"，然后在"瑞瑞"和"狗狗"之间不断转换称呼。挂在阳台上的衣服裤子，她会说狗狗的衣服，狗狗的裤子，狗狗的袜子，狗狗的口水巾。陆地说，狗狗不好听，她照样说。

瑞瑞喜欢猫，喜欢狗。看到狗狗来，她都会大声尖叫，也经常要奶奶抱着她去小区的一个角落看猫猫，那儿有好几只野猫聚集。麦家的新书《人生海海》，她不厌其烦地翻，封面都翻得缺损了，哈，她是在翻封面呢，黑黑的封面上，有一只猫躲着。

早上，妻买好菜，我再去工作室，瑞瑞跟在后面要出去。我说：爷爷去写文章。瑞瑞答：狗狗去写文章。我说：爷爷去写书。瑞瑞答：狗狗去写书。我只有将门一关，然后，她在里面大哭。

我一直在观察瑞瑞语言能力的变化，从一字、两字、三字，到五字、七字，现在（二十个月），她基本能表达完整的句子。有不少句子，她是跟着说的，你说什么，她说什么，我觉得这是孩子语言习得的基本方式。我可以肯定地说，她跟着说的时候，有好多是不明白或者不太明白的，只是顺着句子。

我经常给别人讲阅读，面对这么个婴孩，怎么阅读，又是一个新课题。而阅读教材什么的，其实挺重要，因为平时的教育，显然杂乱无章，没有体系，绝对挂一漏万。

不过呢，我掌握一条原则：孩子的孩子，主要应由孩子自己负责。过多干预，不要说我没这么多时间陪伴，即便有，也不能这么教，我怕教不好，也怕教坏了。

看着陆地他们买回来的书，很少有让人惊喜的，失望的居多。从出版的角度，我也想自己编几本教材，至少，诗文要经典，儿歌要押韵，故事要有趣，方法要科学，我甚至想自己写几个童话。

六

我家沙发上，有一套泰戈尔诗集，五小本，外语教学与研究出版社出版，中英文，郑振铎的译本。我经常翻《飞鸟集》，一首一首看，想找几首适合瑞瑞的，她已经二十三个月了，大部分都能完整表达。

开头第一首就非常适合，瑞瑞听几遍就懂了，因为我家窗前好多鸟，有场景，她也喜欢鸟：夏天来了，飞鸟到我窗前歌唱，又飞去了；秋天的枯叶，它们没什么可唱，叹息一声，跌落在那里。

我家窗前的鸟，凌晨四点左右就开始鸣叫。我睡眠不太好，夜晚中间醒来，如果寂静无声，我就知道是两三点钟，如果鸟开始开会，那一般都是四点以后。半夜醒来，翻来覆去好久，突然，一只鸟开始试探性地鸣叫一声，那声音具有划破夜空的开创性，它是新一天到来的标志。然后，间隔一两分钟，那只鸟会继续鸣叫，大约十几分钟以后，和鸣声开始有了。也就是说，其他鸟被慢慢叫醒，起先一只，再两只，再多只，那时，就很热闹了，我称之为鸟们的凌晨聚会。我虽听不懂鸟语，但长期以来，我想我能探听出一些它们交流的内容，这自然是我的主观揣测。阳台右前方楮树上，那一对明星喜鹊夫妇，成天飞进飞出秀恩爱，还上下翻飞表演高难度动作，它们报喜呀，左邻右舍都喜欢。我表扬过几次就不再表扬它们了，我以为，为人们唱赞歌是鹊们的本分。

这段时间天气太热，有天半夜，我睡不着觉，就到阳台上看夜景。突然听到有三只鸟在对话，我大吃一惊，咦，真有这样的事吗？

那窝里住着喜鹊夫妇，我是知道的，但我天天观察，没看到它们生出孩子呀，所以，那窝里肯定是别的鸟。仔细听，是一只白头翁，它说它是《鸟国早报》的记者，来采访鹊夫妇的快乐生活，顺便了解一下它们对社区周边人类行为的观察。白记者说，鸟读者最关心人类的生活。

我听到它们的谈话时，前半部分估计采访完毕，鹊夫妇正你一句我一句地说着它们的见闻。鹊先生说话字正腔圆：我说一个事吧，就这河边，人们叫它运河，路边那些路砖、灯杆、花草，隔一段时间就要换，总是见人们在敲来敲去，换来换去，都好好的，不知道为什么要换得这么勤。看我们这窝，都好几年了，我们坚持修修补补。鹊夫人闻此笑道：你也就这点能耐，家底这么薄，怎么可能有钱换？鹊夫人接着补充：白记者，你看，就在前边，那个厕所，仿古的，就是刚刚修建起来的，墙上的大幅喷墨画，醒目吧？但我经常听人抱怨，说花了这么多钱重造，还不如原来那个厕所方便。鹊先生闻此，似乎有点嘲笑夫人：尾巴长，见识短，他们这是面子工程，这里游人多，来参观的人多，要做得漂亮点呀。鹊先生于是补充了另外一则见闻：我前几天在河边的草地上，蹲着看河里的行船，几个老年人的怪笑声吸引了我，原来他们在谈各地的新鲜事，其中一个说的新闻，居然是我们的鸟事，真让我笑破肚皮。什么笑话呀，快快说来听！鹊夫人和白记者都很好奇。鹊先生就慢悠悠地还原了它听到的故事：某市领导去视察一个花鸟市场，领导走到一只鹦鹉笼子前，和鹦鹉亲切地聊起了家常。那鹦鹉见领导和蔼，就真诚地对领导说，领导呀，你被骗了，今天市场里的好多人，都换成了向您说好话的人。领导朝那鸟笑笑，表示不信。领导看中了一盆漂亮的蝴蝶兰，于是就向摊主买：我买一盆，多少钱？摊主答：不卖。为什么不卖？摊主为难地说：其实我不是摊主。领导摇摇头，转身看到一只画眉鸟极漂亮，笼子边有价格标着，领导掏出钱来要买，摊主说不卖。领导纳闷为什么，摊主说：卖了我就亏了！这位领导于是很恼火，他责问陪同的当地领导：我今天能不能看到一点真实的东西呀?！鹊先生笑着学那领导的口气：真实的东西呀！鹊夫人大笑，白记者也大笑，我在阳台上听得真切，也大笑。笑过一想，谁说喜鹊只会说好话，它们也看得到人类的不足和缺点嘛。东方发白，我笑得忍不住咳嗽了几声，对面树窝里的三只鸟立即停止了交谈。

几天后，《鸟国早报》头版头条转三版，大篇幅发表了白记者对喜鹊夫妇的夜谈录。但一群乌鸦读者却不以为然，它们认为，喜鹊看到的只是表面，白记者做的也是表面文章。

说到鸟，我一下子扯得这么远，你一定会嘲笑，我家窗前的鸟已经成精，你是幻想吧？嗯，的确是胡思乱想了。

现在回到我窗前，回到泰戈尔的诗，回到瑞瑞读泰戈尔的诗。看鸟说鸟，前半句鸟算弄明白了，后半句的"枯叶"，还要继续强化。

我家餐厅前的窗外，有两排银杏。正对着窗的两株，一雌一雄，雌树叶片深而厚，雄树叶片淡而薄，但雄树叶片的跌落，要比雌树迟不少时间，而来年发芽，却要早雌树好多天。我已经观察十六年了，这两株银杏树也差不多长到了我的窗前。瑞瑞吃饭的时候，都要趴在窗前，我这样问她：叶子是不是又少了许多？叶子快掉光了吧？只剩几张叶子了！完全没有叶子了！上楼前，我们会捡几张叶子，这就是泰戈尔说的枯叶，它们会叹息吗？瑞瑞将枯叶靠近鼻子闻一闻，闻香是我教她的，闻了就是和树叶在交流。没有叹息，瑞瑞摇摇头说。那是谁叹息呢？不知道。瑞瑞很会问为什么，但也很诚实，不知道就是不知道。哈，只能到此为止了，枯叶的叹息，只有敏感的人才听得到。

有一段时间，瑞瑞进门后的第一句就是急急地请求我：爷爷，我们去看海鸥吧。我只能骗她说：好，但海鸥上午要睡觉，下午再去看。运河边看大船看海鸥看白鹭，是我们的经典项目，我下午从工作室回来后，一般都要带她去看。

春天的傍晚，我们坐在运河边的长椅上等大船，也在寻找海鸥。头上有新柳垂下，瑞瑞抬头，喊它"绿丝绦"。柳条一天天变粗，也变得越来越柔软，瑞瑞常要去抚摸。贺知章的《咏柳》，她很熟了，路边所有的新叶，她都叫"二月春风似剪刀"。大船还没来，长椅对面是一棵有点规模的樟树，一阵风袭来，樟树叶子哗啦啦落下来，樟树边上的樱花，也如小蝴蝶一样缓缓着地。我吩咐瑞瑞：去捡几张枯叶来。樟树春天时落叶，瑞瑞不会懂，但落下的是枯叶，她似乎明白了。然后，我又重复泰戈尔诗的后半句，再问瑞瑞：你听得到樟树叶子的叹息吗？她将枯叶凑近鼻子闻了闻说：有叹息，清香。她以为，清香就是叹息。

窗外的银杏树越来越绿，我也不管瑞瑞到底有没有明白泰戈尔的这一首诗，这几天又给她说了另一首：绿树长到了我的窗前，它们仿佛喑哑大地发出的渴望声音。"喑哑"难理解，我就简化成：它们仿佛大地发出的渴望声音。瑞瑞第一个发问是："渴望"是什么？我说是很想很想的意思。绿树渴望什么？渴望阳光，渴望雨露，渴望风调雨顺，瑞瑞自然不懂。每当我念这一首诗的时候，她依然要问，"渴望"是什么。我只能解释：你每天傍晚都在等爸爸妈妈下班回家，这就是渴望。她瞪大眼睛，疑惑地朝我看看。

瑞瑞太喜欢鸟了，她甚至将马自达车的商标喊作鸟鸟。家门口运河边，海鸥和白鹭，她已经非常熟悉，而窗前的乌鸫、麻雀、白头翁什么的，她也基本认识。乌鸫在地上一跳一跳寻食，她会惊叫一声"鸟鸟"，鸟们平地惊起，钻进树丛里去。白头翁，她念"bái tóu ōng"，我更正她的"翁"，她一本正经看着我：爷爷，念错了！奶奶教的。我一边笑，一边感叹完了完了！

运河边的海鸥或者白鹭，下午五点左右最多，它们随着突突的货船，上下翻飞，它们就在我们眼前的上空飞翔。瑞瑞呀，看仔细没？鸟鸟的翅膀！翅膀有力地扑闪着，飞得很快，翅膀不动，就盘旋起来。而且，它们常常沿着船身俯冲下来，速度极快，唰的一声，嘴里已经有东西叼着，飞上天了。有时，海鸥会飞得很高，在我们的视野中，和低垂的白云很近。这个时候，泰戈尔的这两句诗很应景：鸟儿愿为一朵云，云儿愿为一只鸟。不过，尽管嘴巴说干，瑞瑞也只会朦胧知道鸟和云朵之间相似的地方，泰翁诗中的哲理，怕是成人也讲不清楚，那有什么关系，我们只是图个乐而已。

七

大约在瑞瑞一岁的时候，我新买了一个地球仪，两张中国历史朝代图。一张大图就贴在书房的床头，这房间原来是陆地睡的，他成家后，我将其改造成另外一个书房。这床平时不怎么睡人，瑞瑞和她奶奶常常在床上玩。

地球仪不仅仅是转来转去的玩具，几大洲几大洋几百个国家，瑞瑞现在不需要知道，但我要让她知道，这个球和我们是有联系的。我书架上的一些小摆件，都成了她的玩具，比如贝壳，比如镇纸木等等。我指着那些蓝色的块块和她说：蓝色的是大海，你手中的贝壳，就来自于那蓝色的海洋。到目前为止，她只看过运河，没看过大海，她肯定不知道大海有多么壮观，但至少，眼前这球上的蓝色，和她手中常玩的贝壳可以联系起来。自然，我从边地带回来的小胡杨木，也可以和球上的生长地联系。我以为，世界上所有的事物，应该都有某种联系，只是许多联系都极其隐秘，一般人根本无法发现，科学家的任务，其实就是寻找这种隐秘的联系。

墙上那历史图，设计得非常巧妙，一圈一圈，从里到外，夏商周，春秋战国，秦汉，唐宋元明清，都用不同的颜色标注，圈之间还有不少历史大事件。我在想，我高考时，如果能有这样的历史图，那要省力省时多了。这样枯燥的历史，对瑞瑞来说，不能说太多，她每天听唐诗，那就告诉她，外圈的唐宋元明清，唐是淡红，北宋墨绿，南宋粉红，元是淡蓝，明是淡黄，清是嫩绿。颜色很复杂，她不一定分得清，但她记得住位置。瑞瑞很喜欢淡黄的明朝，有一天，她突然指着淡黄对我说：爷爷去过明朝吗？我愣了一下，马上答：去过呀，常去。我确实读过不少明代的笔记，然后接着说：唐宋元明清，爷爷都去过！再告诉她：瑞瑞也去过唐朝呀，李白、杜甫、白居易、贺知章、孟浩然、王维、李商隐、王之涣、王昌龄，你不是都认识吗？显然，她现在不会懂，她只是熟悉他们的名字而已。

地球仪、地图，都是瑞瑞的玩具。她的玩具摊得满床、满地都是，但她最爱玩的，却是各种袋子和成箱的大小餐巾纸，她会不厌其烦地倒进倒出，然后，找个小塑料袋，一包一包装进，拎来拎去。我看她玩得不亦乐乎，就将那纸巾拿来：瑞瑞，这个是什么品牌的纸呢？她对图案向来关心。然后再问：这个纸，是怎么来的呢？因为它上面写着原木原浆，如此一问，就将她玩的东西和眼前窗外的树联系起来了。

玩单杠也是她保留的节目，但我得让她迂回曲折地玩。

我带她的固定线路是这样的，先去河边看船看鸟，至少要坐半个到一个小时，静静地看，看云看天看鸟，听鸟听船听车。船的马达声她老远就能辨出，路上120急救车急驰而过她会关注。坐够了，她会催促我：爷爷，我们去拉单杠。好，我们走。小区后门有一条运河的支流——瓦窑头河，桥下常有一只白鹭停着栖息，我们先和白鹭打过招呼，然后沿着瓦窑头河走。见三两垂钓者，瑞瑞说：他们在垂纶。这是"蓬头稚子学垂纶"中来的，我特意强调了几遍，她就用此借代了。经过一块牌子，瑞瑞问：这是什么？她问了，我就得解释，尽管她不懂，我说：这河叫瓦窑头河，这里原来是浙江麻纺厂的厂址。瑞瑞不再问了，我的脑子里却想起这个大名鼎鼎的浙麻，上世纪五十年代，浙麻上缴国家的利税要占杭州财政的八分之一。浙麻地块2000年拍卖的时候，曾在杭州引起轰动，所以，左岸花园跟着浙麻就出了名。然后，瑞瑞的单杠就到了。所谓单杠，是低、中、高三个杠子，成年人锻炼搁脚用，而幼儿们正好可以拉手。瑞瑞的力气挺大，她能在杠上吊半分钟，而且，十几个月的时候就吊得很牢。每次吊完单杠，她还要对这个区域内的健身器材，逐个巡视一遍：跑马机、划船器、扭腰器、太空船……我以前都说不出名字，有一天，瑞瑞蹲下来，指着器材上的小贴皮问我：这是什么？我才发现，每种器材的小贴皮上，都画着简易图形，并注明器材的名称。原来，她是对图形感兴趣。

八

陆春祥书院即将落成，我请蒋子龙先生题写书院名。前几天，收到子龙先生寄来的题签书法，除书院名外，竟然还有"修身蕴哲"四个字，真是太意外了。记得前一年在广州采风时，我和子龙先生说过此事，不承想，他还记得。这四字是为瑞瑞而写，是对"修蕴"二字的解释，不断修为，蕴藏智慧。四个字虽然简单，她却要用一辈子去践行的。

2021年4月14日，瑞瑞两周岁生日，陆地给她戴上生日冠，嘉嘉打开蛋糕，点起小烛，小爱同学也唱起了"祝你生日快乐"：

瑞瑞，吹蜡烛，吹蜡烛。瑞瑞自始至终，一脸严肃。她不知道，这是什么仪式，怎么爷爷奶奶爸爸妈妈一起拍手一起唱歌呢。

虽从来没有教她认字，瑞瑞却已经认识十来个字了：开心、登高、停、花等。唉，人生识字忧患始，我一想到书房里那么多书上的字都在等着她去认，竟一时有种说不上来的感叹。

忽然想起惠特曼《有一个孩子向前走去》一诗的开头几句：

有一个孩子每天向前走去，

他看见最初的东西，

他就变成那东西，

那东西就变成了他的一部分。

这意思极好懂，如果孩子看到荒原，他就走向荒原；看到玫瑰，他就走向玫瑰。那么，我在瑞瑞还不太懂事的时候，尽可能地让她与经典、大师、自然、美好、善良多见见面，不亦乐乎？知识忘记了又有什么关系？我坚信，那些营养的气息，已经深深地浸入了她的骨髓。

百江辞典

故乡百江是个镇，昔称百杠，谐音百江，面积235平方千米，如一张倒垂之樟树叶，悬挂于浙西白云深处，下辖十五个行政村，总人口两万余。境内山高坞深，溪涧纵横，数十座海拔近千米的高峰星布其间。

富春江的支流如人的毛细血管那么多，百江没有一百条江，却有不少的溪：罗佛溪、罗溪、白鹤溪、前溪、后溪……山连山，云叠云，水接水，云水之间，像极了黄公望笔下的《富春山居图》。

时光如驷之过隙，仅以印象深刻处汇成十一则词条记之。

安禅寺

梁武帝萧衍是有才的，诗赋好，音乐、绘画、书法均有高深的造诣，为政广纳谏言，崇儒兴学，政绩显著，勤于政务，无论春夏秋冬，皆五更起床工作，冬天手都冻裂。但他对佛的信念也执着，曾四次舍身出家。这样的氛围下，南梁全境大兴佛寺，民众对佛也是顶礼膜拜。

梁大同二年（536），苏州造起了规模宏大的包山寺（显庆禅寺），而离苏州数百里的百江永济桥头，当地处士严保琭也创立了安禅寺，这不是国家行为，这只是在"菩萨皇帝"影响下的自觉行动。安者，定也，安逸、安乐、安宁、安详、安闲，都是人们向往的好词，重要的是，安心。严处士应该有一定的经济基础，但更重要的是民众对佛的需求，安禅寺就这样建起来了。殿堂楼阁数百间，各种雕绘俨然，百姓神情庄重，进进出出，在膜拜中求得心安。

唐朝进士徐凝来了。这一天，他从老家松溪前往分水，经过罗佛溪，见桥头有安禅寺古迹，就下船游玩。他的《游安禅寺》这样写道："欲到安禅游圣概，先观涌塔出香城。楼台有日连云汉，壑谷无年断水声。倚竹并肩青玉立，上桥如踏白虹行。伤嗟置寺碑交碎，不见梁朝施主名。"想当年，安禅寺初建，规模也不小，寺后有关帝庙，寺附近还有高楼雄塔，可是，几百年过去，这一切，似乎都被湮没了。此情此景，徐凝数声叹息，翠竹依旧青青，桥却破旧细小，寺前无僧人，有残碑，那位严姓施主似乎什么也没留下。

一千三百多年来，安禅寺毁毁建建，死死生生，但它如一株不倒的胡杨，依旧在天地间顽强生长着。宋代何梦桂如此调侃："一庵许大且休休，世界三千海一鸥。大地山河容不得，住持只在一毛头。"（《赠安禅僧如师》）到了元代，安禅寺依然是分水县的八景之一，分水知县尹昌敏的眼光独到，他的诗现在完全可以用来打百江的广告："山风不动白云低，云在山门水在溪。日静老僧应入定，苍龙睡稳白云栖。"

伏虎山麓，郁郁青青的茶山脚下，我走进安禅寺，不大的三间斋堂，香火颇盛，里面供奉着观世音、韦驮、财神、土地、华佗等菩萨及塑像。寺与像，皆本地一些善男信女集资兴建供奉。寺边有杂树、翠竹，还有古井，我朝古井深处探望时，背后传来曹启文兄"竹径通幽处，禅房花木深"的吟诵，情景甚为恰当。

忽然想，眼前的衰落与古代的兴盛，都是自然演化的结果。安禅寺早已凝固成历史符号，人们久久不忘，也是因为久远的文化记忆。但所有的过往都证明，一切教人向上、向善的东西，都是美好的，会给人以力量，安如此，禅也如此。

禅寺的钟声已歇，但声音仍从花朵里传出来，我似乎听到了日本俳圣松尾芭蕉这样吟唱。

长庚将军

长庚姓叶，是开国少将，我记事起，就听到他的传奇。某次，一支红军队伍经过他家门口，望着扛枪的军人，十三岁的放牛娃极其向往，他和同伴作了一个决定：向溪中丢一把柴刀，如果刀直立，他就跟红军去当兵。溪中一团水花溅起后，他们跑到水中一看，柴刀果然直立，他就这样当了兵。

后来，我读到叶长庚的传记，他当兵经历却是这样的：因家贫，八岁就放牛割草，十二岁开始打零工，某次作为脚夫去了广东韶关，就在那里参加了国民革命军。他先被编入机枪连，北伐攻南昌、南京，升为代理排长。在江西吉安，他率本排的二十二名战士及两挺重机枪、八支步枪，投奔了红军。按当时红军的奖励章程，机枪奖二百五十大洋，步枪及投奔人员各奖五十大洋。叶长庚却拒绝奖励：我们是寻找光明道路的，不是为钱来的！军长彭德怀知道后，特地接见了他。不久，叶长庚就加入了共产党。

着将军服，叶长庚威严的白色雕像伫立在纪念馆的正门中间，序厅、卓越的功绩、赤子的情怀、信仰的力量……我一一细看他六十年的事迹，亲历五次反"围剿"，全程参加长征，先后任红八军四师二团团长，赣南独立十二师师长，湘赣军区代参谋长，晋察冀军区第四军分区参谋长、副司令员，中共七大代表，黑龙江省军区司令员，五十军副军长，率部参加了鄂西战役，新中国成立后，又担任了江西省军区副司令员、省人大常委会副主任等职。他身经百战，十几处身伤，并没有惊天动地的经历与职位，但他的一生，却与中国革命紧密相连。从脚夫到将军，不仅是他个人的经历，也是革命者坚持信仰的缩影，他们用自己的不凡填平了一个个苦难，铸就了人生的辉煌。

我在长庚将军第一次回乡的照片前观察良久，场面是那种早已不见的简陋与寒碜。村民围着将军，将军挥着手向乡亲宣讲：全国解放了，农民有田种了，生活一年比一年好，将来我们都会过上"楼上楼下，电灯电话"的美好生活。毕竟是南征北战的将军，见过世面，眼光远，懂得人生真谛。

去年春节期间，我在老家待了数日，常从白水小村出发，沿着罗佛溪往将军的老家冯家村方向走。百江这几十里的溪水，凡遇村庄，都用橡皮坝筑起宽阔的水面，溪面上还用条形石搭起锯齿形的走道。溪水虽只有一米左右深，却清澈见底，时见石斑鱼嬉戏。从远处看，随便什么人走过，都是一道俏丽的风景。溪两岸的房子，不是排屋，就是别墅，比如排前庵这里，几十幢民房，都变成了七彩民宿，一下子成了网红打卡点。青山绿水间，突然多了这些多彩的符号，我并不觉得怪异，只觉得鲜活生动，平常的日子，流动起来了，且被赋予了蓬勃向上的意义。

其实，长庚，是一个很好的名字。金星，启明星，也叫长庚星，它比太阳出来早，又比太阳落得晚，充满着希望的寄托。人生有希望，才能行得远。

不过，将军的本名樟根，更脚踏实地。那位水边甩刀少年（我心里始终这么认为），栉风沐雨，长成大树，而那棵大树，扎根大地，枝叶茂盛，福荫后人。

伊山王氏

唐乾符五年（878）二月，农民起义领袖王仙芝在湖北黄梅兵败被杀，所余一部逃奔安徽亳州，投靠另一位著名的起义领袖黄巢。黄巢当时采取的策略是，转战黄淮流域，进军长江下游一带。黄领袖还颁行了一项具体的政治主张：禁止刺史聚敛财产，县令犯赃者灭族。唐朝官员，一时人心惶惶。

而此前五年的咸通十四年（873），琅琊王氏家族的王煦，正担任着分水县令。他一时也被黄巢起义的大火烧得晕头转向，虽不是贪官，但想着全家人的安全，就将家迁到离县城稍远一些的百江镇伊山。自此始，以王煦为始祖的王氏，就在这临溪的伊山生根发芽。

流年似门前溪水，两百年过去，宋熙宁六年（1073），王煦的第八世孙王知元高中进士；崇宁二年（1103），第十世孙王大年又登进士榜。此后，伊山王氏，如春日竹笋在季节适宜的黄泥土中迅速勃发生长。崇宁五年，第九世孙王缙中进士；绍兴五年（1135），王缙的两个儿子王日休、王日勤双双折桂。王缙名气不小，翻检这一段的南宋史，可见王缙为官的光辉人格。他历任英州、虔州、常州知州，朝廷监察御史、殿中侍御史、右司谏等官，为人正直，不肯与秦桧同流，最终被贬官。王缙回乡闲居二十年，临终时，他对家人说：生平未做亏心事，死而无憾！宋一代，伊山王氏出了十六位进士，在分水一千三百多年的建县史上，极其灿烂夺目。

入元以后，伊山王氏依然耀眼。王缙的六世孙王梦声，在昆山做了四十余年的教育主官。他率家居住在唯亭，开渠筑堤，但他不忘家乡，写"分水堤"三字，刻碑于堤上。后来，王梦声的儿子们又将家迁至昆山的太仓，在这里，伊山王氏，又如宋代居住在分水时一样，兴盛发达。王梦声四世孙王琳，任明朝南京兵部右侍郎；第五、第六代，竟然"燕子双双四进士"；第八代，则出了个名满天下的王世贞。其实，王世贞的父亲、祖父均是进士，他们皆为正德、嘉靖时代的名臣。

王世贞，号凤洲，他是一本大书，需要一辈子阅读研究。清人张廷玉总编的《明史》这样说他："独操柄二十年。才最高，地望最显，声华意气笼盖海内。一时士大夫及山人、词客、衲子、羽流，莫不奔走门下。片言褒赏，声价骤起。"二十年独霸明朝中叶文坛，谁都想做他的学生，你可以想象当时王世贞的霸气侧漏。

我没怎么读王世贞的书，在写明代笔记时，翻过他的笔记《觚不觚录》，内容大多涉及典章制度的沿革。不过，他将个人阅读与朝野逸事相结合，考据扎实，书名也深有寓意，此觚已经不是原来那个觚了，喻朝代更迭，制度不一样。他写这些，是作为一个历史学家的责任，挺有趣。

我读大学时，古代文学课上到明代文学这一年，学校图书馆仅有的一本《金瓶梅》，大家轮流借着阅读。人也忙，书也忙，其实那是一个洁本，我们只是好奇。彼时，都以为作者是兰陵笑笑生，后来，不断看到专家们的考证，说兰陵笑笑生就是王世贞的化名，这本书是他写的。我觉得凭王世贞的才能，完全有可能。这个世界并不那么美好，诗赋太正经，史学也枯燥，写本通俗小说玩玩，调侃一下这个世界。

王樟松告诉我，伊山就在今天联盟村的赵家自然村。我回百江老家，车子过了仰天坞隧道，特意在伊山脚停了下来。原来，伊山就在公路边，我每次都经过伊山脚下，只是不知道它叫伊山。伊山是座孤山，其实不高，海拔只有一百九十七米，现在封山育林，山上长满茂密的阔叶林。联盟村的书记臧社军告诉我说，清末民初，当地著名文化人臧槐的诗中，多处写到伊山，现在伊山上还有庙的遗址，但不知道叫什么庙。

文化脉络强力延伸，无论什么时代，文化都是撑起人生的重要精神脊梁。没有明确的记载，伊山王氏在此居住了几代，什么时候搬到分水，后人又什么时候搬离了分水。但我觉得，这些都没有关系，一个事实是，无论伊山王氏千余年来如何开枝散叶，他们都将此"伊山"当作他们出发的起始点，从这个意义上讲，伊山王氏是独特的。

罗溪章氏

南宋庆元四年（1198），有个叫章禧的生意人，从桐庐的窊石（今江南镇）行经到分水的罗溪。他登高，四望远眺，溪两岸风景甚佳，"东迎天马，兀然横几，北引金鸡，蔚然卓秀，西南诸峰，舞凤鸾翼"（《罗溪章氏宗谱》）。"天马"与"金鸡"，以及舞蹈之凤凰、飞翔之鸾鸟，都是山的形状。溪水淙淙，鸟鸣深涧，且有平畴良地，章禧觉得此地甚为宜居。罗坎头山麓，罗溪边，章氏在此开始枝繁叶茂。

果然，章禧的两个儿子，章滋、章泽，在南宋宝庆年间（1226年左右），做了朝廷的水利官员。他们一同督修钱塘江堤岸，浙江的水利建设史上留下了他们的重要功绩。

到了明朝初年，罗溪章氏后人章胜三，或因经商，或因做官，将家迁到余杭灵源里（今余杭仓前街道），胜三就成了仓前章氏的始祖。五百年后，这里的章氏，出了一个名炳麟号太炎的后生，特立独行，一骂皇帝，二骂圣人，三骂总统，以维新、思想、学问著名，国学泰斗，声振天下。

1936年6月14日，章太炎逝世，小他十二岁的学生鲁迅，此时也在病重之中。鲁迅在逝世前十天里，挺着病体写下了《关于章太炎先生二三事》，以及人生最后一篇文章《因太炎先生而想起的二三事》，为老师鸣不平，因为此时，上海的一些报刊在贬低章太炎。鲁迅一生最敬重的三位老师——启蒙塾师寿镜吾、日本老师藤野、章太炎，无论思想还是文章，章太炎对他的影响都最大最深。

今日之罗溪两岸，青山作屏，花木扶疏，彩色游步道一直延伸，一幢幢别致新屋，与青山绿水掩映。罗溪汩汩而行至百江镇政府门前，与另一方向的罗佛溪相合，它们汇成前溪向分水江而去。我知道，那些水，一直向往着远方，远方的远方，它们会融入富春江，再到钱塘江，最后奔腾冲进大海。

西湖边，南屏山荔枝峰下，有章太炎的墓，章太炎纪念馆也在墓道旁，依山面湖，依然是在水边。我始终以为，所有的水都可以相接汇聚，无论天上水还是地上水，它们都会以某种方式相聚。就如伊山王氏、罗溪章氏，他们的任何一次迁徙，都似乎是一次水的再生，在阳光下蒸腾，成雾，生云，再孕育成巨大的暴雨。天地间有日常自然，人世间有倔强文化种子，文化基因的强大，一点也不亚于生命力旺盛的植物种子。无论何时何地，只要有合适的气候与土壤，种子们就会迅速发芽并成长。

辛丑冬日，阳光晴暖，站在太炎先生墓前，立即想起他的再三强调：平生学问，得之于师长的，远不及得之于社会阅历以及人生忧患的多。想到此，再脱帽，深深三鞠躬。

小京坞

之所以要写这一条，是因为我幼时曾经在那里住过两年，不过，外公背着我进小京坞，又背着我出小京坞，我还没有记忆。妹妹秋月小我两岁，1963年的中秋节，她就出生在小京坞溪边严家坪的简陋老房子中。

母亲说，虽然父亲在公社工作，但家里只有外公一个正劳力，自然敌不过举国性的自然灾害，全家都要饿肚子了，父亲咬牙一决定，搬离白水，去数十里远的小京坞深山，那里山多人少，可以多种些番薯玉米，能糊饱肚子。

十岁时的一天，比我大几岁的同学金林说，他可以带我去小京坞玩，我的干娘就是他堂婶。这才知道，我还有个干娘。回家立即问母亲，母亲笑着说：是的呀，你是有个干娘，叫有珠。彼时，母亲抱着我在小京坞串门，或许是我生得比较白净，虎头虎脑，有珠自己都有三个儿子了，还要认我做干儿子，母亲以为她开开玩笑的，不想，过了几天，有珠专门为我做了衣服送来，干娘就是这样认下的。

我跟着金林去干娘家。干娘家在小京坞里面的高山上，山叫大严坞，从山脚往上爬，蜿蜒曲折，一般人差不多要爬一个小时，而山上的住户，担着重物上下，却只要二十来分钟。如果以现在的眼光看，大严坞确实是一个建民宿的好地方，云山雾罩，高山上一片大平地，足有几十亩，林茂道深，泉水的流量极大。山上有十来户人家，屋后全是松林，竹山茶山，鸡鸣犬吠，似乎世外之地。1987年我结婚时，干娘还住在大严坞，春节我带着肖红爬山拜年，有去了一趟黄山的感觉。

后来，干娘一家都搬下山来居住，整个大严坞的住户也都搬下山来了。我猜测，人们除了季节性上大严坞伐树砍竹采茶，一般不会上山，这几十年下来，那上面一定林更深更幽，或许就是野猪们的天堂。不过，真要有人做民宿，开路、架电线等，成本肯定不小，但我敢保证，小京坞高山密林中的这一处宽阔的平台，离蓝天都近了许多的大严坞，一定适合修身养性，作理想之南山之隐。

数年前的国庆假期，我和游宏一起去小京坞胡寿如家玩。我俩从山脚处的寿如家出发，一直往太阳山（小京坞的最高点）方向行走，走走停停，差不多两个小时，到了一处水库坝前。站立坝顶，窄而狭的两山间，一库碧波倒映着深深的山影树影，不过，传说刘秀避难的太阳山主峰还在远方深处，我想象着忽地腾空而起，缓缓盘旋，阳光下的水库，晶莹透亮，像极了太阳的眼睛。

这一次行走，我突然很想了解小京坞地名的由来。

小京坞是个自然村，隶属小京村，而小京行政村的所在地叫小京口。虽有"小"字限制，但此"京口"与王安石的"京口瓜洲"纯属巧合。为什么叫"小京口"呢？"京"字的本义乃高而盛，一般指高大的山丘。我不相信什么刘秀、朱元璋避难而后赐名的传说，那太离奇。极有可能，某天，哪个文化人自徽州、淳安来，他正要往润州之京口（在今镇江）去，经过此山野之地，虽崇山峻岭，却溪流潺潺，还有大片开阔地。饥肠辘辘的文化人，受热情村民款待，酒足饭饱后，望着无穷大山，想想要抵达的目的地，即兴为山野之村题下"小京口"三字。丘高曰京，有山有水，此水，直奔大海，文化人这么一想，竟得意大笑数声，哈哈哈哈哈。

金塘坞

这个地名，从小就深印在我的脑子里。站在白水后山上，朝前方远望，前溪岸的另一边，往双坞方向走，金塘坞就坐落在那儿。

《人文百江》上这样说，村中有一凹形地，俗称金塘。我细想了一下，这凹形地，有点像马蹄金的样子，天马行空，一脚踏下，遂成金塘。

我对金塘坞印象深刻，是因为两件事。

头一件，从小就听到的，且年年清明都要说到它。1949年农历七月初三，那里发生过一场战斗。分水县三区政府有两位干部在横山头遭土匪袭击牺牲，解放军三野三〇七团得到消息，派一个排去支援。部队追击到金塘坞地面时，遭土匪大部队伏击，寡不敌众，场景惨烈，虽英勇还击，打死打伤土匪四十三人，仍然牺牲了十三位战士。烈士的遗体后来迁葬至分水的五云山，每年清明节，我们小学生中学生都要去扫烈士墓。读过书的人，几乎都去扫过墓，自然也知道了金塘坞这一场战斗。

另一件，居住在那里的村民，他们和我们不一样，他们是畲族人。金塘坞村，百江唯一的少数民族村。我到读大学为止，除了畲族，没有见过其他的少数民族，维吾尔族、藏族、蒙古族、回族、壮族，都是广播里听来的，没见过真人。

金塘坞有蓝、雷、钟三姓，村子其实不大。记忆里，畲族人比较团结，但也没什么特别之处，他们也和汉族通婚，就是讲话听不懂。我的畲族同学，男女同学均有，男生似乎喜欢打架。他们升学、参军、就业，都比较有优势，考试可以加分，孩子可以多生，所以，金塘坞出去的人，当干部的不少。

或许金塘坞的畲族就在我家边上，我对畲族就比较亲近与关注，就如一个熟悉的老朋友一样。桐庐有莪山畲族乡，杭州市唯一；浙江又有景宁畲族县，浙江省唯一。还有云和等县都有不少畲族居住。我起先以为，畲族都居住在山里，其实，他们也居住在海边，据说他们的发源地，就在广东潮州一带，那里就濒着大海。

我去福鼎的太姥山。

太姥其实是一个人，种蓝为生，人们叫她蓝姑。有一年，当地发生疫情，蓝姑用山上的茶叶熬成汤，救了无数人。太姥积德升仙，成了太姥娘娘，她升仙的地方，就是太姥山，又叫才山。从太姥山下来，我们走进山脚的才堡畲族村，蓝姑就是他们的祖先。蓝溪环绕，河水清澈，游鱼自在，这里有距今三千五百多年的青铜器时代聚落遗址。茶园边，青年男女对着茶歌，高声入云。种白茶，喝白茶，在福鼎的三万多畲族人，他们大多集聚在山边海边，以茶为业，以海为生。相传，蓝姑当年救人的茶，就是白茶的始祖绿雪芽。此茶早于大红袍，唐代陆羽的《茶经》，清初周亮工的《闽小记》，均有记载。

陆地小学的班主任兼语文老师姓蓝，畲族，她姐姐是我高中同学，她父亲和我父亲一样，都是公社干部，蓝老师的先生，我们也有亲戚关系，她对陆地自然就比较关心。陆地四年级到五年级，我要求他每周写五篇文章，也就是周记，周六我批注，周日返回。蓝老师知道后，每周一就问陆地要周记本看。某天，陆地回来和我说：爸爸，你把我们班的同学害惨了。我问为什么，他答：蓝老师要求，全班同学都要写周记，一周五篇。我听后笑笑，不过，对蓝老师多了一层敬意，善于吸取别人好经验的老师，一定会做得更好。

我每次回白水老家，都要经过金塘坞口，车子虽倏忽而过，脑子里的两个影像却具体而生动，几十年不变。

作协主席

这是一个极其特别的词条，就中国范围讲，我估计绝无仅有。

2013年6月的某一天，《浙江日报》上公示了一些干部的任职，其中省作协党组书记一职写着"臧军，籍贯桐庐"。我很好奇，在杭州的桐庐人我认识不少，这个名字没有听到过呀。董利荣兄和我说，臧军是他大学同班同学，父亲老家在百江的麂坞（今联盟村）。我和父亲聊起这个事，父亲说，说不定就是他小学同学臧继茂的儿子，百江姓臧的人不多。见面后问了臧军，这些信息确实都对，于是要来了他爸的电话，两个八十多岁的老人，很激动地通了电话。

上世纪五十年代中期，我父亲是百兴乡的乡长，臧军父亲是人武部干部，后来他去参军，这一别就是六十来年，因为"作协"这个词，他们又联系上了。

党组书记臧军，也是省作协常务副主席，我呢，彼时是省作协主席团委员、杭州市作协副主席，而松村的王樟松，已经做了十几年的桐庐县作协主席。一个乡镇，出了省市县三个作协主席，也真是巧。出官员，出富翁，似乎都不是稀奇事，而出了三个与文学有关的人，人们却觉得很特别。这是文化呀，无论什么时代，文化总让人自豪。

清末民初，臧军家族有两位前辈，都是根底深厚的文化人。臧承宣，教育家，乡试中拔贡，做过严州中学学监、浙江省立九中校长，二度执教之江大学，晚年编修《桐庐县志》《分水县志》，有《枒华室文集》等数种作品集留世。臧槐，前面提到过，田园诗人，与臧承宣是堂兄弟。他也是光绪时期的贡生，做过分水玉华学校校长，后辞职归隐，常年在百江的山水间徜徉流连，风晨月夕，山巅水涯，皆是他吟咏的对象。他一生作诗三千四百余首，还亲自选出一千五百九十余首，分四卷印成《绿阴山房诗稿》，当时的县令李佩秋赞其诗为"山水清音"。

王樟松，高中毕业后虽没有考取大学，却是社会这所大学里的高才生，书法、诗词赋、文章、考据都拿得出手。他做过乡镇党委书记、交通局局长、文化局局长，桐庐的不少文化项目都有他策划并参与的身影，比如非遗保护、古村落开发等，他都亲力亲为。他还忙中挤时间，打捞抢救桐庐的历史文化，《桐庐古诗词大集》（三卷）、《画中桐庐》、《桐庐轶闻录》、《唐诗桐庐》，等等，数十种，都是他写或者编的。我写完桐庐的文章，常常要请他看一下才放心发出。

前面写到"伊山王氏"，出自琅琊郡，但王氏的源头，其实出自太原，而王樟松的家谱显示，他们脉出太原王氏，与琅琊王氏的始祖是两兄弟。

不过，话说回来，我们都有自知之明，"作协主席"，只是一个普通的名词而已，它只代表一段短暂的时间经历，就如三颗星同时出现在一条直线上而形成的天文现象，转瞬即过，并没有特别耀眼的光芒，仅此而已。

紫燕山

山就在白水老家对面，逶迤、层递、连绵、崇高，不过，只是目光所及。如果想要去紫燕山，凭脚力，非一天时间不可，所谓望山跑死马。

从小到大，一直觉得紫燕山神秘，不过也没想到要上去看看。

近十几年，我却四次上山。

十几年前的一天，裘一琳向我汇报说，区县市记者站的会议，这一次轮到在桐庐开，他准备放到紫燕山上的农庄，我大表同意。不过，当天会议结束已经漆黑，晚上一群人酒又喝得晕乎乎，第二天迷迷糊糊就下了山，没有深入了解与观察，有到此一游的感觉。但对紫燕山庄的大胡子老板郑小龙，印象深刻。

丁酉年春节，百江镇的人大主席吴金法陪我体验新百江，我第二次上了紫燕山。郑小龙依然大胡子，布衫，布鞋，感觉瘦高了一些，像极了修行日久的道士。言谈中，小龙笑得有些勉强，山上的农庄，惨淡经营，但他已经守了二十来年，实在舍不得，日日与白云山泉为伴，太阳每天从头顶上升起，这样的地方，不是随便能找到的。

两年前的夏月，我第三次上紫燕山，是应百江镇的邀请，与臧军、启文、樟松等一起调研而去。郑小龙还是大胡子，布衫，布鞋，他为我们准备了丰盛的午餐，土鸡、土猪肉、野菜，大家吃得尽兴。饭后乘凉饮茶，然后泼墨挥毫，我即兴写下"六月收瓜"四个大字，春气动，草萌芽，三月蚕桑，六月收瓜，乐府诗中的孤儿虽苦，我却反意用之，我借用的是诗中劳动及自然丰收的意象。启文兄随之画了一只大瓜，樟松也署名。这一幅丰收图，立即被镇里的工作人员收走，说是要保存好，下次丰收节可以用。

辛丑十月，一路闻着稻香，我又上了紫燕山，这次是《散文选刊》与《广西文学》组织的"重返故乡"活动，全国二十几位作家，到百江看看新变化。他们一路惊叹，我也暗自开心，家乡普通的山水，田野乡间，在外人眼里，清澈秀静，乡亲们生活得也宁静安详。庄主郑小龙，依然大胡子，布衫，布鞋，忙着招呼大家。紫燕山顶，一览众山小，石才夫题写"云在山门水在溪"，刘蒙平题写"万山来眼底"，我则题"半隐"两个大字，觉得此意甚合小龙。紫燕山上是真正的"云在山门"，小龙说，许多时候，晨起，门一开，云就迫不及待地钻了进来。虽然过生活需要一饭一菜的亲自劳作，但并不妨碍人们的诗意想象，看流云，看落日，赏百花，饮山泉。二十多年来，这应该就是小龙生活的常态。

媒体人李列跟着来了。

李列的野渡蠡村，是百江首个精品民宿，就坐落在紫燕山腰，我第三次上山时，正建设中。这一次上门，正要午休的李列接待了我。李列自述，他在全国数家知名媒体做过深度报道，喜欢游历，他的祖籍在浙江的新昌，对浙江有天然的亲近感，一个偶然的机会，发现了这座山，于是停下了跑动的脚步，专心致志地做起了民宿。说是民宿，其实大部分时间是自己居住，只有他与妻子打理，有客人来就接待。他们与附近村民的关系都挺融洽的，逢年过节互相来往。李列说，他已经住了五年，平常读读书，基本不外出。我看他的茶几上，零散放着好几册《庄子》《墨子》之类的经典。接下来有写作的计划吗？我问他。我知道，许多从事过深度报道的媒体人都转向了非虚构写作。他笑着说：有计划，但我不急。嗯，山里的日子就是慢，慢才是它应有节奏，春天来了，花朵自然会盛开，我觉得李列写书也一样。下山时，曹启文兄笑着说，这是个有故事的人。我认同。

自野渡蠹村后，百江的精品民宿，一下子冒出了不少，我家门口的百水居就是，我曾详细写过，不展开。还有，冯家的云松涧，松村的天子地景区，民宿都相当有档次。华俊镇长对我说：百江生态好，又有许多快递老板，目前还有不少民宿正在兴建中，档次稍低一些的农家乐，每个村都有，至少几十家。嗯，日益富足起来的人们，其实忙碌得很，而负氧离子充足的百江山区，是人们短时放松心情的首选，省道穿境而过，离高铁站车程只有二十分钟。上海作家陈仓就和我表达了他的心思：很想在百江找个工作室，从上海坐高铁过来太方便了。我笑着答：我一定帮你促成此事！

稻香樱语

刚割过的稻田，稻茬依然散发出浓郁的稻草味。稻草味很特别，有农村生活经验的人，闻起来如见往日老朋友，熟稔亲切。

秋冬季，晒干理净的稻草，铺在床上，和着太阳味的棉被发出的香味，能让人一夜安眠。与稻田紧挨着的，是数座低矮而圆润的茶山。深秋的大片茶山，爆发出如春日般的勃勃生机，陪同我们的联盟村臧社军书记说，这秋茶，还要采，专门出口日本。

身子不时拂过撩着人衣的茶枝，到达茶山顶的彩云亭上，我真想变成一只大鸟，立刻扑向前方广阔的田野。彩云亭，抬头望空，彩云不彩，却是由满山绿叶凝聚起来的湛蓝。仰起头，看着湛蓝，转一圈，山天相接，有飞鸟黑点状振翅而过，如坐过山车一般晕头。定睛再望，茶山脚前方，数千亩的稻田上，金黄色的稻浪拼出"稻香樱语"四个大字，"稻香"即指眼前，"樱语"呢？吴磊指着右前方说，从联盟村往山里去，就是双坞村，两山夹着的平地中，有大片的樱桃树，整个村都是。明年三四月，那时您再来体验，红彤彤水灵灵的樱桃生动得会说话！这位三十二岁的异乡青年才俊，刚刚重任在肩，被任命为镇党委书记，他本科、研究生学的专业都是农业，我相信，在他眼里，眼前的青山绿水都是丰厚的财富，百江普通的山水一旦注入新的理念，就会活力无限。

沐着晚霞，我们在彩云亭泼墨，我乘兴写下了"稻粱谋"三字。阔大的田野，花草固然怡人，但民以食为天，稻粱似乎更重要。为稻粱谋，并没有什么贬义，无论本义还是引申义，皆光明正大。

稻浪的尽头，靠山脚的溪边，有一片戏水沙滩，像极了热带海湾的海滩，当夜幕将其完全笼罩时，沙滩边简易舞台上的射灯发出了耀眼的光芒，乡民都赶来看热闹，这平时寂静的山村，突然一下子变得喧闹无比。歌声破空，趁兴吹了一首《城里的月光》，虽久未练习，但乡亲们并不会计较我吹奏技术的好坏，关键是气氛。这样的夜晚，散着稻香的田野，萨克斯声的穿透力强悍如沙漠越野冲锋车，每颗心上的每一个地方，幸福撒满了整个夜晚。

当人们赋予劳作以娱乐时，它带来的是物质与精神的同时丰裕，我感觉，我吹的每一个音符，大山都有回应。故乡水边的这个夜晚，我深深陶醉。

樱　桃

顺着吴磊的手指，我立刻有了去听一听"樱语"的冲动，一千多亩樱桃林，就在紫燕山脚的双坞村。山风轻拂，它们列队，热烈欢迎我的拜访。

果然，一株活跃的樱桃树，化作樱桃精灵，跳到了我的跟前。它说它是双坞樱桃族的新闻发言人，可以代表族长，它给我讲了下面这个故事。

我是一粒被飞鸟掠来的种子。江南某个春草疯长春果硕结的日子，数只飞鸟经过长时间的飞翔，栖息在了紫燕山麓的密林中，它们补给食物，然后正常排泄，一个跳跃，我轻松落到了枯枝覆盖的松软黑土上。一夜的休整后，鸟们又欢天喜地地向远方崇山峻岭飞去，它们将我丢下。不过，我不悲伤，我不是鸟们的孩子，我是一粒坚强的樱桃种子，父母给了我坚强。又一个春草勃发的时节，在夜雨的催逼下，我钻出黑土，开始在紫燕山麓独立生长。

我沐风，我吸露，我受雨，我顽强地活着。

在松树、杉树、板栗树、山核桃树、野山楂树、野猕猴桃藤等众多亲朋的陪伴下，我成长很快。我学会了生活，努力适应大自然间的各种意想不到的挑战，终于，我也开始了为树之父母。日出日落，月盈月亏，我的孩子们很快也成家立业，它们在我的周围迎风而长。春日万花勃发，毫不夸张地说，我们樱桃花族开得最艳，满目青山中，人们的目光最先抵达的应该是我们。

自然，人们也将我们当作野系列，樱桃成熟季，他们与鸟们、虫们，共同分享我们的果实。被别人关注并喜欢，我们的心情如那鲜艳的果子一样开心。一年又一年，一代又一代，我和我的子孙们就这样在紫燕山麓自由快乐生长着。我们在春季里迅速完成自己一年中的使命，然后积蓄力量，以待来年。

四十年前的某天，我们的居住地被改变，双坞村人将我们移植到他们的房前屋后、宽阔的坡地甚至平整的田地中，我们的基因大有改变，我们的身体里流进了别的樱桃品种的优良血液。我们似乎重生，人们都喊我们"双坞樱桃"。

这十几年来，我们成了双坞的宝贝，我们成了百江的宝贝，我们成了桐庐的宝贝，我们有自己盛大的节日，我们成了网红。

绿葱葱，几颗樱桃叶底红。节日里，你将充分领略我们鲜艳水翠的妖娆，一般人都想象不出，不过，古代的著名文人已将我们写得活灵活现。

白居易赏过吴地的樱桃，诗兴大发：

含桃最说出东吴，香色鲜秾气味殊。

> 恰恰举头千万颗，婆婆拂面两三株。
>
> 鸟偷飞处衔将火，人摘争时踏破珠。
>
> 可惜风吹兼雨打，明朝后日即应无。

（《吴樱桃》）

白诗的关键句为第五、六两句：我被鸟儿偷吃叼走，鸟儿在空中飞过的身影为什么会有衔着火的视觉？因为我红似火焰！人们争相采摘，我不幸掉落地上，如破碎的珍珠。

苏东坡这一天大概多喝了两杯，酒醒后绕着樱桃树摘果解酒：

> 独绕樱桃树，酒醒喉肺干。
>
> 莫除枝上露，从向口中传。

（《樱桃》）

这果子实在让人馋，或许是刚刚春雨过后，苏东坡左手扶着樱桃枝，右手摘一粒，往嘴中丢一粒，摘一粒，丢一粒。口干舌燥，他摘吃的时候，甚至连樱桃上的细水珠也一并丢进了嘴中去。

杨万里写完了《樱桃花》，接着这样写樱桃：

> 樱桃一雨半雕零，更与黄鹂翠羽争。
>
> 计会小风留紫脆，殷勤落日弄红明。
>
> 摘来珠颗光如湿，走下金盘不待倾。

天上荐新旧分赐，儿童犹解忆寅清。

（《樱桃》）

杨诗的点睛之句是三、四两句：春日的微风轻轻拂过，故意留下一半紫色生脆的果子，待到明日傍晚时分，经过阳光一天的滋染，樱桃就会显示出它特有的红，明亮的鲜红。

樱桃精灵一口气说到这，长长地叹了声，又将语调提高了八度：白诗人杨诗人都异常怜惜我们生命的短暂，我们的花与果都只在春季倏忽而过，确实，你们来双坞，得千万挤时间，掐时间！我连连点头答应。

樱桃精灵似乎要结束它的新闻发言，它最后对我清了清嗓子：好了，我也抒足了情。那个时候，你一定要来百江，春日里的盛开，盛开后的成熟，我们无限妖娆，只为你！我又连连点头答应。

然后，它借着十月的暖阳，朝我抛来一个媚眼，款款而行，莞尔离去。

管

小时候，每当家有客人来，母亲都会说：几管来亲戚了。她常说的管，有四管、五管、六管、七管、八管。我也不知道是关还是管，更不知道为什么叫管。袖管的管？有可能的，都是深山坞，形容一下嘛。

其实，这个"管"，大有来头，它是明清时期类似于乡的行政区域。说得形象一点，分水县将它所有辖区分成十个管，类似现代的网格化管理，管袖一抽紧，一管到底，管一举，目即张。

我父亲的老家，分水公社里邵村（现合并至大路村），就属于四管。四管是我知道的第一个管，我爷爷经常会来我家，逢年过节，我也会去四管。爷爷、奶奶、伯伯、叔叔，还有最小的姑姑，都住在四管。

五管，就在白水对面紫燕山、云梯岭的背面，属歌舞公社，那里也有母亲的表姐。歌舞乡现在不得了，全国知名的申通、中通、韵达快递的创始人，都出自于彼。我记得樟成表哥要大我许多，稳重，有知识，他后来在乡政府工作，林业专管员。我在《桐庐报》的时候，还带人采访过他几十年致力山林保护的事迹。

六管，白水往淳安方向走，小京口以及坑口、塔岭都是，属东辉公社。母亲的表姐、有京姑妈、有珠干娘，都住在六管。某次，我和国城等几个小伙伴一起去大坞割丝茅草（草卖到收购站，一次割一担，可以赚个块把钱。我们的零花钱，主要靠割茅草和砍芒秆）。我们一直往白水大坞"飞机目标"方向寻草，小伙伴腿脚如猴子般灵活，爬着爬着，就到了六坑坞，那里是六管地界。割好一担，已是下午，大家一合计，离家太远，还不如直接从六坑坞出去方便，就担着草，哼哧哼哧一直到百江收购站。卖完草回家，天已经找不到了（我孙女瑞瑞形容天黑）。

七管，前面写到的罗溪章氏，就在七管，罗山公社整个范围都是。1979年，父亲在东溪公社做了十七年的副书记，终于调到罗山公社做书记，我去玩过好几次。我也有好几位罗山的同学，只觉得他们讲话口音与我们一样，以本地话为主，待人热情有礼貌，有着山里人的淳朴。天子地景点，就在松村的深处，不过，我们小时候，只听说那里有溶洞，完全不知道以后会成为一个著名景区。

八管，就是现在的合村乡，离百江有些远，分水往另一个方向一直走就是。分水复习班的同学，柯建材，人敦厚老实，读书时，我经常吃他带的菜，不过，他没考上，这四十多年来，我们也一直没有联系。好几次去合村，想去看看他，却找不到他的人。我猜，他这个年纪，不出意外的话，应该儿孙满堂了。

还有一管、二管、三管及九管、十管，但与我的生活都没有发生过什么联系，撇下不记。

"管中窥豹"这个成语，我觉得极适合此条"管"，从竹管里看豹子，管孔小而只能看见豹子身上的一块斑纹。我以极狭窄而片面的视角看彼时的人与事，我所见的，肯定只是一小部分。

《百江辞典》，也是典型的管中窥百江。诸位见谅。

丙卷——

他（她）

欢喜树
乃粒
主角
羽飞

欢喜树

一

　　我喜欢看大山的表情，山是大地的儿子，厚重博大，幕天席地，明月入怀，活泼的草木，虫鱼鸟兽，一切皆容，且活得久长，千万年屹立。

　　此刻，大山的孩子就坐在我眼前，平头，天庭饱满，目光如炬，脸庞是那种阳光久炙而成的古铜色，知天命的赖梅松，中通快递集团的掌门人。2021年我采访他，我笑着对他说：如果你上了高中，十有八九，我就是你的语文老师。1984年8月1日，我分配到毕浦中学，次年，已经教了一年高中的我，再从新高一教起，而彼时，赖梅松正从歌舞中学初中毕业，虽考了第二，还是离高中分数线差了3.5分。我不知道的是，十五岁的赖梅松，此后经历的艰难，远远超过他那个年纪的孩子，他开始进入"社会大学"，一个永远无从毕业的学校，去学那永远学不尽的人生了。

"吾少也贱，故多能鄙事"，这基本上是因果关系，因为少时的贫困卑微，所以孔子学会了不少的琐碎技艺。生活是最好的老师，生活逼出了许多成功者，赖梅松就是这样的成功者。

二

白水小村老宅院子前的空地上，我常伫立眺望，右前方是乌金山，山如果乌云盖顶，大雨就将至；左前方是紫燕山，宽阔连绵，层叠而上，日出又日落，不过，十八学士峰常年白云缭绕；紫燕山与乌金山两边合围的正中，就是罗山松村云梯岭方向，皆为绵亘不绝的大山。

我的目光常越过那些"云梯"，因为那背后生活着年长我许多岁的表哥，表哥的家乡有一个非常好听的名字——"歌舞"，载歌载舞？莺歌燕舞？桐庐民间流传的故事还确实是这样：春秋后期，伍子胥被楚平王缉拿，到处避祸，这一路奔波就到了歌舞这个地方。此时已是严冬，群山层峦，银装素裹，路上马蹄印已被大雪完全覆盖，伍子胥仰天长笑，手舞足蹈地挥剑，尽情吼唱。穷乡僻壤之地于是就成了"歌舞"。歌舞有一个四面环山的自然小村叫天井岭，住着姓赖的十几户人家，山林间的羊肠小道，就是乡民们走出井底的唯一通道。

赖梅松出生时，中国第一颗人造地球卫星"东方红一号"已经在太空运行了八个月，而天井岭中的乡民们，依旧一日重复一日地与青山白云为伴。虽山穷地薄，艰难度日，不过，满山满地的松树，凌寒怒放的蜡梅，却让只读过半年书的赖父诗兴大发，赖家长子，就叫梅松吧。品行的高洁与坚韧的毅力，正是梅与松给世人的最重要启示，而这个普通的山里孩子，并没因为高中没考上就一蹶不振，大山给了他力量，他向自然学习，向宽广的世界学习，经过短暂的沉寂后，就迅速投入到火热的生活中，一步一步，踏实行走着。

2002 年 5 月 8 日，中通快递成立以前，赖梅松名字中的两个"木"，给他的人生搭起了第一个支点。从在乡政府闲置礼堂做木材生意开始，一直到进军杭州的木材市场，凭着他敏锐的商业嗅觉，更凭着山里人的厚道与吃苦耐劳，他的木材生意，由小到大。山与山，一座座地爬；树与树，一棵棵地选；人与人，一个个打交道。由少年到青年，他的性格变得越来越坚毅果敢，经验也越积越多。他在杭州买了房，将父母也接到杭州居住，每年有数百万的稳定收入，日子过得舒心而惬意。

虽然跳出了"天井"居住在省城，可以就这么惬意下去，但赖梅松以为，彼时，自己还是一只井底之蛙，不能只想着过好自己的小日子。待在温水中的蛙，已经强烈感受到铁锅外渐渐热起来的温度，他必须尽快寻找另外一个支点，做更有挑战的事。

三

大山深处，穷且陋的歌舞，甚至连公路都不通，然而，大山养育出的儿女，眼光却没有被山阻挡，他们在广阔的天地舞台上长袖善舞。

让赖梅松坐不住的来自铁锅外的温度，就是快递业著名公司申通、圆通、韵达燃烧起来的，这三家公司的创始人，都来自歌舞，或与歌舞有关，他们均只初中毕业，有的甚至初中也没有读完。上世纪九十年代初，歌舞山里的几个年轻人，沐着南方讲话的强劲春风，相继跑出大山，做起了没有多少人看好的快递，他们在夹缝中拼搏，一个带一个，一群带一群，至赖梅松的中通成立时，申通、圆通、韵达已经风生水起，赖梅松做的第一件事，就是将自己的木材生意归零，追随同乡的快递业先行者，尽快建立健全网络，从市场中争得一杯羹。

我问梅松喜欢读什么书，他显得有些腼腆，似乎有点不好意思：我一直在读《毛泽东选集》中的文章。他这个年纪有这个阅读偏好，确实有点特别。我笑了笑答，任何阅读，只要能将之用于有效的实践，就是好的阅读。

我请他举例。梅松答：毛泽东在古田写给林彪"星星之火，可以燎原"的长信，给我以极大的启示。中通初创，五十万资金起步，租了四辆车，每天的包裹只有几十个，但再大的困难，也没有停下来，我们将自己当成星星。织成一件锦绣的衣裳，需要经过许多道工序，但其实，工序只是简单的技术，最重要的，还是蚕结茧吐丝时的痛苦，凤凰涅槃式的，这种痛苦，也可以形容赖梅松初创中通时的艰难。客户初见时的不信任，地毯式扫街的辛劳，资金的迥急，弄丢了邮件后的赔偿，白天夜晚连轴转……困难压来时，心如铅块般沉重，但那星星之火，始终成为他们无穷希望的航标。

从追随到追赶，中通用了十四年时间。赖梅松实施的战略是，人进我退，人无我有：第一个开通跨省班车，第一个向欠发达地区扩张，从农村包围城市，第一个推行有偿派费，将网点内在积极性深度激发。哈，这不是典型的毛著实践运用吗？

2016年10月，杭州满城的桂花沁人心脾，人们都在尽享秋天的醇香，赖梅松的支点，也终于撬动了他的"地球"：美国当地时间27日9时30分，中通在纽约证交所正式上市，这是继阿里巴巴在美国上市以来规模最大的IPO，市值超过140亿美元，中通挤进了快递第一方队。

四

由追随到追赶，再到领先奔跑，谈到这里，赖梅松显示出惯有的自信与沉着：自2017年起，我们中通就成为全球业务量第一的快递企业了，两年后，业务量超百亿件。看我疑惑不解的样子，梅松打了个比方：我们中通的快递件量，相当于整个欧盟的快递件量。我问今年的数字，梅松答道：应该有二百三十亿件，占国内市场五分之一强。我知道，这个数字，可以稳健领跑了。

白水小村与天井岭只相隔了数座大山，我们讲的都是本地土话，亲切柔软，乡音浓郁——我仔细研究过，话虽土，它的发音，却在唐朝典籍里就有记载了。我直截了当用土话发问：你认为中通今日成为世界第一，主要靠什么？靠情怀！梅松也简洁有力回答我。

我只是中通创始人之一，中通不是我个人的，中通是大家的，是全社会的，中通至少有一百多个亿万富翁，我向员工强调三个"利"：利家人、利他人、利社会。我们讲乡情、亲情、友情，用我们的产品，造就更多人的幸福，让我们去帮助身边更多的人，传递更多的温暖。梅松讲这些话时，语调自然，语气平和，如吐玉珠。

老年人得到安养，朋友们相互信赖，青少年们都得到关怀，我突然想起了孔子的理想。孔子桃花源式的愿景，是极度和谐社会的美好象征。几十年社会大学的锻造，早已使梅松深谙哲理，成为商人中的智者。我相信，他倡导的企业文化中，浸润着儒家优秀文化的精华，也是从心底发出的，透着十足的真诚。

我希望有例子举证。

梅松转我一条刚发的微信，《央视新闻九分钟：中通小哥张骞的快递进村故事》，我细看：湖北省长阳土家族自治县榔坪镇的张骞，他的点设在秀峰村，负责派送五个村子近两千户散居人家的快递，这些村子货量少、价格低、货品分散，一般的快递只到乡镇，不会进村，因为此地距离县城有一百五十七公里的山路，但中通却成了这"最后一公里"的接棒人。张骞送进村的是快递，带出去的却是乡亲们自产的番茄、辣椒、青菜、萝卜及各种新鲜山货，村民们零散的农产品随时可以通过张骞的货车送出大山，加入全国的物流网，这不是实打实的扶贫吗？村民们钱袋子鼓了，张骞在老家也盖起了楼房，还买了两辆车，山还是那些山，但它们一旦融入了流动的中国，就焕发出勃勃的生机。

见我看完，梅松脸上漾起憨厚的笑容：我们几年前就创办了中通优选电子商务公司，让工业品下乡，农产品进城，礼泉的苹果、烟台的樱桃、洪湖的莲藕、昆明的黄桃、忻州的柿子，太多了，我们桐庐的板栗也是，都通过中通优选进入千家万户。这位湖北大山里的员工，只是中通四十多万员工之一员，独木不成林，同建共享，帮助更多的人创业，实现共富，才是我们企业追求的最高目标。"誉满中华，通达天下！"梅松有些调皮地插播了一句他们的广告。

五

我再仔细打量梅松：他穿着墨黑的中通员工短衫，尼龙松紧长裤，橡胶底土布鞋，实足的普通快递员工打扮。这自然又激起了我的好奇，身家几百亿的企业家，如何安顿自己的工作与生活？

话题打开，大家七嘴八舌，梅松则显得很淡定。天井岭的老屋，他只是略加修缮，而歌舞出去的大小老板，几乎都在老家修了豪宅。对于财富，他从来不说自己的福布斯排名，却总是想着全体员工，2020年初新冠疫情暴发，梅松迅速组织成立应急小组，设立一亿元战疫基金，保障员工安全，为困难网点提供金融支持；他也在尽最大的努力帮助别人，河南遭遇特大暴雨，中通立即向郑州市红十字会捐款两千万，此外，还出资一千万，用于河南受灾网点、快递小哥的帮扶和公益运输。他自己得的无数个荣誉与那些财富一样，都是奋斗的结果，但只是纸片与数字而已。梅松坦言，他本质上就是一个农民，大山里普通的一棵树。

说到此，梅松的助理发我一则四年前的消息：《435千米夜路，我把老板快递回家》。助理特别强调，赖董一心都在快递上，生活不讲究的。

2017年3月18日晚八时许，中通快递合肥转运中心，正在休息的班车司机刘欣利接到电话，董事长要搭车回上海。刘师傅听到消息后有点不知所措：平时自己吃住都在车上，虽然干净，但还是有点乱。他一边嘀咕，一边赶紧收拾。晚九时十五分，十六米长的班车装满后，刘师傅缓缓驶出转运中心大门。提着一袋水果，袋里还装着三瓶水，董事长上了他的车。"我们一起吃"，董事长如老朋友一样轻松和刘师傅交流。凌晨时分，董事长睡到车座后的铺位上。刘师傅说：董事长没有一点架子，睡在卧铺上没有丝毫的嫌弃。凌晨三时四十分，车子到达上海总部，不等刘师傅开门，董事长已经自己下车了，他交代刘师傅：我喝过的这瓶水我带走，水果你吃。挥手再见时，董事长还不忘叮咛刘师傅：开车慢一点，安全第一。

一个人的名字与他的人生还真有不少的联系。梅松，两个木，他的事业也起始于木。做中通，他与另外几个合伙人的关系，犹如两个木中再加进一个木，从"林"成为"森"，平地里矗起了一座茂密的大山。

走到哪，梅松都坦承自己是山里人，他认识山里的每一种树，他懂得树的春夏秋冬，他喜欢听风吹过山林松涛起伏的声音，他对山有着特殊的感情：我一看到树就特别兴奋，大山是我成长的精神源头。

梅松也像树那般实在地管理着他的企业：要用最简单的思路做企业管理，中通就是一家简单公司。我不是个强势的管理者，我认为所有人都是平等的，大家聚在一起，高高兴兴地做好事情。

确实，山的孩子真正读懂了树的美德，抬头仰望流云，学会伫立不动，知道怎样一声不吭，把根深深扎进大地，把枝高高伸向天空。大山里，每棵树都应该有自己的生长空间，值得尊重。

六

我的采访差不多进行了两个小时，其间，梅松没有一个电话进来，一个拥有几十万员工的董事长，能如此淡定，实在让人有点意外。

国庆期间，梅松回了一次天井岭，翠竹掩映的老屋，静静地迎接着山的孩子。老屋处于全村的最高点，俯瞰小村，道路蜿蜒，干净整洁，花木扶疏，顺山势而建的房子再也不是昔日的草屋泥房，全是气派的别墅庭院。梅松知道，这些变化都与他们的事业有关。不过，他依然急不可待地去看山看树，那里有他亲密的朋友，青山凝翠，流水淙淙，时有飞鸟倏忽掠过，待那风吹树摇的熟悉声音钻入他的双耳，他的心便也如树般活泼兴奋起来了。

子曰：知者乐水，仁者乐山；知者动，仁者静；知者乐，仁者寿。在我眼里，梅松知仁皆具，不过，他依旧简单而淳朴，他知道，这一项伟大而复杂的事业，于他，于中通，未来，依然需要山的稳重与树的坚定。

乃　粒

《尚书》有言，"烝民乃粒，万邦作乂（yì）"，意思是讲，百姓有了谷物，天下就会安宁。这八个字的前提为，大禹已经将洪水制服，禹也将华夏九州划定妥，那个农业神后稷呢，则教民稼穑，种五谷以养万民，居无定所的采集游猎生活遂结束，天下于是太平。

民以食为天，几千年来，"乃粒"就成了中国人饭碗中的秤砣。1637年，宋应星在其著名的农学及手工业生产著作《天工开物》中，首篇《乃粒》将这个词明确指定为谷物：人类自身并不能长久生存，人类能活下去是因为人能种植五谷养活自己，而五谷呢，也并不能自己生长，要靠人类去种植。

乃粒，人类的生存之母。

这里，我将"乃粒"看成五谷之首的水稻种子。

一粒种子，万千故事。

一

辛丑腊月初五，上午十点。

富阳皇天畈。

中国水稻研究所。

二楼，胡培松办公室。

窗外密密的水杉，挤挤挨挨，紧接着的是空旷的平畴，数千亩。城市中心还有这么一大片田野，有点奢侈，但水稻研究的文章，需要大地的有力证明。冬季的田野，寂静无物，不过，短暂的歇息显然是为了来年更加旺盛的生长。

胡培松很耐心地向我解释他的育种工作。

人工杂交水稻，简单地说，就是以A为母本，再选择不同的种子B、C、D一直到Z与其杂交，让它们作充分的基因交流，从而舍弃和改造不利基因，聚合有利基因，培育出需要的良种。

杂交亲本都是几十年间陆续保存下来的水稻资源。要成为杂交亲本，有几个必需的条件：品质好，长相好，抗性好，因为它们要担当起父母亲的责任。

我们将镜头推近：春播一粒F0杂交种，经过四个多月的跌打滚爬，待收获时，广阔田野上，十几株的稻穗，沉甸甸俯向大地作思考状，每穗大约有150粒，也就是说，杂种的繁殖能力是很强的，不说万颗籽，千粒却是常态。杂种第一代，专家称它是

F1代，这一代，不分离。

待时间将"二世"（F2）们打造得沉甸甸时，专家们会盯着每一株稻子来筛选，看表型，长得合不合标准，他们的眼睛是扫描仪，百中选一，甚至千中选一、万中选一，然后再拿回实验室，进行抗病、营养、口感鉴定。一次又一次分离，选好选优，好种子越选越少，越选越精。

从F3代开始，一直到F4、F5、F6代，甚至F7、F8代，都是小范围的试验，每年两季，或者三季，至少三年，大浪淘种后，优中选优进入小范围的品种比较试验，然后参加各级区域生产试验，直到审定，市场推广。

胡培松告诉我，一粒良种，从选种到推广，至少需要六到八年时间，他这三十年，一直在做一件事，就是研究培育好吃的大米，用专业术语可以这样表述：水稻（籼稻）的品质遗传改良。

二

虽都是分水中学校友，但我是文科复习生，胡培松理科应届也没有考上，且我比他早两年考出，我们在学校没有交集，但对分水中学的四合院都有深刻的印象。

四合院有太多的记忆，它应该是我们学校的精神核心所在，几乎所有的好老师都在那儿上过课，几乎所有的学生都会经常去四合院。周末的时候，我从学校往百江回家，胡培松从学校往印渚回家，都是十几里路，或者结伴走路，或者追着拖拉机强行搭车（上车与下车都是技术活，新手极度危险）。次日，我从百江往分水回学校，胡培松从印渚往分水回学校，带着大米与霉干菜，我们为的都是同一个目标，考上大学！

那时吃的饭，还记得起什么味道吗？我们两人都笑了，温饱就已经不错了，我们这个年纪，虽没有饿肚子的经历，但小时候番薯丝掺饭还是经常要吃的。上世纪七十年代末八十年代初，中国农村水稻的产量不高，袁隆平还在苦苦地试验他的杂交水稻，许多地方依然保留着极浓郁的农耕时代气息，吃饱饭为第一要务，谁会关注稻米的品质呢？

对于分水中学读书这一段，我们交流得非常热烈。我很向往一些著名大学里我感兴趣的专业，比如法律，比如古典文学，比如考古，最后却进了师范学院中文系，当了老师。我问胡培松：为什么选种子专业？他笑笑说，1982年7月底，高考成绩发榜，他的分数不是很理想，报好大学不保险，正踌躇犹豫间，广播里有消息传来，袁隆平领衔的杂交水稻协作组获得国内首个特等发明奖，他虽不完全清楚怎么回事，但知道了杂交水稻，知道了种子。另外，浙江农业大学所有的专业中，学种子的毕业生，分配最好，种子公司收入高。说到此，胡培松一脸真诚，家里是农民，总想毕业找份好工作。

说起大学分配，又是一段长长的回忆。我说，我教书，当干部，做新闻，不管做什么，业余写作从未间断过，如今回想起来，经历不算曲折，但似乎每一步都不可少。胡培松说，他也是一步步走到现在，当时分配有两个选择：宁波市农科所与杭州农校。权衡再三，他还是到农校当了老师。不过，他对种子情有独钟，总想做出一点成绩，而他深知，要有更大的作为，必须进一步深造。两年后，他考上了中国农业科学院遗传育种专业的研究生。我理解，这或许就是胡培松事业正式起跑的地方。自此始，他与遗传育种正式结缘。

胡培松是幸运的，读研期间，他就进入了中国水稻研究所刚刚新创建的遗传组，他遇到了人生中最重要的两位导师——水稻所所长熊振民、副所长闵绍楷。

<h1 style="text-align:center">三</h1>

1981年6月，经国务院批准，中国水稻研究所在杭州建立。

1989年10月9日，满地金黄的成熟丰收季，皇天畈的田野上飘荡着浓郁的稻香，中国水稻研究所在此举行正式落成典礼。5300余亩实验田，11万平方米的总建筑面积，3亿元的仪器设备，一个以水稻为主要研究对象的多学科综合性国家级研究所正式诞生，它将为确保中国人饭碗的饱与好而进行持续不断的努力。

研究所一楼，有一个大的展厅，中国水稻研究所四十年的风雨历程，我一一细看，和胡培松有关的，我都关注，我试图多找到一些他成长的轨迹。

熊振民（1931—2015），江西新建人，研究员，博士生导师，主要从事水稻遗传育种工作。闵绍楷（1931—2022），研究员，主要从事水稻遗传育种研究，先后主持"六五""七五""八五"全国水稻育种攻关项目。

胡培松读研的时间，恰好是水稻所初创时期，而他的两位导师，又是遗传育种的顶级专家。从年龄上看，两位导师完全可以做胡培松的父辈。胡培松从小生活在农村，日日在田野滚爬，有远大的目标，有不折的毅力，我似乎看到了这位研究生的如饥似渴——毒辣的太阳，潮湿的稻田，蚂蟥、稻虱，他一概无所畏惧。这一些苦，根本就不算什么，他少年时就已经遍尝，他家承包了生产队里的两头牛，课余节假日，他就是与牛作伴的放牛郎，骑在牛背上的少年，与稻田有着天然的情感。

优良的学业，机遇的垂青，自然是他留在水稻所继续做研究的前提。1991年，胡培松研究生一毕业，就加入到黄发松老师的"优质稻育种"团队，开始了事业上的第一次实战。

为什么要将研究的重点放在种子的质量上？这有一个重要前提。

上世纪九十年代，彼时中国人的饭碗，正经历着一种转变。改革开放十几年后，吃饱饭的问题已经解决，人们开始讲究吃好饭，而品质好的粮食，主要靠进口。我们的籼稻口感在与泰国香米的比较中，立即败下阵来。什么原因呢？长江中下游的早籼稻，打个比方说，它就是一个苦命的孩子，生长周期短，一般只有120—130天，它早早就要成家立业，但体质一直欠佳，难担大力。它成长阶段，要经历"倒春寒"与梅雨季两道难熬的坎：禾苗期，就如人的幼儿园时期，它就要受低温冷害，而在抽穗结实期，它又遭受高温逼熟。早籼稻向人们拱拱手抱歉说：各位，我们已经尽力了，好吃不好吃，你们都得吃。而泰国香米呢？它亩产虽不高，品质却好，在国际上地位极高。泰国北部，土质好，阳光好，水稻的生长期长达180天左右。有人问，我们不能引种泰国香米吗？不能！泰国香米在杭州抽不了穗。这意思也极明白，苹果种在浙江，品质一定过不了关，如果大棚营造，那是另外一回事。

黄发松也是位水稻育种的顶级专家，在湖南省农科院水稻所一干三十年，他创下了两个"第一"：湖南第一个由籼粳杂交选育而成、抗稻瘟病的矮秆粳稻品种"湘粳12号"；湖南第一个矮秆优质晚籼品种"洞庭晚籼"。胡培松研究生毕业时，正好黄发松调到中国水稻研究所，担任遗传育种系主任，并立即着手组建优质米育种组。胡培松跟着名师，可谓如鱼得水，迅速进入角色。

我在"中优早3号"获奖历程上看主要完成人的名字：黄发松、胡培松……后面还有十位科学家，胡培松排在了第二位，这意味着，他在这个项目中，起到了相当重要的作用。"中优早3号"，是优质高产多抗的早籼品种，精米率居长江中下游同类优质早籼之首，抗白叶枯病，耐寒，耐高温，1996年获农业部科技进步奖二等奖，1997年获国家技术发明奖四等奖。从这份证书可以读出，胡培松在毕业不到十年的时间里，就取得了大丰收。这为他独立主持课题打下了坚实的基础。

四

"一级籼型香稻品种培育"，这是胡培松承担的第一个国家育种攻关课题。

首先得打破一个经典的学说窠臼：稻米的香味基因，来自于粳稻，籼稻不具备香味基因。写到此，我忽然想到了两百多年前法国伟大化学家拉瓦锡。这位在化学发展史上举足轻重的科学家，当时也面临着几大难题，比如"燃素"。人们假想，所有可燃物质中都包含着一种被称为"燃素"的物质，燃烧时，可燃物质就将它的燃素释放到空气中。而拉瓦锡认为，根本就不存在"燃素"这样的物质，燃烧过程，是正在燃烧的物质同氧气发生的化学反应。

自然，胡培松他们的研究，不能完全与拉瓦锡的发现相比，但同样具有开创性。建立全球香稻资源库，将全球1300余份具有代表性的香稻资源一一系统评价，经年的研究与试验，终于结出了中香1号、中健2号等一级优质香稻品种。中国香米"那摩温"，中国健康香米"那摩兔"，这些中国香米，在中国南方广阔的田野中茁壮生长，势如破竹，产量与抗倒伏性优于泰国香米，填补了国内空白，累计种植面积达两亿亩以上。"泰国香米"的霸主地位终于被打破，进口总量从1995年的164万吨，下降到2006年的10.6万吨，因为，此时，中国香米已经占领了国内优质香米市场的70%以上。

米饭柔软，清香可口，冷饭不变硬，不回生。2009年，"籼型优质香稻品种培育及应用"，获国家科技进步奖二等奖。

2012年，胡培松十几年的努力又结出了硕果："优质早籼高效育种技术研创及新品种选育应用"再获国家科技进步奖二等奖。其中包括中国第一个年应用面积达百万亩的"中鉴99-38"香型二级优质早籼稻品种。

高产优质的品种，是如何产生的？我们简单梳理一下项目的研究及实践过程，就知道其间的复杂与艰难：1996年夏，"中早4号"与"舟903"和"抗病早籼浙8010"配组，也就是前面说的基因交流，培育出新的品种，经杭州早季及翻秋、海南多代系统选育和快速加代繁殖，1998年定型。1999年开始，参加各级试验示范，然后是省级区试，该品种表现一直优秀，米质优、中熟、产量较高、抗性较强。数十年的实践表明，这个品种，适宜江西、湖南、浙江、湖北南部、安徽南部等长江中下游双季稻区种植。各地成功数据纷纷传来，这是一个好品种，胡培松紧绷着的心，终于有些宽慰下来。

2020年，"中嘉早17"，又获国家科技进步奖二等奖。这是胡培松领衔获得的第三个国家大奖。此前一年，他成功当选中国工程院院士。食不厌精，吃得好，其实是没有止境的。南方人喜食米粉（米线），但众所周知，米线的质量取决于稻米的品质。"中嘉早17"，最大的特性是高直链淀粉含量与长胶稠度兼顾，换成通俗的话说就是，这种品质的稻米加工出来的米粉，弹性好，不断条，不糊汤。农业部连续七年推荐为主导品种，三十年来，"中嘉早17"是唯一单年推广面积达千万亩的早稻品种。

清晨起来，一碗米线，线条均匀，柔软丝滑，浓汤中点缀着些许绿叶，清清爽爽，散发着诱人的香味。

展览大厅有中国水稻研究所历年所获的一个个成果的简介，国家级、省部级，所有奖项都有"主要完成人"一栏，大多都在十人以上，且你中有我，我中有你，就是说，甲项A为第一人，B是第二人，乙项则变成B为第一人，A是第二人，几乎没有独立完成的。在水稻研究这个行业，团结协作极其重要。胡培松也说，他只是领衔而已，工作需要大家分工做，而且，胡培松还强调，许多基础分析与数据，都要靠博士生、硕士生去完成，他说我可以去他们的实验室看看。

我真去了实验室。一间一间看过去，各种仪器，我这个外行根本辨不出，我闻到的都是水与蒸汽与谷物融合散发出的种种气味。轻轻走进优质稻实验室，一个小伙正在抖动容器，一问，这是位博士，他说是为了探究淀粉合成相关基因在突变体材料中的表达情况。好复杂！我问具体怎么做的。他再向我解释：取水稻开花后灌浆9天的种子，剥除颖壳，采用trizol（试剂）方法提取其中的RNA（核糖核酸），做表达量检测。做完这个实验要多少时间？博士答：从取样到出结果，要持续三天。

中国水稻研究所庆祝建所四十周年画册上的最新资料表明，目前，该所有5个一级学科、10个二级学科，硕博导师96人，在读硕博生有200多人，已经毕业的硕博研究生则达400多人。可以肯定的是，这些毕业生大多已是行业里奋翅的雄鹰，他们都在为中国乃至世界各地（也有不少外国留学生）百姓的饭碗而努力。真是，一粒种子，万般学问。

五

我与胡培松是第一次见面，依我的职业习惯，自然会不断打量对方，言谈举止，音容神态，包括谈话的场景。

平头，眼镜，头发粗壮直立，间些花白，皮肤历经阳光风雨的久炙浸洗，有些粗糙与沧桑，我怎么看也看不出某些厅局级机构领导的派头，也看不出某些院士高冷的矜持，他就是一粒饱满而诚实的水稻种子呀！

胡培松的办公室，办公桌前及地上沙发上，都堆着书，专业书居多，也有不少社科人文书，我看到一套六卷本逄先知、金冲及主编的《毛泽东传》在显眼位置摆着。他说，已经读完了第一册，很好读。按书的内容时间线推测，第一册应该是写毛泽东的少年时代，胡培松被伟人少年时代的志向与拼搏所吸引。志向是支持人生的最大动力，少年立志，无论困苦艰难，都会等闲视之，每一步都踩得坚实。

作为墙上背景的一幅书法，自然是我们的重要话题。

书法内容是布袋和尚著名的《插秧诗》："手把青秧插满田，低头便见水中天。六根清净方为道，退步原来是向前。"胡培松说，他最喜欢这首诗，哲理深远。是啊，我也在多次讲座中引用过此诗，不过，身份不同，立场不同，理解的角度自然也会有差别。

我从三个层面揣测，胡培松为什么喜欢这首插秧诗：

这几乎是他工作场景的真实写照。一粒种子，到青秧阶段，已经付出了无数的智慧，现在，他捏着手里的青秧，观察了又观察，掂量了再掂量，插下秧苗，就是插下希望。他曾有无数个幻想，成熟的稻穗，就是他理想的种子。忽然，几声喧闹将他拉回眼前，水田表面波平如镜，但四十摄氏度高温下的水热得有些发烫，热烈的阳光打在他的脊背上，衬衫已经湿透，这已经是今天换上的第三件衬衣了。但上午十一点至下午两点，是水稻杂交授粉的最佳时间。三十年来，几乎每年的高温育种季，他都在海南陵水试验中心的稻田里俯着身子工作。他深知，"水中天"，就是亮光，就是方向。"水中天"，还可以照出自己的本色，他就是农民的儿子，田野就是他的战场，他为良种而生。

这也是他追求的人生境界。天地虽阔大无垠，但也充满了各种嘈杂，胡培松的使命是选择与发现，而他要寻找的良种，在研究出来以前，往往隐藏得极深。他相信，事物都是有联系的，只要苦心寻找，就有可能发现这种联系，但有一个前提，必须静气屏声才行，真正的科学研究来不得半点浮躁，"六根清净"，哪"六根"？佛家通指眼、耳、鼻、舌、身、意，我们喻指不受外界过度的诱惑，唯此，才可能会有成果显现。他获得的数十个国家及省级奖项、几十项专利，应该都是"六根清净"的结果，所有成功者，都有极强的定力。

还有对"退步"的理解，这包含着极大的人生智慧。一般人都会将"退步原来是向前"作为主题句来理解。就插秧来说，退步只是表面，实质却是进步，退步是进步的必需。但如果只是仅止于此的意义，布袋和尚也不会那么出名，人生不可能永远进步，适当的时候、特别的场合，都需要退步，这就是智慧，这种智慧，与舍得一样，慢慢来就是快。胡培松说，他最近给所里年轻人讲话的重点只有十个字：低调，尊重，包容，舍得，为善。细细想来，每一组词其实都包含着"退步"的意思，退步，才能将眼前的好风景尽收眼底！

一首字面简单的《插秧诗》有如此丰厚的内涵，难怪胡培松喜欢，我也喜欢得很。

胡培松随手拿起办公桌上的一粒谷子，单手顶住谷子的胚芽一端，轻轻一推，一捻，谷粒就开了。米粒身材修长，如珍珠般剔透，似一位亭亭玉立的姑娘。嗯，粒长、粒宽、垩白、透明度，都够好，是一粒好米！

有秧插就有收获，有好秧插就有好收获。胡培松和我说，他一天看不见谷粒，似乎就有重重的失落感，水稻与种子就是他的至亲爱人！

六

回到开头宋应星的《乃粒》。

宋应星为我们还原了一粒稻谷从种子开始，要经历八道灾难才能成长为一粒大米的艰难现场。我和胡培松将这八灾与现代一一比对。与水稻专家谈稻灾，我虽外行，却也觉得特别有意思。

第一灾，种子入仓。早稻稻种在秋初收藏的时候，中午往往是烈日，种子的内部温度很高，如果封仓太急的话，谷种就会带着暑气。来年种子入田，田里有粪肥发酵，土壤温度也会升高，再加上东南风带来的暖热，这样的种子对禾苗与稻穗的质量就会有损害。由此看来，种子很重要，大部分的病根在种子里，这大概就是胡培松说的遗传吧。我在读大学前，假期都要干些农活，不过，这种选择和收藏种子的事情还轮不到我等毛手毛脚的孩子，都是大人们根据经验仔细操作的，胡培松他们生产队，也轮不到孩子们管这些事。

第二灾，撒播。春耕大忙季节里，田野里会非常热闹。牛和拖拉机并用，把田深翻打烂整平，一畦一畦的，再放几寸深的水，就可以播种了。但这个时候，如果有水，谷粒还没来得及沉下，突然刮起大风，谷种就会集中到秧田的一角。这种现象，我估计在中国水稻研究所的大片试验田里，一般不会出现，但如果出现了，也是麻烦事，从实验室出来的种子，更加金贵。

第三灾，鸟灾。长出秧苗后，要防止成群的雀鸟飞来啄食。

所以，我们小时候常见的风景是，一片秧田里插着不少稻草人，稻草人还很有创意，穿着各式各样的衣服，穿得最多的是蓑衣，是为了表示有人在干活吧。那些鸟也是久经沙场，战斗经验不少，有时还会"趁着稻草人不注意"，偷偷俯冲下来叼食。因此，为保证秧苗的高出苗率，生产队会派专人轰鸟，扯着嗓子大喊。这样的活，非常惬意，孩子们往往是首选。你赶过鸟吗？我笑问。不等胡培松回答，我立即转了话题自笑：现在鸟也少了，不用太担心它们来偷吃你的稻种。胡培松笑答，鸟们抢食能力很厉害的。

第四灾，成活。刚插下田的秧苗，非常脆弱，就像让幼儿独立生活一样，跌跌撞撞，一不小心就会夭折。如果碰上江南连续的阴雨，没扎根的苗就会损坏过半。但只要有连续三个晴天，秧苗就可全部成活。江南的雨季有时很烦人，一下一周的情况经常发生，所以，我们小时候补种的情况也时常有。更兼发大水，秧苗全部浮上，只得大水退后另插。

第五灾，虫灾。秧苗返青长出新叶后，土壤里的肥力不断生发，再加上不断升高的气温，稻叶上就会长虫。宋应星那个时代只能盼望起风下雨，而现代可以用药打，但虫子也如新冠病毒，会不断变种来对付你。

第六灾，"鬼火"烧禾。这个我没有见过，写这篇文章时，再咨询，也都说"鬼火"其实是磷火，这种现象是有，但不会对稻形成灾。宋应星是这样说的：稻子抽穗后，夜里有"鬼火"四处漂游烧禾。这种火是从腐烂的木头里跑出来的。每逢多雨季节，旷野里的坟墓多被狐狸挖穿而崩塌，里面的棺材板被水浸烂了，等到日落黄昏时，"鬼火"从坟墓的缝隙里冲出来，在几尺的范围内漂游不定。稻叶遇到这种火，立即会被烧焦。胡培松笑着说，这个"鬼火"，现代中国估计不太会见到，城市中心的皇天畈更不会有，不用担心，但烈日高温引起的焦枯，还有前面提到的浮苗、虫灾，还是要提高警惕的。

第七灾，缺水。禾苗从返青到抽穗结实，早稻每蔸约需水三斗，晚稻需水约五斗。缺水就会干枯。而且据宋应星的估计，将要收割时如果缺水一升，粒数虽然不会变，但谷粒会缩小，用碾或臼加工时也多会断碎。这大概就是我们所说的细节决定成败，小小的一个细节，也会使米质大大下降。

此刻，我脑中闪进一个巨大而惨烈的场面："七五"洪水。缺水虽是一大灾，但洪水一来也很要命。1969年7月5日，正是水稻成熟季，桐庐连续暴雨，我记得的场景是，白水门口坑的洪水都已经满溢，地面上一片浑水，我家老房子处在几十公分高的地势，还是安全的，我们兄妹三人，坐在一张大桌子上，门外大雨倾盆，母亲守着我们不让乱跑。胡培松的家在印渚后岩村，紧靠分水江边，我问："七五"洪水，你有印象吗？他那时虚岁六岁了，应该有。胡培松立即答：印象太深了，洪水滔天，田里的稻子都看不到了，我们逃到叔叔家避，他家在小山上，眼见一座座房子瞬间消失在洪水中。那样的水灾，人都受不了，稻怎么受得了。我们似乎不是在说水稻，而是回忆那段艰辛，太不容易了。

第八灾，狂风阴雨。辛辛苦苦，稻子成熟时，如果遇到狂风把谷粒吹落，或者遇上连续十来天的阴雨，谷粒沾湿后就会自行霉烂。但这大概是局部灾害，如果不是很特殊的年份，一般不会大面积的。吹落谷粒我倒是见得不多，但收割时连续阴雨还是很常见。说到此，胡培松笑笑，这个现在不怕，有烘干机。

可见，《乃粒》讲的虽是宋应星那个时代的稻灾，但现代依然有不少共性。采访完胡培松回家，听到瑞瑞在念"谁知盘中餐，粒粒皆辛苦"，忽然有一种别样的感受，现在的不少人，都和小瑞瑞一样，是有口无心的瞎念，从下种一直到收割水稻，异常辛苦，他们其实都没有体验过。现在虽然机械播种收割，但仍有不少的人工程序，科学研究，一点都马虎不得。从某种程度讲，水稻研究，既有农民一样的辛苦，也有其他科学研究一样的艰难。大地上的文章不好写，田地太宽，日月时光随时变换，优质的稻种，是名副其实的"汗水与智慧的结晶"。

七

几日后，腊月初九中午，我看完临安潜川外伍村的越剧起源地，便往后岩村方向赶，我要去胡培松的老家，看"院士稻"项目。

分水江水利枢纽工程，将桐庐县印渚保安及临安区乐平的许多村庄都变成了阔大碧绿的湖面，我们的车，其实是沿着湖边走，花树相接，村庄毗连，冬日暖阳下的水面，平静温顺，不时泛着闪亮金光，五十多年前的那场洪水，只是大自然偶尔露出的狰狞，早已过去了。约半个小时，我就到了花园一样的后岩村。

昌东兄在村委会门口等着我，他是分水镇刚退下来的人大主席，现在又联系后岩村，还是胡培松的高中同学，情况熟得很。

从昌东口中得知，后岩是分水镇最小的行政村，只有六百来人，但经济实力雄厚，村里也出了不少人才，军官呀，校长呀，挺多，胡培松就是典型代表。

村委会门口，一条架着花篷的路向江边延伸，路上方有连片的几十亩水田，边上有标志牌，上写院士稻项目。2021年，这里的30亩田，种上了胡培松培育出来的"华浙优261号"。这个优质籼稻，口感柔软蓬松，自带清香味，高产、高抗病性，给家乡乡亲们带来了实惠，收割的当天，几万斤新米一抢而空。

陪同的年轻村干部，指着这一片稻田兴奋地说：明年，我们村准备扩大院士稻种植面积至200亩。昌东补充：库区的周边村也打算种，镇里准备打造千亩院士稻基地。

冬季的田野，肃杀与芜杂是它的总体表情，乌桕树成了最佳风景，田间低凹处，阳光下的残荷枯枝显得有些败落。但这都是表象，我知道，休养生息的大地，她正孕育着下一个年度的所有生机。我似乎清晰地看到了胡培松俯身在分水江边稻田里的身影及收割时人群跃动的欢歌与快乐。

主　角

一

1984年9月1日，毕浦中学。安静了两个月的校园一下子热闹起来了，今日新生报到。刚毕业的我，担任高一语文老师兼一班的班主任。学生虽绝大多数来自周边乡镇的农村家庭，但行李也多是他们的父母肩担手提。包向红来了，短发大眼，看打扮，应该不是农村孩子。包父宽额敦厚，双眼有神，嗯，女儿像父亲。包母文文静静，自我介绍的声音柔柔的，她说，他们都在县越剧团工作，她是演员，孩子父亲是编剧。编剧包朝赞，就这样和我有了联系，彼时，他编的越剧《春江月》已经在江南大地红满了天。

2021年6月的一天，因写作需要，我看了一部叫《绣花女传奇》的老电影。

以下是我看完老电影后记下的主要文字：

富春江边，满头大汗的阿牛，俯身双手捧起清水大饮了几口，又抹抹额头，然后沮丧地坐在江边等船。他要过江，回到他那茅屋里去。突然，师妹柳明月也急急赶来，她满含羞容，将那双新鞋重新塞到阿牛哥手上。天降大幸福，阿牛一时有点晕眩。"春江明月照春秋，山歌一曲唱悠悠"，远山含翠，船工慢摇着小船，富春江的碧波轻轻荡漾，阿牛与柳明月紧紧地依偎在一起，他们终于走到了一起，这一场幸福生活迟来了整整十八年。

柳明月是富春江边的绣花女，十八年前的新婚前夕，家门口突然冒出了个啼哭不止的小男婴，且呼喊声尖厉的追兵已至，她知道，一定是婴儿的父母遭难弃下的，她见着了，就有责任保护，毅然冒认"私生"，使男婴躲过一劫。与此同时，师兄阿牛也见义勇为，主动承担未婚师妹"生子"的责任，并一起为柳明月抚养男婴宝儿担苦分忧。其间的曲折与苦难，只有他们自知，但他们爱情的种子依然坚强地埋在心底，那双新鞋就是见证。忠良后代宝儿考上了状元，宝儿的父亲官复原职，他们父子相认，柳明月也终于有了与阿牛哥长相守的机会。

我用了倒叙，老电影是顺叙，老电影就改编自包朝赞的《春江月》。

演柳明月的女一号，单仰萍，因《春江月》一举成名，1988年调上海越剧院红楼团，2000年因《舞台姐妹》获第十七届梅花奖。演阿牛的男一号，陈雪萍，也开始在舞台上展露出英俊明朗的小生风姿。

包朝赞的剧越编越多，名气也越来越大，从《春江月》，到《桐江雨》《月亮湖》《胭脂河》《梨花情》《流花溪》，以及《德清嫂》，几十年中，他写下了四十余部大戏，他的戏还成就了如单仰萍、陈雪萍、谢群英、陈晓红等数位梅花奖演员。四十多年过去，《春江月》依旧是如今杭州越剧院二团（原桐庐越剧团）的保留剧目。

我和已经八十五岁的包朝赞老人聊剧本聊演员，他对那些演员如数家珍，他这样评价陈雪萍：她是范派弟子中比较优秀的，如她的老师一样，嗓音宽敞亮丽，张力大，但又保持了本色、纯真，是位刻苦努力的好演员！

二

2021年5月28日夜，我和陈雪萍长聊两个小时。次日，又找我的老领导朱芝云聊了一个多小时，她原是杭州知青，曾在九岭公社下乡数年，陈雪萍多次说到了朱芝云。

我想还原陈雪萍的少年时代，寻找她心中的那粒越剧种子。

九岭公社浪石大队瑶母村，杭州城里的女学生朱芝云，1964年下放在此。至1972年，八年的农村生活，已经将她锤炼得十分坚强而有思想。本来公社已经推荐她去杭州城里当初中教师，但因为结婚，又有了孩子，朱芝云还是选择了在村里当民办教师。我有些疑惑地看着这位老领导：为什么不去城里？她淡淡地笑着说：习惯了，浪石青山绿水，挺好的。我很熟悉眼前这位近八十岁老人的淡然，我到桐庐县委宣传部工作的第三年，她从文联主席的任上调来做副部长，分管宣传口，业余还创作，已经是省作协会员。她说话慢条斯理，声音磁磁的，我每次拿着《桐庐报》的清样请她签，她常常一手夹着烟，一手拿着笔，快速地浏览一下标题，偶有改动，然后签上她的大名。而以现在的眼光看浪石与瑶母，仅字面就让人遐想不已。两岸青山层叠，宽阔的分水江奔涌向前，水过浅滩，遇石相激，朵朵浪花从水面跳跃而出，在阳光下白花花一片；瑶母，千真万确叫瑶母，我没有考证过这地名的来历，是不是因为附近有瑶琳仙境？总之，这个村就以瑶池西王母的名字命名，几百年了。

陈雪萍的家就在瑶母，朱芝云是她的老师。

全身都是文艺细胞的朱芝云，当了瑶母村小学的老师后就有了用武之地。她在全校选了二十四名学生，组成文宣队，自编自导并作曲，舞蹈、小品、越剧，样样来，而仅十余岁的陈雪萍常是节目中出色的主角。

1972年前后，中国农村的文化生活，仅靠几部样板戏及有限的电影撑着，文化生活哪里都贫乏，瑶母小学突然冒出个文宣队，一下子吸引了村民的眼球。朱芝云说，琴声锣鼓一响，就会有村民围观，他们连排练都看。文宣队的名气越来越大，像正规的演出团一样，外村也来请，别的公社也来请，最后，县里开大会，也要求文宣队去表演。

我问老领导：陈雪萍那时就会唱越剧吗？

朱芝云拿起茶杯，轻轻呷了一口，我递她烟，她摆摆手：早戒了早戒了。不会唱越剧，但应该深受越剧的影响。她举例，她们知青下放，演样板戏，没有京剧曲谱，就自编用越剧演。瑶母人特别喜欢演戏，村里原来就有戏班子，只是特殊年代，传统戏都被压着。而孩子们有模有样的演出，就如惊蛰过后突然响起的闷雷，虽不是十分响亮，却也辗过大地滚滚而来。说到此，朱芝云有些兴奋：个别请文宣队去演出的村，还像过年一样杀猪招待我们。回忆如胶片般一一拉过：贫瘠而枯燥的生活，其间的清苦哀愁，都被学生们的欢乐演出遮盖。

小学教师朱芝云在瑶母小学教了四五年书，后来，九岭中学缺英语教师，就调她去教英语，而此时的陈雪萍，正在九岭中学读书，朱又成了她的班主任。

这一下就到了1978年，桐庐越剧团开始招演员。中学教师朱芝云，嗅觉敏锐，她觉得对正在读高中的陈雪萍来说是一个机会。陈雪萍的底子好，虽不知道要考什么，但不管唱什么戏，嗓子总是第一位的，临时抱佛脚，朱芝云就自己填词，教陈雪萍唱《九里洲十里滩》的曲子。幸运的是，十六岁的陈雪萍考上了。

前面《看戏》一文，我对在我们广王村里驻扎半年的杭州京剧团有过描写。陈雪萍说，她的戏曲种子，就在那时看戏种下的。大人们的演出，真让她开了眼界，印象最深的是《沙家浜》，朱老师演阿庆嫂，她叔叔演刁德一，她大伯演胡司令，而她父亲演的是地下党组织陈书记。因为没有京剧曲谱，他们竟然用越剧来演唱，配乐自己谱，戏台自己搭，从浪石演到另外的村，如胜畈、直里等。这个戏对她的影响实在太大了，虽是真真切切的草台戏班，但她知道了戏里的角色，分角色怎么演，还有角色演唱如何与操琴师配合等等戏剧常识。京剧剧本用越剧来演，现在看来，未必不是创新，虽然草根，却也与百姓生活贴血贴肉。

　　对于报考越剧团，陈雪萍笑着说，她是懵里懵懂，做梦一样考上的，以为也是唱唱歌那么简单。当年桐庐越剧团只招四个学员，一千多个半大女孩子来到县人民大会堂参加选拔，最后的结果是，四个入选的人中，三个是镇上的居民户口，只有她一人来自乡下。待遇是诱人的，事业单位，每月 22.5 元的工资。

三

　　生旦净末丑，陈雪萍是生。你是一开始就确定演小生的吗？

　　陈雪萍一听就笑了：我们的工资里头，有 9 元是伙食费，和农村家里相比，剧团显然吃得太好，人一下子发胖了不少，团长说，你演小生吧。就这样，我就定格在了小生的角色上。

　　甫一进团，团里立即给每个学员配了带教老师，每人一位。陈雪萍的老师是许晓云，就是编剧包朝赞的夫人，包向红的母亲。许老师自己虽演花旦，指导陈雪萍却是细致认真。起初的三年，唱念做打，学的都是基本功。比如她学的第一首《我家有个小九妹》，《梁祝》里面的名曲了，陈祖明老师是主胡，唱腔、音准、节奏，都要一一磨合，甚至识谱，都要一一细学。

　　想想也是，我虽很少看完整本剧，但对那些操琴师往往关注，我有时甚至只注意他们操琴的姿势，将京胡或者二胡架在左腿上，斜拉着琴弓，全神贯注，上下快速抽动，全身随着节奏而抖动，那姿势，要多帅有多帅。琴师的每一次拉弓推弓，每一个音符与节奏，都得与台上角色的每一句唱词相配合，演员和操琴师无论新老，都要相互磨合，新学员碰上老琴师，难度就更高了。"台上一分钟，台下十年功"，本义就是讲学戏，它是任何成功角色的辛勤注脚。

一字一句地学，一招一式地练，三年的学员生涯很快结束，陈雪萍又去了浙江艺术学校进修八个月。回团后，包朝赞的新剧《春江月》开始排演，陈雪萍变身为那个憨厚的阿牛哥。

《春江月》红遍江浙沪，乡下剧团首次进入大上海，一演就是一个多月。能经得住上海观众眼光的长久注视，桐越的水准自然不一般——自上世纪四十年代始，上海"越剧十姐妹"声名远播，袁雪芬、尹桂芳、范瑞娟、傅全香、徐玉兰等等，这样的标高，绝对全国顶级水平。让陈雪萍一批年轻演员激动的是，徐玉兰、王文娟、范瑞娟等还专场看了她们的演出，并纷纷赞赏。领导一见如此情景，立即开展主要演员拜师活动，单仰萍拜师王文娟，陈雪萍拜师范瑞娟。

说起拜师，陈雪萍依然激动。她说：领导先带我们去认门，征得老艺术家们的同意。正式拜师时，范瑞娟老师要求，不搞烦琐的仪式，我向她老人家鞠个躬，叫她声"老师"就可以了，我真这样做了。显然，范老师也是有准备的，我鞠完躬后，她送我一个笔记本，上面写着常香玉的名言——戏比天大。我当时脑子就一个激灵，似乎一下子找到了非常明确的方向，前面光亮一片，尽管我知道前途充满荆棘与曲折，但我仍要用一辈子为越剧事业努力。

我老师是著名的小生。从陈雪萍的语气中，我再次感受到她那种自豪：我老师自小学戏，功底深厚，极其朴素，没有一点架子。只恨我学得太少，她演的梁山伯，情感丰富，我一直揣摩，受益真是太多了。

过了一山又一山，一身米黄新衣的梁山伯迈着快步轻盈上场。书童跟在后边挑着担，梁山伯的快乐，似乎要使脚步都腾跃起来，此刻，他恨不得立即长双翅膀，像高空上的鸟儿，一下落到祝家庄祝英台的窗台上。一边走，一边喜，因为同窗结连理；一边走，一边呆，因为不辨男女长三载；一边走，一边忖，想起了十八里相送到长亭。

我将陈雪萍的折子戏《十八里相送》（回十八）仔仔细细看了好几遍。我有了新发现，这就好比写一篇文章，起承转合十分讲究，好文章更讲究，而这越剧也是如此，除一招一式的准确外，个中韵味更重要，而韵味的显现，差不多都集中在了梁山伯的那一双眼睛上。皓齿明目，神情顾盼飞扬，是因为梁山伯心生极大愉悦；目光呆滞，眼球浑浊如死鱼，是因为梁山伯知道了事情的真相，且永远无法挽回，悲愤一时从胸腔中发出，泣不成声。

陈雪萍如她的老师范瑞娟一样，将梁山伯前后的喜忧悲苦神态拿捏得寸准：梁山伯的欢乐，是所有沉浸在爱情幻想中年轻人的欢乐；梁山伯的苦悲，却是幻想破灭后需要他独自饮下的苦酒。舞台上这数十分钟惊天动地的悲欢离合，谁说只是梁山伯短暂的人生故事呢？

即便在平时，陈雪萍的双眼也非常有神，我问她平时是如何练眼的。壬寅春节，我将陈彦的长篇小说《主角》仔细读过，那里面讲女主角忆秦娥为了练眼，向老艺人学习，长久注视只是一般方法，她甚至用烟火熏眼，直练得双目泪眼横流，但一双有神光的眼就这样练成了。陈雪萍笑笑：这个，越剧虽是大剧种，但只有一百多年的历史，没有专门这么练眼的，范瑞娟老师曾经手把手教我"回十八"，包括眼神交流，我演，她看，比如"楼台会"，我以前的欠缺点，她一一指出，并告诫我，戏要有程式，但好的演员，绝不会拘泥于程式的简单复制，特别是人物表情，每场戏都应有细微的区别，好演员没有完全相同的两场戏。老师的意思我懂，就是时时刻刻都要揣摩角色。眼神如同你们文章的立意，立意高，文章显然就好，人物的眼演好了，整个人物就活了，戏也就成功了。

戏剧形象梁山伯，自然是陈雪萍的保留节目，越演越有神。2005年，在日本举行的中国越剧和日本宝冢歌剧研讨活动中，有展演《梁山伯与祝英台》选段，陈雪萍出神入化的表演，同样深深征服了日本戏剧专家。

上世纪八十年代初，越剧在浙江大地如春风吹又生般重新苏醒，这也不稀奇，她的根原本就长在浙江。人们对文化生活的渴求，如被压抑了许久欲大口喘气活命一般，影视戏曲节目异常火爆，比如，解封后的越剧电影《红楼梦》，就成了人们饭后的主要谈资。我身边就有人连看十三遍，我也挤进电影院去看了一场，由此知道了徐玉兰，知道了王文娟。这些越剧大腕，都是浙江人，徐玉兰还是富阳新登人，她的故居，我去采风过。一遇春风，百草疯长，《春江月》一炮走红，紧接着，包朝赞又拿出了《桐江雨》，不久，《月亮湖》也随之诞生。彼时的桐庐越剧团，成了浙江省内的头牌明星团，到处巡演，除了上海，他们的足迹还遍布江苏、安徽的许多县市。

陈雪萍特别提到了当时县里局里的一些领导，这些领导都重才，他们更加关心青年演员的培养，整个团氛围好，大家拼命演戏。剧团红了，主要演员一定是红花中的花芯，"春江梅红"，桐庐籍的越剧演员，先后开出了五朵梅花，单仰萍、陈雪萍、谢群英、陈晓红、王杭娟。她们的成功，除了本身的刻苦与灵性外，或许，桐庐越剧的环境与氛围也是重要原因之一吧。

陈雪萍还出演了《桐江雨》中，男一号二龙；《月亮湖》中，男一号田大喜；《浊浪惊魂》中，男一号王元庆。除了越剧新戏，还有不少传统越剧大戏、折子戏，这个俊朗明亮的小生，在舞台上的风流倜傥，越来越引人关注。唱腔，人物性格把握，喜笑怒哀，一举步，一抬头，一甩袖，一招一式，陈雪萍都给人别致而亮眼的感觉。

从三十岁到三十四岁，陈雪萍担任了越剧团的副团长，不仅自己演戏，还协助团长管理全团的业务，甚至还要拆台、装台、吊幕布（都是女人，"小生"自然要先上）。此时的陈雪萍，她的全部生活都已经完全融入了越剧。她笑着说，丈夫有时也会嘲笑她，大大咧咧，不像个女人。哈，好的角色，一定是与生活融为一体的。

四

1994年，陈雪萍告别工作生活了整整十七个年头的桐庐，站到了省城更广阔的舞台上。虽有些恋恋不舍，但杭州越剧院小百花演出团的平台显然更大，而在此三年前，著名编剧包朝赞就来到了这里，他似乎爆发出比以往更旺盛的创作力，包的剧中，她几乎都是重要角色。

虽然奖项不是能力的最重要证明，但至少是一种极好的诠释。

凭借《桐江雨》与《月亮湖》，陈雪萍连续拿下两届浙江省戏剧节演员奖的二等奖。进杭州越剧院的前一年，凭借《浊浪惊魂》，她首次在浙江省戏剧节中拿下了青年演员一等奖。进杭州越剧院的当年，她凭折子戏《柳湘莲》拿下了中国小百花越剧节银奖。

1997年，包朝赞又捧出了一个扛鼎之作——《梨花情》。

花乡绣花女梨花，豪门千金冷艳，春江秀才孟云天，钱塘商贾钱友良，两男两女之间会发生什么？包朝赞构思的故事大致是这样的：孟云天与梨花，自由恋爱三年，然而，他们的爱情遭遇到了极大的阻力，不得已，双双从富春江畔逃到了钱塘城内，这是故事的第一层。钱塘城哪里是一般人能够容易生存下去的？尽管孟云天与梨花在冷风苦雨中拼搏，生活依然困顿，故事由此进入第二层，孟云天与冷艳重归于好，万念俱灰的梨花走上了绝路，被钱友良救起，钱友良也是一个有志有为有良心的好青年，梨花与他一起创业，共同走向富裕之路。此时，平地起高潮，包编剧的情节进入了第三层，一场大火，让梨花重新跌入贫穷境地。接下来，戏剧的真正高潮也来了，借着冷家的财力，金银纷纷向孟云天砸来，聪明的小子迅速成长为钱塘首富，他得知梨花的灾难后，欲与梨花破镜重圆，谁知，将孟砸晕的金钱，却被梨花视为粪土，她宁要有良心的爱人、贫穷的爱情，不要金银堆起来的不仁不义。

我问包朝赞：当时为什么去写一个这样主题的戏？他很明确地告诉我：爱情几乎是中外戏剧的永恒主题，不过表达方式各种各样，而批判拜金主义、金钱至上永远不会过时。《梨花情》拿下当年中国戏剧节的十一项大奖，后来拍成电视连续剧，又拿到了飞天奖。从剧本角度说，中国戏剧节优秀编剧奖、文化部文华新剧目奖、曹禺戏剧奖，包朝赞拿了满贯。包朝赞是有眼光的，这二十多年来，《梨花情》二进香港，三上北京，今天还在演，演员换了一代又一代，还被其他剧种改编，陕西戏曲研究院将该剧移植为秦腔，主演李军梅荣获了第二十五届梅花奖。著名作家梁晓声为此还专题写下《爱情与金钱的博弈》的评论，他认为，此剧演绎的虽是纯粹的爱情故事，但其思想元素，颇具外延的能量，除真爱外，兼涉正义、人道主义、诚信、人格操守等等，这是一场价值观的较量。

有情，有趣，有理，有益，包朝赞给自己的剧本总结了八个字，我以为，虽然简单，却是经验与市场的高度结合，是中国戏剧的基本原则。

看陈雪萍如何演绎男一号孟云天。

孟云天与钱友良，两个角色相比，孟云天的难度要大许多，无论生活还是思想，都有较大的反差与转折。陈雪萍虽然没有孟云天这样的人生体验，不过，生活中那样的男子，她也见过不少，舞台上，沉浸在爱情中的幸福与快乐，遭遇困苦时的无奈与沮丧，抛弃爱情时的踌躇与悔恨，富贵生活中的志得与意满，欲重归于好时的怜悯与赎罪，陈雪萍时刻在孟云天的矛盾与焦虑中体验。人物心理把握必须准确到位，虽然此时的她，已经是一个具有近二十年舞台经验的老演员了，但她依然不敢放松，每当有些小懈怠，范老师的题词就如重拳向她袭来，令她顿时清醒有活力。

显然，孟云天形象的塑造是成功的，陈雪萍毫无悬念地拿下了中国戏剧节的优秀主角奖。对陈雪萍来说，全国舞台上的崭露头角，是她日后层次更上的一种必需的铺垫。

《春江月》《桐江雨》《月亮湖》，也是古代戏，却不是如《五女拜寿》《碧玉簪》之类耳熟能详的传统古装戏，包朝赞在戏剧情节、人物塑造、唱词等方面有不少创新，人们纷纷评论说，现在的越剧，戏路宽了不少。对于戏路问题，陈雪萍说，她们这一代演员，正好是越剧复兴的实践者与见证者，比如茅威涛，虽然年纪差不多，但茅老师是她心中的偶像，她也有意无意地向茅老师学习，学习思考，学习创新。我请她举例，有没有演过跨度比较大的角色？她随即说了《心比天高》这个外国戏，在剧中，她饰男一号思孟。

易卜生这个名字，我太熟悉了，《玩偶之家》中的娜拉为什么出走，外国文学课上老师就讲了好几节课。易卜生虽是现代戏剧之父，但外国戏也可以用越剧来演吗？陈雪萍笑着说，完全可以，女主演周好俊还因此剧拿到了梅花奖！

《心比天高》取材于《海达·高布乐》，它也是易卜生的名剧，但将场景放在中国两千五百年前"百家争鸣"的诸子时代。剧中女主角海达，聪明，却高傲。父亲死后，家道中落，她只得离开心爱的放荡不羁的才子文柏，嫁给了家境殷实的庸才思孟。

不料，文柏另结新缘后痛改前非，写出一部重要书稿，挡住了思孟的进仕之路。在位高权重但道貌岸然的白大人设计下，书稿落入思孟之手。海达夜读昔日恋人文柏的书稿，因嫉恨将其烧掉，想借此为丈夫扫清入仕的障碍。却不料由此导致文柏气愤身亡，白大人又借机胁迫，而丈夫一心想出名，弃海达于不顾。爱、悔、恨，百般纠缠，在万般痛苦与深深的绝望中，海达自刎。

为情碎了心，为名断了魂，为利焚了身。周妤俊以俊美的扮相及对人物的深刻理解，将海达演得出神入化。对大部分中国观众来说，娜拉容易理解，而性格复杂的海达，却完全不熟悉，周妤俊向我表达了她彼时寻找角色灵感时的痛苦：排练一个多月后，她为思虑角色而病倒，在被送往医院的途中，透过车窗，她看到了一双空洞而迷茫的眼睛，突然一个激灵，这不就是海达的眼睛吗？终于，她以这样残酷的方式与海达契合。自2006年开始演海达，到2017年拿到梅花奖，周妤俊与海达相伴整整十一年。《心比天高》剧组先后出访法国、德国、美国、印度等十几个国家，演出了四十多场。

陈雪萍说，思孟角色的难度，主要还是在外国人的貌、中外兼有的复杂书生性格，好在，平庸而负心的男子，他们都有相通的地方，优柔寡断，迟疑不决，首鼠两端，彷徨，懦弱，这些性格，都要用游移不定的眼神来表达。而一旦对角色有了新的理解，表演起来就会神采飞扬。陈雪萍的思孟与周妤俊的海达，跨海涉洋，打破时空，别开生面，时时拽住观众的心。

其实，除《心比天高》外，杭州越剧院还推出过根据莎士比

亚作品改编的《冬天的故事》，根据夏洛蒂·勃朗特作品改编的
《简·爱》等，视野开阔，大胆创新，或许，这就是杭州越剧院
数十年来社会与市场两个效益都好的主要原因吧。

　　无论从哪个角度说，在杭州越剧院历练十五年的陈雪萍，已
经完全具备冲刺中国戏剧峰顶的实力。2008年，这个时机终于来
了，她与千余年前的喜剧人物陈季常合为一体。

五

　　陈季常的名字，不少人陌生，但"河东狮吼"这个成语却家
喻户晓。

　　洪迈的笔记《容斋随笔·三笔·卷三》有《陈季常》：

> 　　陈慥，字季常，公弼之子，居于黄州之岐亭，自称"龙
> 丘先生"，又曰"方山子"。好宾客，喜畜声妓，然其妻柳氏
> 绝凶妒，故东坡有诗云："龙丘居士亦可怜，谈空说有夜不
> 眠。忽闻河东狮子吼，拄杖落手心茫然。"河东狮子，指柳
> 氏也。

　　这个成语的影响力极大，早在明朝，就被戏剧家汪廷讷改
编成戏剧《狮吼记》，我估计当时演的应该是南戏，高则诚的
《琵琶记》也在那时问世。陈雪萍演的《新狮吼记》，剧情没有
大的改编，但人物性格表现点却异常突出，这是个典型的"妻
管严"：

家居黄州的陈季常，上京探访伯父不遇，与旧友苏轼每日携歌姬游赏。陈妻柳氏，生性嫉妒，遣家仆催季常速归。不久，苏轼谪黄州，与陈季常同游杏坞桃溪，柳氏担心他们与妓女鬼混，本不准他去，但陈作了保证，如有妓女，愿受罚打，柳氏这才答应。谁知陈季常积习难改，回家被柳氏发现，因怕挨打，遂苦苦哀求，改为池边罚跪。正巧苏轼来访，陈季常起身相迎，不料柳氏并不给面子，仍打骂不已，苏轼遂戏称其为"狮子吼"。

2008年开初，陈雪萍就全力投入到这个戏的排练中。

这几乎就是一个大喜剧，剧演的成功与否，完全取决于主要人物陈季常。年轻时，导演怎么教就怎么演，但她知道，那有极大的局限性，而主动学习才是演好人物的关键。她逐渐养成了一个习惯，每次拿到新戏，除了团里给的资料外，她都要千方百计另找材料研读，积累，反省，再体验，再总结，不断地比照，仔细地揣摩，特别是对人物形象的细微处反复把握，直到最后塑造出自己理想的人物。

从艺三十年，除梁山伯外，陈雪萍已经扮演过不少著名古人，《钗头凤》中的赵士程，《青藤书屋》中的徐渭，《孔雀东南飞》中的焦仲卿，《荆钗记》中的王十朋，《小宴》中的吕布，有文有武，人物形象也各有侧重，而这一回的陈季常，还是有很大的不同，看经典的《跪池》：

柳氏愤怒至极，陈季常只好自罚认跪。但他内心却极难平静：男儿膝下有黄金，跪天跪地跪父母，岂有跪池认错，跪池不就是跪妻吗？可是不跪行吗？不行！肯定不行！绝对不行！妻醋心极大，蛮又刁，一哭二喊三上吊。天长日久，有谁吃得消？瞪眼，苦脸，哭脸，自嘲，舞台上的陈季常，简直就是一个表情包嘛。而陈雪萍那双亮眼，时刻随表情转换，惟妙惟肖。陈季常这一跪下去，一时也不敢起来，于是仔细打量周边环境。天很高，蓝天上朵朵白云飘；地很厚，这百十斤身子不用担心陷下去；池塘边，负氧离子充足。不错嘛，不错，呱呱呱，呱呱呱，池塘中的青蛙知道他心情不好，给他奏乐呢，这不是陪跪吗，太好了！但是，这单调不变的聒噪，开始让他烦躁起来了，不听则已，越听越烦，这狗日的畜生，它们不是陪跪，它们是来嘲笑我的，它们的弦外之音似乎是：书生跪池天下少呀，大丈夫尺寸越跪越小呀，呱呱呱，呱呱呱！

我是边看边笑，这个陈季常，就这点出息，难怪老苏要制造出一个成语来。

2009年5月6日晚，杭州大剧院，《新狮吼记》正式参加第二十四届中国戏剧梅花奖汇演。此前一年，该剧在杭州市新剧目汇演中脱颖而出。主场演出，陈雪萍的发挥似乎到了极致，她心中已经没有比赛的概念，她只是在尽情地演绎一个宋代古人的滑稽人生。眼随心动，她与陈季常完全交融为一体，陈季常就是她，她就是陈季常。这一届的梅花奖，经过初评，共有京剧、昆曲、越剧、豫剧、川剧、秦腔等二十一个剧种的四十八位演员现场决赛。如果说在演出空隙，她有时还会胡思乱想，千万别演砸了，但真到了舞台上，她就全神贯注在人物的塑造上，三十年毕其功于一役，她一想起范老师给她"戏比天大"那四个字，立刻热血奔涌，心无旁骛。

5月18日晚，余杭体育馆，这一晚，所有的鲜花似乎都为来自全国各地的三十五位梅花奖获得者绽放，不，她们就是鲜花，她们用自己多年的汗水与智慧开出了最璀璨的花朵。

说起获奖场景，陈雪萍有些淡然：高兴是自然的，四十五岁这个年纪，应该是冲击一度梅最好的年纪，说不定错过就永远错过了；但颁奖典礼过后，我却想到了更多，从桐庐人角度说，谢群英（1998年）、单仰萍（2000年）、陈晓红（2002年），早就摘到梅花了，而茅威涛则是常开常新的三度梅，她们虽拿了大奖，却都低调，依然很认真在演。我将其看作是一个新的开始，后面还有长长的路要走，不过，获奖也是一种压力，它会催促我更加努力。

六

我相信陈雪萍的这种淡定。

2014年，《摄政王之恋》上演，陈雪萍饰演多尔衮，主角中的主角，有不少专业观众看了评论说：这是要去冲二度梅吗？

相对于京剧中冲冲杀杀奔马回旋的战争场面，越剧中的硬汉角色颇少，此前，陈雪萍演过《小宴》中的吕布，情节也只是吕布戏貂蝉，没有开打，算是文戏。

而这一回的多尔衮，实实在在的硬汉。

皇太极突然去世，并未指定接班人，长子豪格实力也极其强大。十四贝勒多尔衮本想自己上位，但再三权衡，他最后选择拥立哥哥的第九子、年仅六岁的福临（顺治帝）登位。从多尔衮作出的决策及他后面辅政的一系列行为看，我倒没有认为他的眼光有多远，胸襟有多广，品格有多高，但客观上，他对清王朝"定国开基，成一统之业"，立下的是最大功劳，配得上杰出政治家、军事家的称号。福临（其实是母亲孝庄皇太后）先后封多尔衮为叔父摄政王、皇叔父摄政王、皇父摄政王，封号不断改变，个中显现着多尔衮越来越强势的一面，自然，孝庄用感情笼络的用意也极其明显。

《摄政王之恋》的主要情节，讲的就是多尔衮与孝庄相恋而引发的一系列故事，残酷，凄美，却又柔情：

连绵白桦丛林，繁花锦簇如团，蓝天白云下，年轻姑娘大玉儿、小玉儿正在草原上尽情游玩，突然，凶恶之野狼长嗥，并径直追赶过来。西北望，射天狼，多尔衮搭弓劲射。大玉儿虽然有惊无险，但也惊吓得不轻，当她软软地倒在多尔衮宽大的怀中时，年轻的王子怦然心动。多尔衮不凡的仪表，勇力射狼的英雄气概，自然也将大玉儿深深吸引，但悲情故事由此展开。皇太极知悉弟弟与大玉儿的恋情后，连用了一系列手腕打击这个强有力的对手：逼死其母，夺其汗位，占其心上人。多尔衮从痛不欲生中奋起，砥砺磨炼，东征西讨，掀翻明朝，入关进京，功高盖世。同时，他与大玉儿的感情也因王位的巩固问题而变得百般复杂，当多尔衮身中毒箭含笑倒在心上人怀中时，江山与美人，这个永恒的话题，又一次让观众深深思考。

我问陈雪萍：多尔衮形象的塑造，难度不小，你从哪几个角度来把握？

陈雪萍告诉我：其实，七十多年前，我老师范瑞娟与傅全香就一起演出过，不过，年代久远，许多资料找不到了，我们这次演出，是全新演绎，和严谨的历史还是有区别。拿到剧本时，我一边研读，一边寻找历史材料。关于多尔衮的材料应该还是多的，也有电视剧，我都一一细看。我觉得，多尔衮身上的那种原始残暴的枭雄性格，应该剔除，重点要放在他的英俊、勇敢、聪明上，为爱情，为统一，为王朝，且爱情与争斗等深深纠缠在一起而显现出的那种复杂性格。还有一个关键——全本戏的结构。场与场之间是用独白完成的（剧中的多尔衮还有不少独白，所有独白，要占全剧的三分之一左右），这虽然巧妙，但对演员来说，难度空前，越剧不是话剧，抑扬顿挫的独白也不是我们的强项，因此，仅这一项，就要比平时多花不少功夫。从唱腔讲，要充分表现多尔衮性格，必然重音重句多，比平时的戏要用更多力，这个度也要掌握好，我就怕用力过度。

　　舞台上，多尔衮没有水袖。陈雪萍说，这前所未有。这是剧本对人物的定位，陈雪萍所演的人物中，除多尔衮外，所有的角色都有水袖。为什么不用水袖？我问这个问题的时候，脑子立即闪现出"胡服骑射"的场景：赵武灵王改革，排除种种阻力，学习西北方游牧和半游牧民族的服饰，学习骑马射箭。说真的，长袍大褂宽袖口，干活打仗都不方便。而不让多尔衮甩水袖，就是为了一种力量的表现，减掉一些越剧中一贯的柔软，用大段独白及多场景的武戏，来增加人物性格的刚强因子。

　　所有的改变，都是为了硬汉人物的全新塑造，演活一个人，似乎要脱一层皮。每演完一剧，陈雪萍似乎都有力气用尽的感觉，不过，台下观众凝神的眼光及热烈的掌声，又会让她下一场演出力量倍增。

七

2022年1月9日上午十点左右，我伫立在临安外伍村"越剧首次试演地纪念馆"前的院子里。或许是建筑用材的原因，纪念馆正面墙的上半部分，在冬日暖阳的照耀下闪闪发亮，我在内心微笑，或许，这就是百年前的越剧之光？我来此就是寻光的。

天目溪畔的外伍村，紧挨着桐庐县的分水镇，一条碧江的上下游。

时光转换到一百多年前，春光明媚的三月，中国南方普通乡村。

1906年（清光绪三十二年）3月27日，农历三月初三，这一天，嵊县南派唱书艺人钱景松、李世泉、高炳火、袁福生、李茂正、金世根，在外伍村沿门唱书。农忙春耕尚未正式开始，乡民们东一堆西一群闲逛，他们饶有兴致地看着表演，纷纷叫好。忽然，一戏迷向艺人们提议：你们又会做身段，又会分五色嗓音，何不搭个草台，上台表演？艺人们倒没反对，只是苦于没有道具。接下来，外伍村立刻热闹起来了。这一边，竹布衫裙，长衫马褂，甚至化妆的鹅蛋粉，大家都在翻箱倒柜东拼西凑找道具；另一头，不少人在找稻桶和门板。众人决定，在程家祠堂前厅搭台，八只稻桶翻过来，稳稳地蹲在地上，再搁上门板——草台像模像样了，这是真正的草台呀。如此盛情，怎可推却？钱景松、李世泉两位艺人，率先上台表演了《十件头》和《倪凤扇茶》两出折子戏。分角色的扮演与唱腔，效果比平时沿门清唱好太多了，乡民与艺人都很激动。次日，高炳火等另三位艺人也加入进来，演出了大戏《赖婚记》。一发不可收，第三日，又演《卖青炭》《绣荷包》《七美图》等折子戏，外伍上下三村的上空，不时飘荡着艺人们或高亢或悲凉的唱腔，看戏乡民的情绪随着剧情的发展而变化，村中整日里如过节一样，一时轰动。这次登台表演后，又经过二十余年的曲折发展，吸收了余姚滩黄、绍剧、昆剧甚至上海话剧等剧种的剧目与曲调的越剧，正式确立了它的历史地位。

外伍村这一把戏剧之火，是越剧史上的星星，耀眼闪亮，亮光透过百年时空而越来越闪亮。

富春江最大的支流分水江，古名桐溪，别名天目溪、横港，源出安徽绩溪的云山岭中，自绩溪、临安，绕山绕岭，左纳右纳，往下游的桐庐迤逦而来。碧流行至瑶母，忽然作了长长的停留，她将百年前外伍上空的清丽之音——搜罗归集，然后，催化成雨露，滋养着水边的树林。中国越剧界的大森林中，产自瑶母的这一棵，也别有风姿。

行文至末，有些细节要核对，我打电话问陈雪萍。电话那头环境有些嘈杂，她抱歉解释：这一段时间，都在杭越二团（现在称桐庐县越剧传习中心），帮助她们排一出大戏，天天都在排练现场。打完电话，我若有所思，唱了多年的戏，演了这么多的主角，任何人都要退出舞台的，但戏大于天，作为一个卓有成就的艺术家，她又永远不会退场。

将经年累积的经验悉心传授于家乡的新人，应该就是陈雪萍今后的重点，她将新人们都看成自己的孩子。她被这个时代的雨露滋润着，她同样也滋润着别人。

羽 飞

一

桐庐县城陆家湾，老城区诸多老小区中的一个。

这个小区大约建于上世纪八十年代初，十几幢房子，没几个停车位，行道逼仄，树与房与花草挨挨挤挤。陈哲兄妹六个，他是老小，结婚后，他与妻子就住在这里。1998年3月1日，女儿陈钰出生，八字排过，说孩子命中缺金，就取"钰"吧，"钰"是坚硬的金属，宝物、珍宝。

这个带金的孩子，虽是千金女娃，却比男娃还好动，仿佛有无穷的精力，时刻腾挪跳跃，跌倒擦伤也不怕，甚至爬到电视柜上坐着，然后朝父母嘿嘿傻笑。陈哲看着眼前这个活泼如小猴子般的女儿，有些无奈，他思忖，自己当过武警，喜欢打篮球、气排球，难道这是运动基因？作为体育爱好者，他明显意识到女儿身体的协调性与灵活性，都要远远超过一般孩子，嗯，这不是什么坏事。

到了小陈钰读幼儿园小班的年纪，陈哲将女儿送进机关幼儿园。从陆家湾出来，过劳动路，几分钟就到圆通路老县政府边上的幼儿园。圆通路一边靠山，人不多，车也不多，有山有树，陈哲大部分时间都选择走路送女儿去幼儿园，牵着女儿的手，可以看风景，可以让她背几句古诗，"鹅鹅鹅，曲项向天歌"。小陈钰一边有口无心地念着"鹅"，一边蹦蹦跳跳，随手撩着路边的花与草。她完全不知道，此生会和羽毛连在一起，此羽虽非彼羽，但终究是一种暗合吧。

陈哲和我说到这一段的时候，我有些感慨：你送女儿上机关幼儿园的十年前，我也天天送儿子去那个幼儿园，我那时在县委宣传部工作，不过，当时我租住在富春江边的马家埠，更近，穿过马路，走几步就到了。这一节，我在《圆通路5号》中已经写过，不展开。我感慨的是飞逝的时间。

我问陈哲：你们一直住陆家湾吗？

不是，小朋友幼儿园读第二年的时候，我们就搬到了江南的梧桐公寓。

我有些惊讶：这真是太巧了，我们是一个小区呢，我比你早几年，是一期。

陈哲说：我们2002年搬到梧桐公寓的。

而此前一年，我已经调杭州，不过，家还没搬，双休日常回梧桐公寓的。

话越聊越近，我笑着说：我认识陈zhe已经四十多年了。

陈哲一愣。

我解释：我大学同学陈zhe，浙江的浙（方言中"浙"与"哲"音近），同班同寝室，宁波人，我们还一起搭班实习，经常联系的。不过，陈姓本来就是大姓，哲字又这么有意义，叫陈哲的人一定不会少，你是我认识的第二个陈zhe。

喝一口茶，再切入正题。

这转眼就到了2004年的7月，陈钰幼儿园大班读完，毕业了。陈哲说，因为女儿的户口在陆家湾，她读的小学对应在桐庐县实验小学，9月1日，将是小朋友读小学的日子。

桐庐虽大江穿城，但这里7月天气照旧热，除非你夜晚去江边，否则凉风不会沁你心脾的。7月中旬的一天，陈哲忽然听到一个消息：杭州陈经纶体育学校到桐庐来选运动苗子（我插嘴，喜欢体育的人关注的消息，和别人也不一样，陈哲笑了）。体校选哪些科目，多大的孩子才能参加选拔，陈哲都不知道，他是凭直觉，一番打听后，他立即拉着女儿，骑上自行车，穿过富春江二桥，转开元老街，朝桐君山对面的县第三小学（现为桐庐迎春小学）测试现场飞奔而去。

现场大多是小学一二年级的孩子，陈哲也没抱太大的希望，他只是觉得，这是一次机会，女儿良好的运动能力，让专家们鉴定一下，自己心里也有个数。问清楚了，是羽毛球队招苗子。测试倒也简单，就两项，跑步，立定跳。不比不知道，虽是低龄，但陈钰的运动天赋实在亮眼，陈哲和招生老师一样，都极兴奋。

六岁的陈钰，就这样进了杭州陈经纶体校。我问陈哲：如果当时不是羽毛球队，是足球队招苗子呢？陈哲笑笑说：我肯定也送她去测试！

二

一边运动，一边读书，这是小陈钰的日常。

刚进体校的少年，不，应该称儿童，除了被压缩的文化课学习之外，就只是最基本的架拍、挥拍、步法等日常训练。每天都是简单的重复，一般人免不了嫌枯燥无聊，但就是奇怪，小陈钰却乐此不疲，每天都充满着新鲜感，她似乎就是为羽毛球而生。

和陈哲聊着小陈钰的日常训练，我脑中忽然跳出了三百多年前的荷兰人列文虎克，显微镜的发明人。列文虎克，市政府大门看了几十年，起初，他看到眼镜作坊里的工人们在磨镜片，忽然想，要是有一个能看清极细小东西的放大镜该有多好呀。这或许就是最原始的动力。他磨呀磨，不知道磨坏了多少块镜片，磨破了的手指不知道流淌过多少鲜血，终于磨出了他想要的东西，世界上第一个显微镜诞生了。这个著名微生物学家的故事，就一个简单的道理，一件枯燥的事情，也可以做到极致，做出大学问。

小陈钰面对的枯燥与艰苦，是所有优秀运动员都必须经历的。成功者几乎都有这样的寂寞沉静的经历。妈妈看着瘦削的女儿，心疼得不行：钰儿，要不你回桐庐吧，不要训练了，我们回桐庐读书。吃苦与成功的道理，陈钰似乎清楚得很，她安慰妈妈：我会好好的，你放心。

两年后，小陈钰被送入浙江省队三线队训练学习。所谓的三线队，就是苗子队。进队时，她的年纪依然最小，虽然球也打得像模像样了，但一与高水平的同伴交手，即便对方让她几分，她也打不过。先天条件不错，但要想脱颖而出，她得流更多的汗吃更多的苦才能赶超别人。又两年，十岁的小陈钰被浙江省羽毛球队三线队看中，这依然是苗子队，不过，她要像那些成熟的运动员一样，开始直接面对真正拼杀的赛场了。

父母平时不太见得着女儿，但只要女儿回来休假，他们就会带她去一箭之远的富春江边走走。和她一般大的孩子，都还依偎在父母身边撒娇呢，可小陈钰不会，她已经习惯与寂寞和冷清相处，像个小大人一样，有自己的思想，看江上的飞鸟，看江中的船帆，看对面桐君山的白塔。那山那塔，她很熟悉，她常听大人说，桐庐人见不到桐君山会哭，她想家想父母的时候，也偷偷哭过，但为数不多，更多的时候，她心中想的是如何打好球。

浩浩大江，向前方静静地涌动。江流虽沉默不语，却有一种巨大的力量，抵达远方的大海大洋，就是它的理想。此刻，天朗气清，阳光灿烂，小陈钰对着大江出神地想着，她也是在奔向远方呢！忽然，江面的上空，有几只大鸟在俯冲追逐，她看着看着就自顾自笑了起来，鸟们飞得高，全赖它们一双有力的翅膀，一身好羽毛呀。

三

小陈钰十岁这一年，陈哲给她改了个名字：陈雨菲。

我笑着问：为什么要改名字？金子不要了？雨菲，是不是想让羽毛球飞起来呢？飞得更高更远？

中国汉字具有无穷的韵味，陈哲也笑了：就这么简单。什么八字，人的命运，其实，都掌握在自己的手中。改名雨菲，就是希望她轻松一些，能取得更好的成绩，心理安慰吧。

我们一起笑了：带着金子的镣铐，多沉重呀，这是要冲天飞翔的羽毛呀，轻盈才好！

是战士，必须上战场。

羽毛球小战士陈雨菲开始上场拼杀了。

2010年4月17日至23日，辽宁大连，全国少年乙组羽毛球比赛举行，陈雨菲代表浙江队出征，意气风发的十二岁少年，取得了女单第二、混双第一的辉煌战绩，这是训练六年来的第一次真正比赛。这个时候，陈雨菲或许意识到了，她的羽毛球事业要真正开始了，她有很长的路要走，有许多的艰难困苦要去克服，外面的世界，残酷而又精彩，不过，她已经有了充分的心理准备。

两年后的11月，亚洲U15、U17青少年羽毛球锦标赛在东莞举行，二百余名选手来自十四个国家，可以说，这些尖子代表着未来，这是一次青少年们球艺的集中显示。十四岁的少年，似乎没有什么禁忌，初出茅庐，一番拼杀，女子单打闪亮的银牌，挂到了已经亭亭玉立的少女脖子上。陈雨菲站在领奖台上的那一刻，表面平静，思绪却是无限翻滚，赛场上冉冉升起鲜红的国旗，虽没有居中，但旗因她而升，彼时的荣光，既是对自己流下辛勤汗水的一种报偿，更激起了她的斗志，为荣誉而战，为国家而战，没有最好，只有更好，一定要打好下一场球！

次年，十五岁的陈雨菲被国家二队选中。

十七岁，入选国家一队。

这两年的时光，可以看成是国家队给新人的锤炼阶段，全面学习，体能、技巧、战术、配合，尤其是意志力的训练。没有天生的勇士，但聪明人可以凭自己的积累与智慧，尽最大的可能与对手周旋，时刻寻找对手失误的缝隙，瞅准时机，从而一记击败对手。

说陈雨菲幸运，不如说国家队看好这棵苗子——著名的羽毛球运动员张宁，成了她的老师。张宁曾是2004雅典奥运会、2008北京奥运会羽毛球女单冠军。张宁其实也是十五岁进的国家少年队，她还做过中国羽毛球队女单的主教练。名师手把手教导杀技扑技，招招见血，陈雨菲眼界大开，越发刻苦与努力。

检验的时刻，随后就到。

2016年11月2日，世界青少年羽毛球赛的号角在西班牙毕尔巴鄂吹响。十八岁的陈雨菲，青春勃发，如一只羽翼丰满的雄鹰，她要开始在广阔的天空中遨游了。她决赛的对手是泰国选手蹉楚沃。一开始她就勇猛出击，牢牢掌握主动，21比14，21比17，简单干脆，不给对手喘息的机会，几十分钟就击败了对手。看看这个女单冠军的含金量：中国队上一次拿到冠军是九年前。陈雨菲世界排名一下子进到第32位。从十四岁到十九岁，陈雨菲在国际羽坛上拼杀已经五年，她的天地越来越宽，她的思想也越来越成熟。她感觉，青年运动员被赋予的责任，似乎也越来越重。

四

陈烨，陈雨菲的堂姐，大雨菲六岁，她在我工作的集团下属的《都市周报》实习过，我请她聊聊，她眼中的陈雨菲，随便说什么都可以。

下面是陈烨眼中的堂妹。

妹妹从小就是个翻天覆地的"霸王"。我坐在奶奶家的沙发上翻书，她就在边上玩。翻页的间隙，我会不时地瞟她一眼。她从背后的沙发靠背，翻上了右手边的鞋柜，又从右边的卧室，蹿进了左边的厨房，反正没有她到不了的地方。她最喜欢做的事情，就是左右手各捏着一根筷子来挑战我，仿佛有筷子做武器，她就可以和我一样高了。

她去杭州读体校的时候，我也恰巧到杭州读书。有些周末，家里人把我们从学校接出来，到处玩，这成了我俩在杭州撒欢的时光。这样的相处模式，一直持续到了我读高中。这个阶段，我脑子里也逐渐明确了如何当好姐姐这个角色。妹妹平时训练很累，如果回家还要听家里人唠叨，那她太惨了，我要当好她的后勤部长，专门陪她吃喝玩乐，这个年龄段可以玩的东西，我们争取一样也不落下。她训练的时候，我从来不主动找她说话，她一回来我就带她各种玩。吃饭、逛景点、买衣服、唱KTV，到后来的桌游、VR游戏，还有密室逃脱。

妹妹偶尔也会和我扯扯她的训练日常，不过，一说到这，她就轻描淡写，而对我而言，什么都像天方夜谭。比如，她说，每天对着墙上的同一个区域打，就能在墙上打出无数个洞（我惊叹她的准确与力量，而这几乎是球场上扣杀的基本功）。比如，她几乎每天都要进行长时间的跑步训练，差不多要跑半个马拉松长度的样子，而彼时的我，还在为800米考试成绩发愁呢。

有一天，我去北京运动员宿舍看她，突然发现，她竟然比我高出了半个头，感觉妹妹在某一瞬间突然长大了。她温温吞吞地说着自己的近况，给我展示着宿舍里的各种宝贝，有些是粉丝送她的画，也有自己最近爱上的小玩意儿。回家后，我向家人炫耀了好一阵，我是第一个去过她运动员宿舍的家里人。

妹妹东京奥运会夺冠的时候，我有点蒙，好像做梦一样，真的是这种感觉，怎么自己的妹妹就拿到了奥运会金牌，这几乎是上天摘星一样难的事呀，她怎么就做到了呢？看来，我对她还是了解不够，至少，我对她的运动项目不甚明白。也有记者采访我，让我从我的角度看妹妹，就如陆老师你采访我一样。我都是机械地重复回答一些大道理。老实说，我对那些采访并不满意，现在想来，有一句回答，我觉得还挺好：人生需要一步一个脚印，没有突然的成功。这也是事后我清醒地一一盘点后得出的结论。我多次看妹妹的比赛，有时也去现场看。她有输有赢，赢了挥挥拳，喊几声，输了也不怎么沮丧，从不要死要活的，我知道她内心的笃定，后劲足嘛。从之前评论里的杀球不够积极啊，到后面的黑马，再到现在的满屏赞美，我觉得，那些记者描述得都非常准确，这也正好表明我前面的那一句判断：今天的奥运冠军，是她十七年汗水的累积，一步步做到的，她也用自己的行动教会了我胜不骄败不馁的普通道理。

偶尔，妹妹也会向我展示一下她反差的一面。这个内容我和别人没有讲过的。我呢，属于看起来大大咧咧，实际上不管做什么说什么都会顾虑极多的人。妹妹呢，刚好相反，她看起来沉稳内敛，实际上是个时不时释放自己搞笑属性的大话痨。我婶婶有时候会无奈地说，你们俩怎么能有那么多话聊不完啊。她那些让人脑洞大开的提议，说出来陆老师您都不相信，比如她问我，要不要咬一口奥运金牌？然后一脸怪笑地怂恿：你试试看嘛；她还会提议我，用一下她各式各样的搞怪表情包；也会提议一起去玩恐怖主题的密室逃脱，结果，还没进去，她就一个人怕得躲在角落里碎碎念。

陈烨零零碎碎答了一些陈雨菲的日常，末了，她和我强调了一句：

在你们眼里，她是奥运会冠军，而在我眼中，她只是我妹妹噢。

然后，陈烨也爽朗地笑了。

五

几乎所有重大比赛，媒体上都有铺天盖地的报道，但这不是我写陈雨菲的重点，这一次采访，大部分时间，我和陈哲都在聊陈雨菲的成长，以及杂七杂八的一些琐事。

我想知道一些她成长过程中受到的挫折，以及如何自我调整，应对挫折。我问陈哲。我知道，成功都只是表面，任何人都会遇到挫折，陈雨菲不可能一下子就成为世界羽毛球冠军的。

陈哲点点头，深以为然，他重点说了两件事。

一件是：女儿进入国家二队后，曾有过被退回浙江省队的事，不过，只有短短的三个月。现在想来，也可以说是国家队的策略，就是想更好地磨炼一下她的意思吧。退回的原因嘛，是因为她输掉了一场根本不应该输的球。

嗯，奥运会的举办，虽说是为促进人类社会向真善美的方向发展，不过，真正比赛起来，却是你死我活的，人们只会记住那第一名的冠军，道理简单至极，亚军就是与第一名竞争的失败者。

退回到省队，陈雨菲哭了吗？我问陈哲。我看她的不少比赛视频，陈雨菲总是那么慢条斯理，默默无语地进场，拿出球拍，有时输掉一个球，也最多扮个鬼脸。我很少听到她像别的运动员那样发出嗨嗨嗨嗨的啸叫声。

这一次退回，她委屈得很，大哭一场。陈哲笑道。在父母眼里，女儿特别懂事，坚强，意志力超强，但终究还是个孩子，遇到挫折，她也控制不住。好在，回省队的三个月，她基本没受大的影响，更没有一蹶不振，而是认真自我反省，寻找不足。陈哲打了个比方，这次退回事件，就像给她补一次钙吧。

另一件是：自拿到世青赛女单冠军后的2017、2018两年，女儿又在不少重大赛事上连连失利，比如泰国大师赛半决赛、瑞士公开赛、尤伯杯半决赛。

怎么对待这些接二连三的失利呢？我问陈哲。

他回答很干脆：撇除一切其他原因，失败，说明她在技术上还有不成熟的地方，还有漏洞要补。

是啊是啊，我赞同。就哲学角度而言，没有永远的胜利，只有永远的失败，失败才是运动员的常态。关键的关键，是屡战屡败，还是屡败屡战。前者让人感叹比赛的残酷，后者则给人以无限的顽强与上进，总结得失，最终赢得胜利。

或许，雄鹰蹲下地来歇息的时候，就是在整理自己，为下一次腾飞做准备。

我家陆地去哥伦比亚大学读书的时候，我和他妈与他商定，每周六的上午，他那边是周五的晚上，我和他妈用视频跟他交流。陈雨菲大多时间都在北京，还经常满世界地飞，你们父母怎么和她交流呢？我又问陈哲。

女儿极忙！说起这个，陈哲两手一摊，一脸无奈：2018年，大年三十才回家，我到萧山机场去接的，住了两晚，年初二就回北京了。今年（2021年）过年也回不来了，现在还在成都集训，2月3日，要参加冬奥会的火炬接力，3月份要去参加全英羽毛球公开赛。好在微信方便。我和她妈跟女儿聊天的时候，大多聊比赛心得，她总是说刚结束的这一场，什么地方什么地方没打好。有时女儿也会撒娇，说想吃富春江的鱼了，说想吃妈妈烧的土豆丝了，说想莪山的外公外婆了。她外公七十岁，外婆六十七岁，老人家和我们一样，外孙女每场大的比赛都要看的。她外婆常看着看着就流下了眼泪，老人家是心疼外孙女呀！她知道，外孙女训练时，腰受过伤，膝盖受过伤，脚踝也扭伤过。

真不容易。我也感慨。其实，不仅仅是陈雨菲的父母、外公外婆等亲人在关注着她，富春江两岸的家乡人民都在密切关注着她。

六

这种关注，在第32届东京奥运会上，达到了沸点。

北京时间2021年8月1日20时20分，东京武藏野之森综合体育广场。奥运会羽毛球女子单打决赛开打，桐庐县特意在体育中心专门组织观众观看，陈哲也坐在看台上为女儿加油。场外暑气蒸腾，场内人声鼎沸。

我如记分员一样，记下了陈雨菲与台北选手戴资颖的这一场巅峰对决。C∶D，C为陈雨菲，D为戴资颖，括弧中是陈雨菲的动作。

第一局，用时24分钟。

0∶1；1∶1；1∶2；1∶3；1∶4；2∶4；3∶4（比画了一下）；3∶5；4∶5；4∶6；5∶6；6∶6（挥拳）；6∶7；7∶7；8∶7；9∶7；10∶7；10∶8；10∶9；10∶10；10∶11；10∶12；11∶12；11∶13；12∶13；13∶13；14∶13；14∶14；14∶15；15∶15；15∶16；16∶16（挥拳）；16∶17；17∶17；18∶17（挥拳）；19∶17；19∶18；20∶18（挥拳，大喊一声）；21∶18。陈雨菲沉着稳定，超3分，赢下第一局。

第二局，用时25分钟。

0∶1；1∶1；2∶1；2∶2；3∶2；3∶3；3∶4；3∶5；4∶5；5∶5；6∶5；6∶6；7∶6；8∶6（挥拳，大喊一声）；9∶6（大喊）；10∶6（大喊）；10∶7；10∶8；11∶8；11∶9；11∶10；12∶10；12∶11；13∶11（挥拳）；13∶12；14∶12；14∶13；14∶14；14∶15；14∶16；15∶16；15∶17；16∶17；16∶18；

17∶18；17∶19；18∶19；18∶20；19∶20；19∶21。

戴资颖奋起反击，超2分，扳回一局。

第三局，用时30分钟以上。

0∶1；1∶1；2∶1（挥拳，擦汗）；3∶1（挥拳）；3∶2；4∶2；5∶2；5∶3；6∶3；7∶3；8∶3；9∶3；10∶3；10∶4；10∶5；10∶6（连续失误，跳了几下）；11∶6（挥拳，大喊一声）；11∶7；11∶8；11∶9；12∶9（挥拳，大喊两声）；12∶10；13∶10；14∶10；14∶11；15∶11；15∶12；15∶13；15∶14；16∶14；17∶14；18∶14（挥拳，大喊）；18∶15；19∶15（挥拳，大喊）；19∶16；19∶17；20∶17（一个转身，挥拳）；20∶18；21∶18。

最后一个球，中国队为陈雨菲加油的声音此起彼伏，陈雨菲与戴资颖来回十几个抽吊扑击，戴资颖失误。最后陈雨菲获胜扑倒在地，教练跑过来拥抱，陈雨菲和戴资颖网边握了握手，将胸前运动服上的国旗特意朝镜头前的观众指了指，这个时候，她似乎想起来了，她面对的是亿万观众。陈雨菲双手捏拳，再次举起挥了挥。

我这么不厌其烦地记下每一局的比分，主要是偷懒，另外我自小怕体育，极怕描写运动场景。不过用意却很明显，请读者与我一起进入精彩的现场，体验高手高水平的对决。

无论得分还是失误，我看陈雨菲都显示出不一般的淡定与坚定，我觉得，陈雨菲现场打球，不一定有我场外看球那么紧张。她不会去想场外及桐庐体育馆内数亿双眼睛盯着她挥拍的热烈眼光。看到结束比赛后陈雨菲的挥拳，家乡的观众再一次爆发出热烈的掌声。

这是陈雨菲与戴资颖的第19次对决，以往的战绩是3胜15负。数学角度说，这是什么概率？她赢的机会，只有百分之十六七。一般情况下，如果不到百分之五十，都不能说有机会，但百分之十七也是机会，甚至百分之一、千分之一、万分之一也是机会，只是这个机会微小而渺茫，它需要信心与决心的辛勤浇灌。然而，这又与那些以少胜多、以弱胜强的古今战争历史案例不能完全相比，它没有诸多的侥幸，它需要实力对决。各局的详细数据，如缓慢回放的影像，不再枯燥，这短短的三局80分钟，却是陈雨菲整整十七年羽毛球生涯的精彩演绎。

我看着记下的几页比赛数据，C，D，C，D，C，D，不禁哑然一笑，哈，C在D前面，天注定嘛。

比赛结束，陈哲与女儿通了电话。

父亲问：第三局有没有想过利用自己的优势去压？父亲发现，每当追平的时候，戴资颖着急，女儿也有些着急，特别是第二局结束时，前面两局战平归零，两人又重新站在一条起跑线上，父母比女儿还急。

女儿答：发挥自己的优势，击败她！女儿的回答沉稳简洁，或许，这是赛事刚结束说话的语气尚未平顺的缘故，但这就是她采取的战术。

陈雨菲知道，这个夜晚，有许多人为她这个冠军沸腾。结束通话前，她这样告诫父母：比赛已经结束，你们也要低调！父母对着微信中汗淋淋的女儿连连"嗯嗯"，他们都知道，女儿喜欢球王贝利那句名言：好球在下一个！

七

写到这里，我忽然想起那首著名的汉乐府《江南》，此刻，模仿一下彼诗，描述一下陈雨菲的日常，也表达我对她的真诚希冀：

富春江上雨飞，

雨菲飞呀飞。

雨菲飞到东，

雨菲飞到西，

雨菲飞到南，

雨菲飞到北。

雨菲的理想，下一站，2024年，巴黎奥运会。

尾　章

我在庄里写文章

富春山下富春江，富春江对富春庄。
高山流水择邻地，我在庄里写文章。

壹　我的庄

一

王维的"辋川"，杜甫的草堂，陆游的三山别业，托尔斯泰的雅斯纳亚大庄园，福克纳的罗望山庄，狄更斯的盖茨山庄，杰克·伦敦的"狼窝"，这些都是著名作家们的安居地，写作，休闲，出大著。

我只是一个平常的写作者，但梦想没有限制，我也梦想有一个庄，一个舍，一个堂。我的庄叫富春庄，地图上找不到，它起先一直长在我心中。

三年前的5月，一个雨天，陈伟琴、张丁玎陪我到富春山健康城的郑家样村，为书院选址。这个村早就整体搬迁了，留下近五十幢完好的民房，健康城想改造成一个与康养有关的艺术村落。

我们在村中心的几棵大古樟树下站定。古樟粗壮的枝丫在空中肆意横叉，树叶茂密，雨中几乎不用打伞。我喜欢老树的虬枝乱盖，有它们相伴，觉得安全，它们就如慈祥的世纪老人，会为你遮风挡雨，而事实上，它们就是这么活过来的。离古樟群不到百米，有几幢房子，院子里有不少杂树，一棵高大的雪松显目，院前还有一口百来平方的水塘，那棵造型优美的樟树，枝丫已经伸过半个水塘。塘的南边，一片高大的杜仲林。我也喜欢中药材，你看这杜仲，味甘，性温，不就是替人排忧解难的老中医吗？塘的西边全是农家菜地，田野外的山林，如挺立的战士，一排排站着岗。

望着前方雨中朦胧的大奇山，当下就决定，就选这里吧。伟琴与丁玎都笑着说：老师眼尖，这一块，本来是留着做院士工作站的。我笑答：先下手为强！大山，农舍，杂树，田野，雨敲屋檐，虫声透窗，马克思对生活的向往，一下子又涌到了我眼前：上午种田，下午钓鱼，晚上看哲学。我幻想着。

设计师叫傅佳妮，九〇后，留德研究生，朋友曹立勇特意安排的，他这样对我说：大师呀，你的书院，肯定要有文化味道，佳妮刚从德国学成回来，年轻人有想法，让她来做，一定会将你的理念很好地融汇进去。

杭州壹庐工作室。长得好看的佳妮，端坐在我面前，挺直身子，拿着个本子，极认真地听我讲"富春庄"的理念。我先递给她一张纸，上面草草写着本文开头的那四句诗。这诗显然属于打油，不过，好懂，但对桐庐人文历史不熟悉的人，还是需要费不少口舌的：

富春山知道吗？严光隐居地，范仲淹"春山半是茶"，黄公望山居图，每一个名词都是一部大书。漂亮姑娘连连点头嗯嗯。富春江知道一点吧，山水诗鼻祖谢灵运为富春江抒了不少情，吴均、李白、杜牧、白居易、苏东坡、李清照、陆游，一直到李渔、袁枚，诸多著名文人可以从南北朝一直排到现代文学中的郁达夫、巴金，他们都到过写过，两千多年来，这条江堆满了上万首诗文，全国都罕见。漂亮姑娘还是连连点头嗯嗯。我们的"富春庄"，就在富春山下，富春江边，我们这个庄，不是村庄，不是饭庄，也不是渔庄，它只与文章有关，这其实是一个充满悠久历史文化的文学意念。漂亮姑娘再次点头嗯嗯。

说到桐庐，说起富春江，我的语速很快，也不管对方熟悉不熟悉，有没有背景知识，一直口若悬河，兴奋处，估计还手舞足蹈。我看佳妮的眼神，由迷茫到清亮，我知道，她应该听进去了。

二

现在，我就带你进富春庄，地图上仍然没有，它只是书院门楼上的三个字而已。

但这三个字，我将其用作开头四句诗的标题。

2019年6月，我邀请叶辛、陈世旭、赵本夫、韩小蕙、鲍尔吉·原野、王剑冰、龙一、彭程、田晓明走进桐庐采风。其中一个晚上，我们住在芦茨的山涧房民宿。明月朗照，溪水潺潺，山风徐袭，大家喝了一些酒，有些兴奋，起先都在阳台上乘凉闲聊，后来又回屋写字。我请叶辛老师题写了"富春文学院"，自己则涂鸦了"富春庄"三字，世旭兄说：一气呵成，有点味道，留着用吧，不过最好用老木板做。

过几日，我又将那四句打油诗，发给著名文豪李敬泽先生，请他帮我写成书法：敬泽兄啊，打扰您了，这四句诗，是本庄的眼睛啊，我要用老红樱桃木刻起来，挂在进门的照壁上，人一进庄，抬头见诗。

随后，我特意交代篆刻家蓝银坤："富春庄"我也不重新写了，写也写不好，这个门头，要找老旧一点的红橡木做。另外，李敬泽的书法，要刻在上好的红樱桃木上，木也要老，质量要好！还要裱成大镜框，屋里再挂起来。

现在进庄，照壁上就是李敬泽的字，它被分割成五条悬挂，四句诗，一句一条，落款单一条。一律的原色老木，字呈草绿色，银坤说，选用这个绿，就是为了暗喻富春江的绿、富春山的绿。"我在庄里写文章"这一条，已经被垂下来的月季激情拥抱，饱满的花朵，紧贴着字，它们似乎也要写文章，颇显急迫。

过照壁转弯，上三个台阶，两边各一个小花岛，以罗汉松为主角，佛甲草镶岛边，杂以月季、杜鹃、丁香、朱顶红、六月雪等，边上，就是一面大手模墙。

墙上方主标题为：我们将整个世界视为自己的花园。

我以为，这个主标题是对那四句诗的另一种诠释，所有的优秀写作者，不都是将整个世界视为自己的花园吗？墙左，是姜东舒写的巴金先生的《我爱富春江》，文章只有两百余字，巴老坐着轮椅来富春江时艰难写成。墙右，是驻院作家们的铜手模，蒋子龙、叶辛、韩少功、张炜、张抗抗、王宗仁、陈世旭、李琦、李敬泽、刘醒龙、毕飞宇、刘玉民、何立伟、裘山山、鲍尔吉·原野、温亚军、李春雷、周晓枫、赵瑜、邵丽、徐坤、郑彦英、王干、熊育群、黄亚洲、王旭烽、王祥夫、阿成、黄传会、朱晓军、潘向黎、荣荣、王十月、乔叶、鲁敏、徐则臣、穆涛、吴克敬、王尧、石一枫、洪治纲、黄咏梅、弋舟、大解、汤养宗、沈苇、任林举、叶舟、刘亮程、李浩、宁肯、葛水平、肖江虹、胡学文等五十四位全国著名作家（加我共五十五个手模），我一一致信邀请，不少人都说有意思，有时间要来看看。设计、取模、制模、安装，富春庄整个建设过程中，我觉得这面墙花去了我最多的时间。这些手模，由铜雕大师朱炳仁的团队制作完成。

小说家、诗人、散文家、报告文学作家、文学评论家，这些作家，有的已年入耄耋，有的则刚过不惑，手模有大有小，按得有浅有深。经常有参观者这样对我说：看这位作家的手模，手指关节硬，粗大有力，应该是工人或者农民出身；看那位作家的手模，手指细小，浅纹单薄，应该是个没有劳动过的知识分子。我往往惊叹，谁说不是呢，手模不就是作家的人生吗？

大小五幢房子，白墙黑瓦，檐角分明，一色的徽派建筑。除了叶辛先生题字的C楼外，还有蒋子龙先生题写的A楼"陆春祥书院"，鲍尔吉·原野先生题写的D楼"文学课堂"。A楼的一楼，有王祥夫、何立伟先生为书院特意作的画，还有陈建功、贾平凹、韩少功、张抗抗、高洪波、何建明、白先勇、毕飞宇、苏童、阿来、阎晶明、阎连科、刘醒龙、邱华栋等数十位著名作家给《浙江散文》杂志的题词手迹；C楼的"文学课堂"中，有河北作家李浩写的书法"功不唐捐"，山西作家葛水平、浙江作家马叙的精美画作；B、D楼的一楼都有整面墙的书柜，浙江散文作家、不少驻院作家的签名作品大量陈列。

设计的时候，我和佳妮强调：庄里的院子，除了一些常见的花木外，还要种几棵樱桃树、杨梅树。现在，A楼的后院，有三棵老樱桃树，前年冬刚种下，去年春就收获了几十斤的樱桃。2021年4月22日夜，世界读书日前夜，浙江省散文学会在庄里开常务理事会，桌上摆了不少红樱桃，看着那红红的果子，心中顿生大大的喜悦，这意义实在和平时吃到的不一样，就如自己的作品获了某个奖一样开心。院子边门处及A楼前的绿岛左边，各有一棵杨梅树，今年春天，杨梅花不时飘落在行道砖上，碎碎的，细细的。

三

辛丑年的"五一"与"十一"，我都在庄里度过。

夏天的太阳起得早，瑞瑞也起得早。晨光中，我牵着两岁半的小人，往大奇山里去。一长段的上坡路，走到后面，她双手一伸：爷爷抱抱。我则顺手在路边松树下捡起一颗松果，晃着诱惑她：哎呀，都大人了，前面松林里有小松鼠正在做游戏，我们赶紧去看！

小朋友立即兴致盎然起来。她喜欢看小动物，天上飞的，地上爬的，她都喜欢。我家曾经养过蜗牛、蚕、乌龟、螃蟹，都是为了她。果然，往前没走几步，就见几只松鼠蹿上蹿下，于是停下看它们的表演。眼前的松鼠，与我们在运河边见到的还不太一样，毛显紫色，个头大，似乎更灵活，运河边也没多少树，这山里，到处都是，转眼，它们就不见踪影了。不过，再往前走，几乎隔数十米，就不断有松鼠跃动的身影。

溪旁水库，浙江省绿道第一号起始的地方，我们每次都要去走一下。几十米深，一大库碧波，数万平方库面，山的倒影就在它的怀中，平、绿、静，如发光镜子一样的平整，如蓝天裁下那般蓝绿，如含羞少女般的静寂。伫立库旁，静观碧波，心中瞬时升起一股安详。

绿道边，三三两两，坐着一些几何图形搭成的"人"，他们都手捧着书本，有一家三口在读，有面向蓝天躺平着读，有两人对坐着读。积木样的木方块柱体四面，是"松下问童子"诗，我朝瑞瑞大喊：陆童子，快过来，我们松下问童子了！贾岛这首诗，她一岁半就会念了，虽然不知道什么意思，但她已经断断续续会背几十首唐诗。这首"问童子"她很熟。

一天早晨，瑞瑞起床后，拿着小绘本，在三楼的阳台上"读书"，她不认识字，但会翻书，每次都会读半个小时以上。我悄悄地站在她身边，她朝我看看，又朝院子看看，飞鸟忽地横来横去地飞翔，晨光映着对面C、D楼的白墙面，小朋友忽然就感叹了一声：这地方真好啊！我一点也没有编造，她真这么感叹，我忍住笑，不想过多打扰她。

辛丑末壬寅初，我们在庄里过了春节。

庄里的第一个春节，我必须以足够的红色装点它。

写了几个"福"字，更多的则是"春"字。春祥自然喜春，我喜欢"春"字中生机勃发的寓意，年来了，春也来了，有草，有人，有太阳，万物开始生长。

不贴对联，写一些让人喜欢的条幅吧。进庄照壁上，上贴"春"，下贴"喜悦"；A楼大门前，我写"我有嘉宾"；瑞瑞的房门前，挂个"美好"；C楼大门前，我写"好春"；我的书房里，则挂个"乐志"。

正月初二晚上，一群人正在"文学课堂"嗑瓜子看电影，忽听得嘉嘉在大喊：下大雪了！下大雪了！于是，我们都跑出去看雪。书院有夜灯，漫天大雪从夜空中缓缓旋转而下，身影近乎魔幻，临近地面，地灯的映射下，那些雪，又如人挽裤蹚水一样，慢慢着树、着草、着地，小心而从容。小瑞瑞兴奋地跑来跑去，我则在一边叫着当心点当心点！其实，她如此看雪，人生第一回，跌倒一下又算什么呢。我也欣喜，这些雪，洁白的小客人，它们不带任何功利地造访，悄无声息。

四

前几天，我布置给书院助理戴靖一个大作业，将庄里及院墙周围的植物，无论大小，分地域悉数统计一下。除前面提到的一些外，还有山茶花、红花檵木、椰榆、海棠、红梅、鸡爪槭、竹子、青艾、芍药、六道木等，林林总总，竟然有百余种。如果有时间，我真的很想写一本《富春庄植物志》，在此，它们都是大山的孩子。

我眼里，每一种植物，都有蓬勃与盎然的生命，它们既是我的陪伴者，也是我的观察对象，它们都有自己独特的生命演化史，它们也有独特的生存与交流语言，虽非常隐晦，或许人类根本观察不到，我却认为一定是意味深长的。

今日清晨，经过小门边，忽然发现，围墙上的月季太张扬了，花朵怒放，铺天盖地，想霸占周围一切领地。立即戴上手套，收拾它一下，我只是想让被遮盖的绣球花们，呼吸顺畅一些。我希望庄里的植物们，与天与地与伙伴，都能默契，共生共长。

贰 寨基里的大奇

一

富春山往南逶迤数十里，就是大奇山，大奇山路与罗家弄交叉口即富春庄，不过，这山，以前一直叫寨基山。

清光绪二年（1876），三十岁的袁昶，刚高中进士，心情大好，他在这一年闰五月的日记中有"桐中古刹可游者记"一节，如此记载彼时桐庐著名的佛寺：

> 云栖精舍在县南十里寨基山顶，栋宇之间，云气缭绕，山魈木魅之所窟宅也。

晚清"庚子五大臣"之一的袁昶，桐庐城关人，曾任江宁布政使、光禄寺卿、太常寺卿等。光绪二十六年（1900），直谏反对用义和团排外而被清廷处死，不数日遂昭雪，谥"忠节"。他著有《渐西村人日记》等。芜湖还建有"袁太常祠"。西湖孤山南麓有三忠祠,奉祀袁昶、许景澄、徐用仪三人。

2022年5月4日,我和肖红,游宏、许琼莲夫妇,应利贫、方凤婷夫妇,六个"花甲青年",循着袁昶的记载,去爬寨基山。"大奇山"我上过好几回,这一回,不一样,我们上的是"寨基山",我们要去寻云栖精舍。

其实,上山前,目标基本明确,大奇泉那儿应该就是云栖精舍的遗址,泉下几十米,还有一座小庙。利贫告诉我,他们一群登山协会的朋友常去那里,沿着大奇山景区边上的一条道路上去,四十分钟就可以到达。

上午八点十五分,我们开始登山。过青青世界,右边上山。山脚有一长条大碑:中日浙枥友谊林。立碑者为浙江省林业厅。背面有立碑原因:1992年9月,浙江省林业厅厅长率林业考察团访问日本枥木县时,枥木县林务部部长赠送浙方日本扁柏一千株,植于此,一种友谊万古长青的象征。我看了看那些扁柏,密集得很,都有碗口粗了,这些普通的树,如果没有提示,谁也不会认为它们来自日本。整整三十年,它们应该非常适应这片土地了。扁柏丛中,晨光将茂密的蕨草映射得透亮。

山路蜿蜒而上,还算平稳,边上是涧,流水淙淙,头顶是蓝天,那种蓝,是透亮的高空蓝,令人心悦神怡。路旁一棵马尾老松上,挂有一块牌:林中飞鼠。我一愣,立即明白,这里应该是松鼠出没的地方,停了一会,却没见松鼠,哈,大山如此大,松树如此多,它们为什么一定要在此出没呢?

再往上走,我又停了下来:眼前的松枝与远处的山峦,恰好折成一个四方的空间，而空格的顶部，是一块被飞机喷气交叉划开的蓝天，气线一粗一细，粗的如蜿蜒的双向高速公路，细的如天上的长桥。按我一直以来的观察，粗的应该是飞机过去有些时候了，喷出来的气已经淡化，再过些时候，它们就会和那些白云融为一体。"长桥卧波，未云何龙？复道行空，不霁何虹？"我眼前跳出了杜牧《阿房宫赋》中的四句，觉得此景甚合。

凤婷在催我了：大作家，你很少爬山吧，这样的景，山上到处都是！

二

差不多就是四十分钟，我们到达小庙。

今天爬山，他们五个人其实都是陪我来的。小庙前东西放好，他们都一下散开，帮我找"云栖"两个字。我看过一则报道，说桐庐县文旅集团的李华军看到过，就在离庙不远处的路旁，他发现了"云栖"两字的摩崖石刻。我想，既然发现了，一定可以找到，石刻不会陡然消失的。

我进小庙，一人正在观音像前点红烛。

我一边问，那人一边回答，点烛的手没有停下来：这观音叫送子观音，灵得很，她手上抱着一个孩子。我细看，观音全身披黄色锦袍，只露出一张脸。那人又说，观音右边是财神，左边是土地。我再看，财神矮小粗壮，土地则白胡子，笑容满面，一手挂杖，一手托着个大元宝。哎，他们应该换个身份呀，我猜那人是不是搞错了。那人说，他是景区的园林工人，每月上山两次，打扫卫生，整理场所，点香换烛。来这里上香的人多吗？我继续问。不少，二月十九，六月十九，九月十九，这三个日子，会多一些，那人再答我。

小庙前左右各有一个圆形窗，窗棂外红内黄，我拍了一张右窗的照片，黑色庙檐，白墙，红黄相间的圆窗，青山，蓝天，层次与颜色，还有气势，我都满意。

小庙上面就是大奇泉池。

我在泉池边，摘下眼镜，捧了两捧泉，洗了洗双眼，然后，又抹了抹两只耳朵。古人说泉声洗耳涤心，我是真洗耳，俗是俗了点，但如此清泉，也顾不得那么多了。洗完耳，再看泉碑记，碑为1995年所立。王樟松告诉我说，此碑记为毕愚溪先生所撰。毕老生前是桐庐资深旅游专家，著有多种专著，我在《桐庐报》时，他常来报社送稿谈稿。

大自然常常神奇，高山上还有如此甘洌的清泉，且终年不竭，出水量这么大。有泉就有人，唐宋以降，泉侧就开始建了禅院，朝拜者络绎不绝。因为桐庐乃中药鼻祖桐君老人结庐隐居地，人们饮泉，心理上往往有神灵暗示，忽然某一天，一久不孕者，拜佛毕，饮此泉，然后就喜得贵子；又某一天，有蹒跚老者艰难行至此，饮完泉后，多年宿疾顿消。

池为方池，上方有夹角两壁，正壁上方有个半圆形的大石碗，碗内清泉汨汨，碗口有一小嘴，泉柱流向方池，丛林斑驳的阳光下，流动的泉柱，晶莹透亮。泉池的侧壁，则是一沧桑的石雕，一双大手，捧着粗瓷大碗在喝水，碗盖住了脸，下嘴唇将碗沿紧紧扣住，没有表情，却神似。

我能想象出饮泉的场景。酷热中，在山里劳作的山民，扑到泉池旁，舀出一碗清泉，如牛饮尽，然后，抹抹嘴，再俯身，双手捧泉往脸上洗，或者，索性舀出几碗泉，直接从头上浇下。

这泉池，连着下面的小庙，有几个层次，周边还有不少平整的菜地，综合起来看，这一块地方，场面有些宏伟，可以确定就是袁昶说的"云栖精舍"。

大家分散，又在泉周围开始"考古"。不一会，各路人马纷纷来报，找不到摩崖石刻，游宏不断打电话询问，依然没有踪影。凤婷走到泉边洗手，突然，她大喊一声：有碑！她从出泉口左侧上方，搬下一块四五十厘米见方的残碑，我跑过去看，上面有七个小篆大字，依次为"基山栖精舍碑记"，还有两个残存小楷"衲""精"。大字明显有断，但很容易推测出九字标题：寨基山云栖精舍碑记。

这就和那一则报道对上了。

数年前，李华军率先发现了这块碑，据他说，另外还有"云栖"两个摩崖石刻字。只是我们没有找到。

泉池旁，雪松苍天，枝枝丫丫搭建起一个天然的野餐处。在一个大圆柱础石上，利贫架起了自带的小气炉灶，开始煮泉。

放眼四周，雪松根部零乱堆着几个大小不一的石柱础，我想，云栖精舍的古物，大约也只有这几块柱石了。一段县志，还原了眼前此地的四百年历史，民国十五年（1926）出版的《桐庐县志》，如此记载：

　　　　大奇禅院，在寨基山顶，万历年推官张继栋买山建庵，

　　知县孙楩题曰"云栖精舍"。天启七年，知县陈景璐建山门，

题曰"大奇禅院"。崇祯年僧募建观音阁，知县梅际春舍田，有碑记。邑人戴大悦亦助田三亩，今名白云寺。

县里没有推官，明代的推官，大府从六品，小府一般正七品，我查不到张继栋的籍贯，应该是桐庐人，在严州府任职，因了某种信仰，在家乡买地建庵，再请家乡的知县题写。或者，张也极有可能是外地人，为了还个什么愿。总之，张推官率先看中了寨基山这块风水宝地。

我看到那个观音小庙，虽只是单层三开间，它的前身却也有接近四百年历史了，周边虽还平整，却没有大片田地可做舍田，这供养的舍田，应该在山脚或别处。一百多年前，这个观音小庙，叫白云寺。好听，白云深处的寺庙，无论大小，都是一种精神安放。

利贫在给我们找座位时，搬动一块不大的青条石，翻过来一看，他也大喊：上面有字！这也是一块断碑，字迹实在模糊，赶紧舀泉来洗，肖红拔来一把草，用力擦，再用泉冲，阳光一晒，字迹有些清晰了：释加文佛等视，摄之教诲，令暴者戢，鸷者驯，毒者慈。后面还有什么"者"，"释加"前面也有字。

大家都有些兴奋，这应该是我们此行的新发现。

这些字，我起先判断，可能是什么佛经中的句子，但细看字面意思，也不难理解，就是用释迦牟尼来教育众生，而教育要达到的目的，其实也是儒释道综合力量的结果。忽然想，云栖精舍，应该不单单是佛寺，它已经逐渐变成读书人或者官员的修行讲学之地，"禅院"嘛，读书习理，修身养性。

自宋时起，桐庐的富春江两岸，就有不少禅院。《严州志》说，县东北十五里阆仙洞侧，有禅定院，宋代著名作家黄裳曾在院中读书十余载，写有《阆仙洞十题》《阆仙洞》等诗文。黄裳，晚年自号紫元翁，政和年间，做过礼部尚书。黄裳还是金庸小说中传说的武林人物，著《九阴真经》时领悟了道家的绝顶武功。其《减字木兰花》词前两句我甚为欢喜：红旗高举，飞出深深杨柳渚。鼓击春雷，直破烟波远远回。

我这么分析，游宏、利贫都说，有道理有道理。

三

钢锅中的泉水已经发出欢快的鸣叫。

利贫大声招呼：大家可以来喝茶了！我们纷纷围拢。他带来了野山茶，然后，从包里一件一件地往外掏东西，方便面、牛肉干、鸭掌、卤鹅肝。凤婷去泉边洗苹果，一人一个递到我们手上。游宏也从包里往外掏东西，喜蛋、乌米饭。我的包里装了一些坚果，几个橘子，几盒牛奶。一时间，野餐恳谈会开始了。

在这样的泉边，吃什么实在不重要，关键是品泉。

喝了两泡野山茶，我换上了带来的一小包黄茶。这种产自新合雪水岭的黄芽茶，市场上并不多见，我前几年去过那个黄茶基地，彼时，黄茶刚栽下不久。这几天，一直喝，平和，鲜淡，醇爽，还有些甜味。

听泉听山语，看景聊闲话，我们一直在做一个决定：返回还是继续往前走。

凤婷不遗余力地给我描绘前景：往前走吧，我们走个小环线。她指了指山顶，从这里再上去，走大约两个半小时，路不太陡的，大部分是下山转弯路，中间经过一个叫"庙基里"的地方，那是以前的一个古村落，再往下，就可以到达龙头坞水库，再用半个小时，走到我们上午上山前的停车场，你一定吃得消的！

利贫则拿出手机，翻出关于"庙基里"的美片给我看：这是我们2017年爬山时留下的一些图片，庙基里，多处石头垒成的残墙，老木门框立着，老门也有，庙墙角，大片毛竹林。

整个团队，只有我和琼莲弱了一些，利贫夫妇每周都登山，今天早上，他们登山之前，还去长跑了一个小时。游宏和肖红都表示他们可以，为了不辜负凤婷的蛊惑，我和琼莲也决定往前走。

约十二点，喝够了茶，往前徒步时，我再仔细打量一下眼前精舍的遗迹。

往前推数百年，袁昶的晚清，或许这个高端的文化场所就已经开始衰落了，看他描写"栋宇之间，云气缭绕，山魈木魅之所窟宅也"，就可以还原出一些场景，彼时，精舍的不少房子已经倒塌，进出的僧众日渐稀少，以至于夜晚冷清到山鬼都会出来横行。

内心感叹一声，兴衰就是历史规律。

捡落起遗失的时间，往前走吧。

四

凤婷带路，利贫断后。

因有了心理准备，精神还算抖擞。为减轻我的负担，利贫一直帮我背着背包。他笑着说，这不算什么，登山的时候，他常背四十多斤重的登山包。凤婷笑着说：你们两个同学，他是军人，你是书生，你别难为情！

足足两个半小时，其间除了喝几口水，拍几张照，我们几乎没有停下过，大家都说要一鼓作气，至少要到庙基里才可以休息十五分钟。

走路不看景，看景不走路！凤婷一直交代大家。她登山有些年头了，我的朋友圈中，她每天都是两万步以上，她说她们有登山协会，有时还要参加救援，这一条小环线，她们常走，这就是入门级的，她自己一个人也常走。我听出言外之意了，她是想打消我的顾虑，一直鼓励我，你一定能走下来的！

一个岔路口，利贫指着上面的乌泥岗对我说：这里，往上，就可以到达白云源主峰观音尖，海拔一千两百多米，富春江沿岸的最高峰，那里再过去就是乌龙山，能俯视梅城三江口，上不上去？嗯，我知道，富春江岸边的山都是相通的，往凤川方向就有天子岗，我以前也上去过，《桐庐县志》载那是东汉孝子孙钟葬母之地，而孙钟是孙权的祖父，天子岗顶能清晰看到蜿蜒的富春江；往梅城方向，就是乌龙山，《水浒传》中，宋江打方腊，就在那山上，站在乌龙山顶，富春江、新安江、兰江汇合的三江口尽收眼底，乌龙山脚，还有范仲淹被贬桐庐郡时建设的龙山书院，去年，书院已经恢复建成。下次，下次，我咬着牙笑着答。我知道，对我来说，这需要足够的勇气和毅力。

不断经过大片箬叶地。我说箬叶湾。游宏补充，箬叶谷。这些箬叶，叶子窄窄的，用来包粽子，肯定小了一些，或许，箬叶缺少的时候，数张相叠，也可以裹粽的。按我的推测，大奇山数十平方千米的丛林深处，溪谷两岸，应该都长着成片成片的箬叶。箬叶亲热无比，不时贴着你的身，箬叶裹粽，粽连端午，端午就会想到屈夫子，不能想，不能想，崎岖山路，小心又小心。

山林自然是树的王国。

大奇山以松杉及一些杂木为主，我特别关注那些死去仍然挺立的枯松。主干冲天。树身及枯枝上缠绕着绿色的藤蔓，头顶上是广阔无垠的蓝天。我的美学直觉是，枯枝接天接地，依然有魂灵，天与地间的荣与枯，生长与毁灭，皆是生命常态，植物与人生，无为与有为，都是良好的风景，蓝天下枯枝的那种顽强气质，让人震颤，它释放出的是另一种光。

在一棵大泡桐树边伫立几分钟。主干一下蹿到空中数十米，太高了，必须仰望才是，我于是绕着树转了一圈。桐树虽常见，而对以桐命名的桐庐来说，意义却完全不一样。结庐于桐下，桐荫蔽着你。这个世界，有人保护你，是一件多么幸福的事呀。目光穿行，这就看得见桐君山上那位桐君老人佝偻的身影了，老人面前围着一群人，正俯身诊病呢。

一棵连理楝树，当然也可叫兄弟树，它们每日对望，一起栉风沐雨。从树根三十厘米处就开始分权，如双胞胎，一出生就分离，然而，它们的根却是连体的。

山上的树是写不完的，不少树也很难分辨，此山有植物近一千种。游宏与琼莲要找乌饭树，常将某种小的山茶树误认，叶子实在没啥大的区别，赶忙叫凤婷来确认，凤婷一看，连连摇头：不是不是！我小时候山上砍柴常见，成熟的乌饭子也可以吃，酸酸甜甜的，几十年过去，我也不太辨得出了。

前头老松下，几株野百合在风中摇曳着身姿。这东西，我太熟了，春夏生长，冬季掘出，洁白的百合子炖煮就是补品。不过，它的根却扎得深，不是一般的深，我们用柴刀费力挖，得到的百合常常断胳膊少腿。

庙基里，原先确实是个高山村庄，墙基断石，不少石头都绿苔丛生，大片粗壮毛竹林，路两旁都是横七竖八被大雪压断的残竹。这条沟的前前后后，上上下下，完全散布得下十来户人家。眼前景象，我立即想起小京坞的干娘家，她家原先就住在那个叫大年坞的高山上，情景仿佛。

五

从庙基里往下，基本上是行走在陶渊明《桃花源记》"缘溪行"的场景中。

青山杂花相间。

路旁杂树丛生。

脚下箬叶横长。

涧水欢快流淌。

时有大小深潭。

时间的灰烬，大地的尘埃，它们都以静谧迎接我们。

忽然，山脚显现一大池绿，阳光下隐约有亮光，利贫说，那就是龙头坞水库。

山间水库的碧与绿，都有着相同的质地，都是大地上明亮的眼睛，令人愉悦。龙头坞水库的中心深度，我目测在二十米以上，因为我踩着一级一级近乎垂直的陡峭台阶往下走时，两腿一直发颤。

走完百米高的坝，抬头再望远山，腿虽颤，内心却升起一股自豪，近二十年来，我好像还没有如此长时间徒步过，今日，在故园，与友人，地僻林深，石壁倚天，乱岩，清泉，涧流，老庙基，荆棘路，它们都有自己的审美，虽无猿猴与飞鹤，却也天蓝山新，让人想象力勃发。

下得山来，我想将"寨基山"与"大奇山"两者联系起来。山形独特，如莲花宝座，安营扎寨的好地方，于是叫寨基山；而山也大显神奇，重峦叠嶂，林深叶密，峡谷幽深，山有千余种植物，一百三十多类动物，更有丰富深厚悠久的历史与人文，于是称大奇山。寨基，大奇，"寨基里的大奇"，这不就联系起来了吗？寨基与大奇，我觉得应该分清它们的词性，前者名词，后者却是形容词。古人两个名字都叫，显然是不可割舍。

寨基山下富春庄。大奇山下富春庄。寨基里的大奇。如此想着，脑中掠来一则《世说新语》中的鲜活场景：

某日，东晋简文帝司马昱到华林园游玩，眼见林茂水深，环境清幽，便对侍从感叹：会心处，不必在远，翳然林水，便自有濠濮间想也。

是呀，让人心神舒畅的地方，不一定非要在远方，今日之寻、之游就是。

补记：

几天后，李华军给我发来一张图，两块相依隆起长着青苔的石头上有"云栖界"三个大字。还真有。往前几百年的时空,上云栖精舍的人一定多,有此摩崖石刻,算是一种提醒,这就到了精舍的地盘了,另一种境地。

叁　写文章

一

2019年5月底,我请来了一批作家朋友,他们尽兴游了桐庐后,也到富春庄考察,不过,彼时,富春庄还只在设计蓝图上,叶辛先生说,赶紧弄吧,开院的时候我来!

这一次桐庐行,清丽的富春山水使他们激情澎湃,文思喷薄而出:

鲍尔吉·原野《登桐君山,观富春江月下东流》;

陈世旭《追随一条江》;

韩小蕙《桐庐三题》;

叶辛《到桐庐当"神仙"去》;

赵本夫《出乎? 入乎?》;

龙一《家常严子陵》;

彭程《钱塘江尽到桐庐》;

王剑冰《随范仲淹体味潇洒桐庐》;

田晓明《富春山深处》。

我内心里这样代表桐庐人民拟过一则小广告:我们以十一分的诚意向全国知名作家发出邀请,好作家都在来桐庐的路上。

二

2021年10月13—16日，一场名为"故乡岁月·精神版图"的采风创作交流在富春庄举行，活动由《广西文学》和《散文选刊》主办。

广阔稻田野中的金黄，到处弥漫的桂香，淡水海滩，七彩民宿，闲静富足的百江乡野大地，惹得作家们心花怒放，热忱汩汩流出：

袁敏《将军的百江情》；

朱山坡《一人之故，百江之行》；

育邦《桐庐诗三首》；

陈仓《走读陆春祥》；

伍佰下《一直游到稻田变黄》；

葛一敏《桐庐札记》；

梁晓阳《潇洒陆春祥》；

陈曼冬《从桂香到麦香》；

周华诚《旧月色，新稻香》；

邱仙萍《米从大地来》；

孟红娟《山水百江吟》。

三

2022年2月27日，陆春祥少年文学院在富春庄开班。

这二十来个青少年，是从全桐庐的中小学选出来的写作苗子，其中有三人还是从江西、安徽、贵州来桐庐打工者的孩子，他们对文字已经有一些不错的感觉，我想通过一年二十堂课的学习，让他们完成基本文学训练。

能自由追捕心仪的文字，这些孩子无论以后是不是从事文学，都是对心灵的一种滋养。第一堂课后，我布置了一些作业，比如：每周写一个细节，为自己取一个笔名，写作十万字（各种体裁均可），阅读一千万字（每周一本课外书），为自己将来要出版的第一部书取个书名。

这几日，陆续收到了《中国校园文学》《西湖》《美文》《江南诗》《翠苑》等文学杂志的推荐用稿消息。闻此，我比自己发稿还要兴奋十倍。个人少写一些没有关系，我希望这些少年种子能长成参天大树。

四

2022年3月4—6日，胡竹峰、林森、佟鑫三位首批全国知名青年作家入驻富春庄。我的期望是，通过文学年轻力量的搅动，桐庐这片土地一定会内生萌动、春草勃发。

胡竹峰的《在钓台寻找严子陵的背影》这样写：

> 富春江的水真好，好在浩荡，一眼望过去，是黄公望的长卷。夜涨春江水，春生动地风。此时，地风卷起水波，一浪浪涌上春堤。

林森的《垂钓者》这样写：

史书中的严子陵，几乎一言不发，所有的好话，都由诗人们送给他，他只是默默地，让生命回归到本真的状态——他不为外在的一切活着，只为活着本身而活着。黄公望来到富春山、富春江的时候，一代代的诗人们已经把很多佳句留在这里，让这片山水不仅仅是自然本身，更成为了精神之寄——在这被诗词滋养的山水中，黄公望才能焕然新生。

佟鑫的《送你一条富春江》这样写：

我常在心里感叹，范仲淹的眼光真准，这桐庐真是潇洒，如一个意气风发的人，干干净净，内敛而丰富，骨子里却散发出一种迷人的气质，让人顿生爱意。我要将心意收下啊，收下一条江，这不是淡淡的清汤寡水，而是厚重与活泼兼具的新诗呀，桐庐处处是新诗！

对山，对江，对人，对桐庐，横看成岭侧成峰，远近高低各不同。

五

富春庄院西，景观池边，有个小亭子，我将其取名为"自然亭"。

这有两义，自然的本色，自己原来的样子。前一句，打油诗中都写了，这是旷野中一个供人小歇的地方，看山看景；后一句，其实是我想实现马克思的那种理想，观天下自然事，写天下自然文，做天地间愁种。

　　小亭子也是亭子，得配对联。

　　我将辛弃疾《西江月》词中的两句改造了一下：寨基山前两三点雨，书院天外七八个星。夏日的夜晚，如果明月朗照，我会端一个粗瓷茶碗，闲坐此亭，此时，墨青的碗中，茶汤中盛满了月光；或者，新月既成，山间微风吹来两三点雨，星星就在夜空中扑闪双眼盯着你，你吹着口哨向他们问候，自然也可以与星星们谈谈心。这样的夜空下，你还会在意尘世间的诸多外物吗？其实，"山前"与"天外"，早已经被我搬到驻院作家二楼三楼的客厅挂着了。

　　数间茅舍，藏书万卷。

　　庄中何事？

　　松花酿酒，春水煎茶。

　　我有嘉宾，鼓瑟吹笙。

壬寅端阳

于富春庄

延村洞發現的古人类頭蓋骨化石，距今一至兩萬年，他们是最早的桐廬人，生活在舊石器時代晚期的分水江邊。

辛丑腊月廿二

陸春祥

〔之三〕

杭千公路蠡湖段，
路右有石壁小山，山有
廟，當地人説是范蠡
的隱居地，越滅吳，范
蠡怕怕帶着西施、
跑到此處開湖
養魚。

辛丑冬月
陸春祥

晉戴顒父子寓
桐江·王羲之
往訪之。戴因此
建竹樓紀念。此
樓在今橫村鎮
獨山腳兮水江边。

辛丑腊月
陈春祥

徐凝與白樂天相見
恨晚。白晚年曾專鑽治
陽至兮水殄凝。徐知
揚州，為遠座城市
打了一個好廣告：
天下三兮明月夜，
二兮無賴是揚州。

辛丑冬月
隆春祥

岑參有詩"舊家富
春渚"岑老参曾在
富春江上游漸州做
司仓参軍,他年幼
曾随父在桐廬居住过。
其成年后送友人的詩
中,又断提及嚴祠
边之嚴灘。

壬寅正月
陸春祥

严子陵钓台下有
泉，清冽甘美，荥
天。陆鸿渐拜祭
严光后，坐在泉边
煮茶品泉，将其列
为天下第十九泉。

乙寅春月
布衣书

唐朝傷心美女劉采

春有嗳噴曲懷丈夫：

那年離別旦
只道住桐廬。
桐廬人不見、
今得廣卅書。

看来、唐朝的桐廬、
貿易市場極為
發達。

壬寅正月
春祥

〔之八〕

江公著要去吉卅做市
長，蘇東坡拉着江的手
說：三吳行盡于山水，
猶道桐廬更清美。
兄好好做官吧，您
家鄉桐廬，我下次
還要再去玩的。

壬寅春花盛開
陸春祥書

〔之九〕

北宋著名文學家黃裳，曾隱居閩仙洞萬讀十載，寫有《閩仙洞十題》等詩文。黃裳還是金庸小說中傳說的武林人物，著《九陰真經》時領悟了道家的絕頂武功。其《減字木蘭花》詞前兩句我甚為歡喜：

紅旗高舉，飛出深深楊柳渚。鼓击春雷，直破烟波遠遠回。

壬寅正月　陸春祥

淳熙十三年夏，陸游
知嚴州途經桐廬，作
桐江帖，中有桐江成期
忽在目前盛暑非道
塗之時而代書賢趣甚
切不免用此月下浣登
舟。朱熹贊其筆札
精妙意致深遠。

辛丑夏月書于陸游
傳寫作之嚴州記章
陸春祥書院

僑居縣鄱灘鄉山

下村與板橋村之間

有桐江書院，前身

為方家義塾、方千

八世孫方斫變賣桐

江的百畝祖產，捐助

建成書院，當地感念

其高風，遂名桐江

書院。

辛丑冬月

陸春祥

南宋杰出古琴大师

温州人郭楚望、为浙派古
琴创始者，其著名弟子杨
卢人徐天民、与毛敏仲共
辑大型谱集紫霞洞琴谱。
元代著名琴家袁桷金汭
砺皆师承徐氏。浙派徐
门由徐天民始。徐尝作
琴曲三泽畔吟。

壬寅孟夏
陆春祥

農曆四月半、南洋

鱘魚来、五月中旬、

北洋鱘、奧来、援

牢黄嘴鱘魚来、

鱘魚由海洋入錢

塘江上溯至桐廬

排門山子陵灘一群

江灣産卵。

辛丑立春

布衣書

明萬歷二十二年秋
湯顯祖自遠昌到
兮水、訪師友潘仲
春、游瑤琳仙境、留
詩、兮水縣訪桃溪
潘公仲春出桐廬秉
燭游僊洞、香襲人衣、
十餘里不絕、

辛丑秋月
陸春祥

乾隆五十八年冬，馬夏

尔尼使团拜见完皇

帝后，顺京杭運河南下，

再溯錢塘江而上至帝

山。托馬斯阿魯姆畫中

的富春江是這樣的：

水流湍急，兩岸高山

叠嶂，完全依靠挽

纤而行。

壬寅正月初三

陸春祥

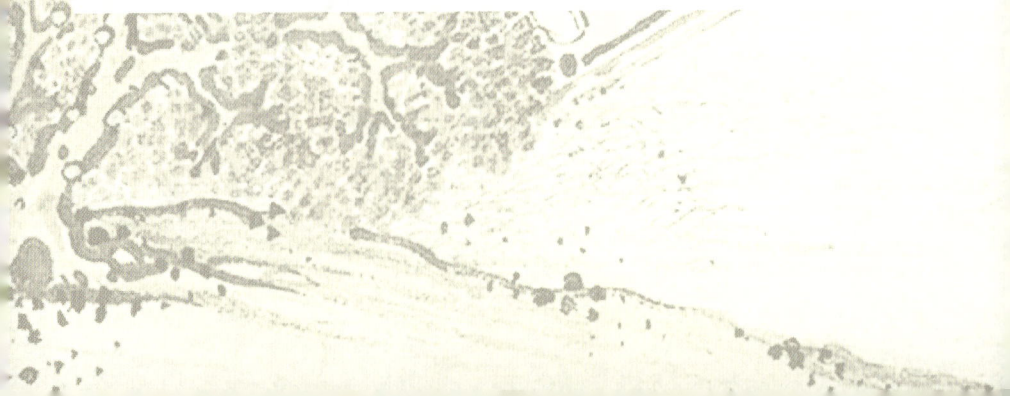

道光十九年春，林则
徐自廣州禁烟回京，經
过梅蓉九里洲正
值桃花盛開，林则
徐上岸，興觀音寺
僧海峰及野老漫步
九里洲觀花，清
音色袭人，九里一色。

辛丑桃月
春水

西湖孤山南麓有三

忠祠，奉祀袁昶許

景澄徐甲儀三人。袁

為桐廬人，殿試二甲，

官至三品，庚子拳亂交涉力諫

朝廷以可私容義和團滋

榮洋人與外國釁釁而遇

害。袁昶詩文書法藏書

刊印西學等，諸業

皆有突出成就。

壬寅正月
陸春祥

光緒二十二年，嚴州府

祖籍下屬六縣士子考試，

藏承宣之文陳本忠之字

藏槐之詩何松坡之畫

尤类拔萃，人称六睦四

才子。四大才子均為當時

分水人，而陳何松坡為

分水鎮人外，其餘三人

都是百江人。

壬寅春分

陸春祥

盧溝橋事變后戰
火在全國漫延，豐子
愷一行逃難至桐廬
陽山畈，正好碰見在
此守墓的馬一浮。他守
的是岳父湯壽潛之墓
馬結婚僅三年，愛妻
去世只有二十歲，便發
誓不再娶潛心學問
一輩子。

壬寅花朝
陳春祥

清蒸白魚熱餛飩
油炸臭干雞子餅
醬燒螺螄拌雷筍
十三回切四點心

葉淺予詩
陸春祥書